Ina Brinkmann

HERZMASSAKER

1. Auflage Juni 2011
Titelbild von Benjamin Borucki | www.irrleuchten.de
Schriftzug von Nadja Riedel | www.d-ligo.com

©opyright 2011 by Ina Brinkmann
Lektorat: Franziska Köhler
Satz: nimatypografik

ISBN: 978-3-939239-10-9

Alle Rechte vorbehalten. Ein Nachdruck oder
eine andere Verwertung ist nur mit schriftlicher
Genehmigung des Verlags gestattet.

Hat Dir das Buch gefallen? Schreib Deine Meinung an gelesen@ubooks.de

Möchtest Du über Neuheiten bei Ubooks informiert bleiben?
Einfach eine Email mit Deiner Postadresse an:
katalog@ubooks.de

Ubooks-Verlag | U-line UG (haftungsbeschränkt)
Oblatterwallstr. 44e | 86153 Augsburg

www.ubooks.de
www.ubooksshop.de

Gewidmet
∗ Udo Seebergen ∗
(† 21.07.2010)

– a vida anterior –

I'm the narrator, and this is just the ...

PROLOGUE!

*(Panic at the Disco –
The only difference between martyrdom and suicide)*

Mein bester Freund ist kleiner als ich und irgendwie ist er ein Freak. Autist. Nicht so ein Savoy-Spinner mit Übertalent – nur eben etwas verdreht. Bei dem muss immer alles logisch sein. Manchmal versteht er die Menschen nicht, sagt er. Sie sind nicht logisch.

Logisch ..!? Na ja, ich finde zum Beispiel logisch, dass ich ihn ficken darf.

Immerhin bin ich es, der ihm die Dinge erklärt. Und wenn ich ihn ficke, erkläre ich ihm, dass es normal ist. Ich bin nicht schwul oder so. HALLO!? Ich stehe schon ziemlich auf Titten und Tussis – aber wenn man mal ehrlich ist, geht es doch nur um die Sache an sich. Rein, raus, abspritzen.

Ob Ficken literarischen Wert hat, weiß ich nicht. Heutzutage vielleicht.

Ich weiß, dass er manchmal Schmerzen hat, wenn ich in ihm rumbohre. Ich vergesse das hin und wieder, und dann tut es mir leid. Aber meistens mache ich es auch mit Absicht fester. Dann krümmt er sich zusammen und spannt die Muskeln an.

Das mag ich.

Also, Simon ist der, der behauptet, ich wäre ein Sadist. Darüber hat er gelesen. Aber er sagt auch, dass er mich trotzdem gern hat. Klar weiß ich, dass normale Menschen ihre besten Freunde nicht ficken. Aber ich glaube auch, die meisten würden gerne und trauen sich nur nicht.

Ein Prolog ist wohl so was wie ein Einstieg in eine Geschichte. Damit man Dinge erfährt, die einem helfen, dem Rest der Handlung zu folgen. In dieser Geschichte geht es um mich. Also steigen wir doch mal ein:

Mein Name ist Patrick Fechner. Mittelschichtsohn in einer Kleinstadt irgendwo in Deutschland und fast sechzehn. Mittelschicht meint hier aber eigentlich nur, dass die meisten Leute in meiner Nachbarschaft in ihren Mittelschichtreihenhäusern asoziale Penner sind – und nicht im Plattenbau.

Und ich erzähle auch von Simon. Wir sind nicht wegen des Fickens beste Freunde, das kam erst später – wie auch das mit den Drogen. Ebenfalls fast sechzehn mit einem Zimmer, dessen Fenster meinem gegenüberliegt.

Sein Vater, Eduard Veit, arbeitet für die Rechtsabteilung irgendeiner Firma. Ich kann ihn nicht ausstehen, und er trägt eigentlich immer graue Anzüge und hängende Mundwinkel.

Mein Patenonkel, Carlos, ist Portugiese und hat eine Spedition, die jede Menge Zeug durch Europa transportiert. Mein Dad macht die Finanzen und ist besonders gut in kreativer Buchführung – was uns finanziell auch gar nicht so schlecht dastehen lässt, allerdings nicht halb so spannend ist, wie man es sich vielleicht vorstellt. Die Bullen waren zumindest bisher noch nicht bei uns – und erst recht keine Mafiatypen mit Maschinenpistolen.

Wir haben keinen englischen Oldtimer vor der Garage wie Simons Vater, sondern einen Jeep, der irgendwie prollig wirkt auf der Winzstraße, in der wir wohnen, den Dad und ich aber megapornocool finden, weil wir ihn mit allem an Technikschnickschnack aufgemotzt haben, den sie bei *Pimp my* Ride benutzen und der weitgehend überflüssig ist. Kein Mensch braucht wirklich einen Monitor in der Rückenlehne oder LED-Leuchten unter den Sitzen. Aber was soll's. Wir stehen drauf. In unserem Haus finden sich auch keine Antiquitäten, wenn man das Schulbrot von 1999, das ich hinter meinem Kleiderschrank vermute, mal außen vor lässt. Aber dafür habe ich die neue Playstation und darf auf Dads Kreditkarte auch die unzensierten Spiele aus Österreich bestellen. Außerdem lässt er mich rauchen und trinken.

Er meckert auch nicht dauernd wie Simons Alter. Wenn wir Mist bauen, werde ich verdroschen oder nicht. Je nachdem. Dad schreit nie. Man merkt sich die Sachen einfach besser, wenn man sie fühlt, sagt er – und ich glaube, er hat recht. Natürlich schlägt er Simon nicht. Da würde sein Alter auch einen Wutanfall bekommen. Aber manchmal lässt er Simon zusehen, wenn er mich bearbeitet. Zum Beispiel, als ich mich selbst tätowiert habe und Dad das ganze verdreckte Bildchen mit einem Feuerzeug rausbrennen musste. Oder als ich in der Schule rausgeflogen bin, weil ich mit Mandy ficken wollte, sie aber nicht mit mir. Ich meine zwar immer noch, dass sie eigentlich doch wollte – aber Mädchen bekommen bei so was immer recht. Sagt Dad auch. Mädchen sind Fotzen. Doch natürlich musste er mich bestrafen. Man muss halt mit den Fotzen klarkommen und darf sie nicht einfach in der Schule ficken, wenn sie Nein sagen. Das macht nur

Ärger. Dad hasst Ärger, er mag es friedlich und ruhig und entspannt. Mandy hat mich jedenfalls verpetzt, und Dad hat mich und Simon in die Küche geholt, uns den Schlampenvortrag gehalten und schließlich Simon auf die Arbeitsplatte gehoben. Dann hat er meine Hand in den Toaster gesteckt, mein Handgelenk fest umgriffen und das Gerät auf Stufe drei laufen lassen. Noch Wochen später hatte ich Brandblasen. Aber Mandy habe ich nie wieder angerührt ...

Kennengelernt haben Simon und ich uns mit sechs. Ich habe im Garten rumgehangen. Damals hatten wir noch einen Hund. *Killer* war seines Zeichens Dackel und ein absolut nerviger Kläffer. Dad hat versucht, ihm Manieren beizubringen, doch da hat einfach nichts gefruchtet. Killer war Moms Hund und sie hatte ihn echt gern, nur deswegen haben wir ihn behalten. Na ja, auf jeden Fall saß ich im Planschbecken und habe Killer mit einem alten Dosenöffner gepikst – ihn fest unter den Armen eingeklemmt, so dass sein Schwanz beim Wedeln immer gegen meinen Rücken geplatscht ist – und dann habe ich mir die Muster angesehen, die sein Blut im Wasser hinterließ. Feine, wabernde, rote Spiralen. Rot und blau sind meine Lieblingsfarben.

Ich habe mich auf jeden Fall tierisch erschrocken, als Simon plötzlich in unserem Garten stand und mich anstarrte. Er ist klein, blass, blond und trägt immer eine Sonnenbrille. Ich glaube, das hat etwas mit seiner Weltsicht zu tun. Oder er will nicht, dass die Leute in seinen Augen erkennen, dass er ein Freak ist. Manchmal kann man ihm ansehen, dass er nicht ganz richtig tickt. Na ja, vor lauter Schreck ließ ich sogar den Köter los und Killer rannte nicht weg. Er flutschte einfach träge ins Plastikbecken zu seinem Blut ... Es gibt Momente, in denen man sich wünscht, man hätte eine Kamera zur Hand.

«Der Hund ist tot.»

Simons Stimme klang irgendwie klein. Aber deutlich. Als ob man mit dem Finger über den Rand eines Weinglases fährt.

«Kann sein», hatte ich geantwortet. *Wo war nur die verfickte Kamera?*

«Warum?»

Als er das fragte, wusste ich, dass er jemanden brauchte, der ihm mal zeigt, wie die Welt funktioniert.

Und dafür muss er sich nur zwischendurch mal ficken lassen. Ist doch echt keine große Sache. Man muss ja auch immer drauf achten, dass diese verdrehten Typen nicht irgendwann völlig ausflippen! Ich habe da die übelsten Geschichten gehört ... Aber ich passe auf ihn auf. Vielleicht ist er ja bald nicht mehr so klein und mickrig. Dann kann er sich jemanden suchen, den er ficken kann. Wir werden ja erst sechzehn, der wächst noch – sein Alter ist auch groß. Mein Dad ist aber größer.

Mich fickt der nicht!

I

*If you ever get close to a human
and human behaviour
be ready to get confused*
(Bjork – Human Behaviour)

Draußen ist es verdammt warm geworden. Mein Shirt klebt mir am Körper. Ich kann es klatschen lassen, wenn ich es abziehe, loslasse und es dann gegen meine Haut schnalzt. Unten saugt es sich an den Bauch und streicht über die Brandwunden, die langsam verheilen. Das hilft gut gegen das Jucken. Simon und ich sitzen am Kanalufer, auf einer der Steinplatten, die sie da mal für die Angler angebaut haben, als es bei uns noch Forellen zu holen gab. Doch irgendwie sind fast alle Fische weg. Vielleicht weggeangelt oder impotent und von chemischen Abfällen verseucht, keine Ahnung. Aber seit einiger Zeit gibt es nichts mehr im Kanal als diese völlig missgestalteten Krebse, die in dicken Haufen übereinanderkriechend wie bei einem Gangbang miteinander vögeln – oder was weiß ich tun – und dabei mit ihren Scheren wedeln wie verrückt. Simon liegt auf dem Bauch und hat den Kopf auf die Hände gelegt, während er die Viecher anstarrt, als wären sie ultrainteressant. Ich habe die Ärmel meines Shirts bis zu den Schultern hochgeschoben und greife immer mal wieder in den Fickhaufen, ziehe ein paar der aneinanderhängenden Biester heraus und werfe sie hinter mir auf die Plattform. Wo sie dann versuchen, sich voneinander loszumachen, und wild umherirren, was lustig klackert. Meine

Hände sind von den feinen roten Kratzern schon ganz dick angeschwollen. Sie leuchten an den Wundrändern ungesund rosa, wegen der frischen Blutkruste und des Kanalwassers. Es brennt auch, doch das stört mich nicht, weil ich weiß, dass die Viecher mit ihren winzigen Scheren nichts weiter anrichten können. Nichts, das verhindern würde, was ihnen bevorsteht. Ich grinse und werfe eines der graugrünen Mistviecher in hohem Bogen auf Simons Rücken. Es macht *platsch* und er erschreckt sich fast zu Tode.

«Maaaann, spinnst du?», japst er, springt auf und schüttelt den Krebs von seinem bescheuerten Spießerhemd. Mann, wie ich diese langweilig gestreiften, immer akkurat glattgebügelten und ultrapeinlichen Dinger an ihm hasse. Es ist, verfluchte Scheiße noch mal, NICHT COOL Hemden zu tragen und Stoffhosen – und mit seinen Spießerturnschuhen sieht Simon einfach aus wie eine verdammte Missgeburt.

Ich klatsche in die Hände und umfasse dann sein dürres Bein mit einer Hand, während ich die andere nach einem der verwirrten Steinplattenkrebse ausstrecke, nach dem Krebs greife und dann mit einem kräftigen Ruck an Simons Bein zerre. Er rudert kurz mit den Armen, was irre witzig aussieht, und landet rücklings mit dem Kopf auf der Plattform. Es macht *plong* und Simons blonder Schopf federt noch einmal vor und zurück. Dann höre ich, wie er die Luft aus den Lungen stößt, schwer einatmet ... und schreit. Ein langer Schmerzensschrei, der zum anderen Ufer hallt und wieder zu uns herübergespuckt wird. Der Krebs in meiner linken Hand zappelt und schnappt nach mir, hat mich am Daumen erwischt und versucht, ihn mit klickernden Scheren zu zerhacken. Während mir glucksend eine Lachsalve den Rachen heraufwandert, schreit Simon immer noch. Also rapple ich mich auf, sehe auf ihn herunter, wie er in seinem Trotteldress und mit seinen hässlichen, bleichen Ärmchen ausgestreckt daliegt, Blut über seine weißblonden Haare läuft und dann weiter auf die Steinplatte. Seine blauen Augen glänzen glasig über den Rand der Sonnenbrille hinweg und auf seinen schmalen Lippen sammelt sich Sabber, während er immer weiter schreit.

Das Lachen bricht sich endlich seinen Weg, doch dann erinnert die Krebsmissgeburt mich mit einem weiteren Schnappen an seine Existenz und plötzlich macht mich das Geschrei nervös. Simon will einfach nicht aufhören. Ratlos glotze ich erst den Krebs, dann Simons dummes Gesicht an. Wer nicht schreit, kriegt keinen Schnuller, hat Dad mal gesagt. Das ist eben so im Leben!

Simon schreit, also soll er seinen verfickten Schnuller haben. Ich lasse mich rittlings auf ihn runterplumpsen, was seinen Schrei kurz unterbricht, reiße seine Handgelenke hoch über seinen Kopf, wo ich sie mit meiner viel größeren Faust festhalten kann, und drücke ihm den Krebs in den Mund. Wie ein Fisch japsend versucht er, den Mund zu schließen, doch ich drücke so fest zu, dass ich den Krebs knacken höre und eine zähe, grüne Flüssigkeit aus ihm herausquillt und in Simons Mund tropft – und über meine Hand. Wie eklig.

«Siehst du das?», zische ich ihn an, «wegen dir bin ich jetzt schmutzig – ganz toll!»

Zumindest mit dem Schreien hat er jetzt aufgehört und gibt nur noch würgende, gurgelnde Töne von sich, während sich die Krebsschere, die nur noch lose an dem zerklumpten

Vieh hängt, in seinen Mundwinkel bohrt und er stärker blutet. Mit den Beinen versucht er, mich von sich herunterzutreten. Lächerlich. Das könnte er nicht einmal, wenn ich mich nicht bemühen würde, sitzen zu bleiben. Ich bin stärker als er. Viel stärker. Doch durch die Anstrengung und den Matschkrebs in seinem Mund läuft er rot an. Seine Wangen plustern sich auf und ein wenig erinnert er mich an einen Gockel. Was mich nun wieder zum Lachen bringt. Kichernd drücke ich also immer fester zu, bis das ganze matschig-scharfkantige Zeug in seinem Mund steckt, er keine Luft mehr bekommt und strampelnd komische Geräusche macht wie ein erstickender Frosch. Und weil ich jetzt erst richtig aufdrehe, packe ich noch fester zu. Drücke seine Handgelenke, bis ich seinen monoton hämmernden Puls in den Fingerspitzen fühle, und zerre seine Hände unter seinen Kopf bis in den Nacken. Dabei schnellt sein Kopf etwas in die Höhe, was den Blick freigibt auf eine kleine Platzwunde am Haaransatz. Doch aus der Wunde kommt kein Blut mehr und das, was kam, verklebt schon zäh und breiig klumpig. Irgendwie weiß ich nicht, ob ich das gut oder schlecht finde, höre aber auf zu kichern und pikse mit dem Zeigefinger der nun freien Krebshand in den Blutschorf.

«Das ist nichts Schlimmes», sage ich, und Simon nutzt die Gelegenheit, mir das ganze eklige Krebsmousse aufs Shirt zu spucken. Wo es sich mit seinem Sabber und seinem Blut und etwas herabgelaufenem Rotz verteilt und dann klebrig zurück auf sein Hemd tropft.

Ich meine, wir sind Freunde, aber mal im Ernst – anspucken geht nicht! Gar nicht! Anrotzen ist das Schlimmste. Schlimmer als schlagen oder so. Damit sagt man dem anderen sehr direkt, dass er weniger wert ist als gottverfluchte

Verdauungssekrete. So als wollte man denjenigen, den man anrotzt, auflösen. Ein Stück von ihm einfach extern verdauen. Und es ist widerlich.

Ich werde ziemlich wütend und gebe Simon das auch zu verstehen, indem ich ihn im Nacken packe und seinen Kopf wieder etwas hochziehe. Das Ganze ist jetzt wirklich kein Spaß mehr. Mein bester Freund hat soeben versucht, mich extern zu verdauen, und dabei auch noch mein Shirt mit diesem Rotz versaut ...

Ich schimpfe ihn nicht aus – das bringt sowieso nichts –, sondern entschließe mich, ihm beizubringen, dass so etwas nun mal Konsequenzen nach sich zieht. Man kann nicht einfach so durchs Leben gehen und die Leute anspucken.

Vielleicht weiß er das ja nicht, denke ich mir – Autisten wissen ja weniger als wir normalen Menschen. Also sollte ich es ihm beibringen, ist doch auch mein Job als sein bester Freund, oder?

So ziehe ich also das vollgerotzte Shirt mit der freien Hand von meinem Bauch und drücke es ihm ins Gesicht. Man macht das, sagt Dad, damit der direkte Bezug zur Ursache im Kopf bleibt. Simons Hände greifen nach mir und zerren irgendwo an meiner Seite herum.

«Leck das weg!», befehle ich ihm. Klare, knappe Anweisung.

«Leck das weg, Arschloch! Man darf seine Freunde nicht anspucken. Das ist VER-BOTEN!»

Simon presst die Lippen zusammen und starrt mich an. Die Gläser seiner Brille sind schmierig und reflektieren mich verzerrt und zu breit. Außerdem ist die Brille verrutscht, so dass sie ihm fast auf der Stirn hängt. Ich stupse dagegen und wische ihm das Ding aus dem Gesicht. Das Plastik schlägt klappernd auf den Boden. Aber seine Augen, die immer noch glasig rot sind, tränen nicht. Dieser verdammte Bastard weint nie. Ich muss zugeben, das finde ich cool.

«Nein, Patrick!», zischt er mich an und bleibt einen Moment ganz ruhig liegen. Jetzt geht das Starren los. Das kenne ich. Anstarren und ausfechten, wer recht hat. Ich natürlich! Ist ja klar!

Verdammt! Irgendetwas ist an meinem Bein. Es juckt. Es juckt ganz fies und ist feucht und kalt. Ich zucke zusammen und wende den Blick von Simon ab, um nach der Ursache zu sehen. MIST! Eines der beschissenen Krebsviecher hangelt sich gerade in meinem Hosenbein hoch und ein anderes ist schon im Aufschlag verschwunden. So eine Scheiße. Ich habe weggeguckt. Verloren! Was für eine Scheiße!

Simon stößt mich von sich, und ich gebe nach und stehe auf. Schüttle die Biester von mir ab und zertrete sie mit voller Wucht. Das Knacken und glitschige Schmatzen unter meinem Fuß beruhigt mich etwas, ein kleines bisschen, und ich halte Simon die Hand hin, um ihm aufzuhelfen. Doch er stößt sie weg und rappelt sich alleine hoch. Klopft sich seine Klamotten ab und schaut besorgt auf sein Hemd. Auf der Brust zeichnet sich ein großer grünbrauner Fleck ab.

«Klasse, Patrick! *Ich* habe *dich* schmutzig gemacht?»

Seine Stimme klingt scharf und bitter. Auf der anderen Seite des Kanals, dort, wo die alten Fischerhütten verrotten, hat jemand ein Feuer gemacht und der Qualm wabert zu uns herüber. Verbranntes Holz und Plastik kitzeln beißend in meiner Nase und ich versuche, durch den Mund weiterzuatmen. Simon bemerkt davon nichts.

Er zieht einfach sein Hemd etwas vom Körper und hält mir die Stelle mit dem Fleck unter die Nase.

«Ach, komm. Reg dich nicht auf, Pumpkin. Du hast mich angerotzt, Alter! Meinst du, das lass ich mir einfach gefallen?»

Beim Sprechen gelangt Qualm in meine Luftröhre und mein Hals fühlt sich plötzlich schleimig und zäh an. Ich ziehe hoch, drehe mich um und einigermaßen ungeplant synchron spucken wir aus. Klatschend landet mein brauner Rotz neben ein paar Krebsleichen, daneben Simons Flatschen in Grün und Rot. Blut und Krebsgedärm wahrscheinlich.

Ich wasche mir die Hände im Kanal. Das Wasser riecht nach Algen und Fisch und sieht aus wie dunkelblaue Ölfarbe.

Immer noch ziemlich sauer – ein bisschen auch auf mich selbst, räume ich mein Zeug zusammen und klettere zurück ans Ufer. Simon bückt sich nach seiner Brille, reibt sie am Sockenbund sauber und kommt mir dann hinterher. Hinter ihm geht die Sonne unter und im orangenen Flackerlicht vom anderen Ufer und von einem Schwarm Mücken umflattert sieht er gar nicht mehr peinlich oder wie eine Missgeburt aus. Aus meiner Hosentasche krame ich ein Taschentuch.

«Zeig mal her.»

Ich greife sein Kinn und quetsche mit den Fingern seine Lippen ein wenig auseinander, um die gerissene Stelle abtupfen zu können. Ich merke, dass er das nicht will, aber er lässt mich trotzdem machen.

«Was machen wir jetzt?», frage ich ihn, während ich vorsichtig tupfe. «Willst du ein Eis? Ich geb eins aus!»

Er antwortet nicht, also lege ich meinen Arm um ihn und schiebe ihn vorwärts. Das blutige Taschentuch flattert aus meiner Hand in Richtung einiger krüppeliger Büsche und bleibt dort hängen.

Ich schließe die Tür auf und schleiche mich in den Flur. Im Wohnzimmer kann ich Carlos sonore Brummstimme hören und Dad, der hin und wieder mhmt. Durch den Türspalt sehe ich seinen Schatten, der wie eine dicke Kugel aus Schwarz in den Flur gleitet. «Hab mir doch gedacht, dass ich die Tür gehört habe», murmelt er ins Zwielicht, in das sich sein verschwitzt-rotes Gesicht geschoben hat. Carlos redet nicht mehr.

«Wo warst du?»

Ich lasse meinen Rucksack von den Schultern auf den Boden gleiten und schnaube so vor mich hin, weil ich mir noch nicht sicher bin, ob ich mit Dad reden will.

«Ich hab dich was gefragt, Patrick.»

Dad walzt jetzt ganz in den Flur und schließt die Tür zum Wohnzimmer, so dass ich nicht sehen kann, ob außer Carlos noch jemand da ist. Aber ich glaube nicht, denn wenn Dad sich die Zeit nimmt, mein Heimkommen zu bemerken, wird das Treffen nicht wichtig und Carlos nur auf einen Kaffee oder ein Bier da sein. Eher Bier ... und eher nicht nur eins.

Ich nuschel mir was zurecht, was an «Eiscafé» erinnern könnte, und will an ihm vorbei zur Treppe. Da trifft mich von hinten etwas knallend am Schädel. Vor meinen Augen explodieren Farben, und ehe ich meine Hand ausstrecken kann, lande ich mit dem Kinn voran auf der untersten Treppenstufe. Es klappert und knirscht, als meine Zähne aufeinanderschlagen. Der satte Geschmack von Metall verteilt sich flüssig in meinem Mund und läuft mir übers Kinn. Kurz ist mir schwindelig und irgendwie beschwert sich das Eis in meinem Bauch über seinen momentanen Aufenthaltsort. Ich ziehe mich am Treppengeländer hoch und ringe um Gleichgewicht.

«Du sollst deinen Scheiß nicht ständig überall liegen lassen. Ich räum dir doch nicht dauernd alles hinterher!»

Dad hält meinen Rucksack, mit dem er gerade nach mir geschlagen hat, am linken Zeigefinger hoch und funkelt mich an.

«Bin schließlich nicht deine Putzfrau.»

Er zieht den Reißverschluss auf, kramt ein wenig in meinem Zeug herum und kippt den Inhalt dann mit Schwung auf den Teppich. Stifte, Bücher, Müll und ein paar Steine, die ich vom Kanal mitgenommen habe, kullern herum.

«Räum das vernünftig auf und mach das da sauber.»

Dad deutet auf mein Kinn und auf die Treppe, dann dreht er sich um, wirft meinen grauen Rucksack hinter sich auf den Haufen mit meinen Sachen und verschwindet wieder im Wohnzimmer.

Ich weiß, dass er recht hat, ist schon klar. Aber gottverdammt, es *nervt* mich. Mein Kiefer tanzt Walzer mit meinem Zahnfleisch, wobei sich beide gegenseitig auf die Füße treten, und schlecht ist mir auch. Aus dem Küchenfenster sehe ich Simons Alten im Nachbargarten, während ich einen Lappen auswringe, um die Treppe zu wischen. Der Wichser geht mir mit seinem Gehabe dermaßen auf den Sack, dass mir erneut Galle sauer die Speiseröhre heraufkriecht. Rübergehen, mich vor ihm aufbauen und ihn mal megamäßig vollkotzen. Einen dicken grünen Kotzeschwall auf seinem Anzug hinterlassen, mich dann wieder umdrehen und gehen. Das wäre was. Ich grinse und überlege, ob es großen Ärger gäbe, wenn ich es machte ... Gäbe es leider. Wäre es das wert? Auf jeden Fall!

Okay – Nein! Wäre es nicht. Dad würde mich wahrscheinlich an Ort und Stelle umbringen, wenn ich das täte. Er mag den Veit-Snob zwar auch nicht, doch sie hopsen immer umeinander herum und machen ein Riesenzinnober um den Schwanzvergleich, den sie wegen jedem Scheiß austragen. Ich denke nicht, dass «*Mein Sohn kotzt besser als dein Sohn*» da irgendwelche Scorerpunkte bringt. Schnell wische ich also mein Blut und den Sabber von der Treppe, sammle meine Sachen zusammen, schmeiße sie wahllos in den Rucksack und renne die Treppe rauf in mein Zimmer.

Der Rucksack landet unterm Schreibtisch, ich auf dem ungemachten Bett an der Stirnseite des Raumes. Einfach so schreie ich ein paar Mal in mein Kissen. Ich drücke es fest in mein Gesicht, so dass es meine Stimme dämpft. Ich schmecke den weich gespülten Stoff – und genieße ein wenig die aufkommende Atemnot, die mein Gehirn erleichtert.

In meinem Zimmer herrscht Chaos. Dad nimmt das hin, solange ich es nicht übertreibe, und nutzt die «*Du hast dein Zimmer nicht aufgeräumt*»-Masche nur, wenn er wirklich schlechte Laune hat und sonst nichts findet, was er mir ankreiden kann. Das ist okay für mich. Aus dem Wäschehaufen vor meinem Bett pule ich saubere Kleidung. Bevor ich ins Bad gehe, lege ich aber das Kissen gut sichtbar in den Türrahmen. Auf dem weißen Bezug leuchtet der nasse Blutfleck fratzenartig, so dass das Kissen selbst wie ein blutendes, missgestaltetes Wesen aussieht, das doof aus der Tür glotzt. Es geht mir gar nicht darum, dass Dad es sieht. Meistens denke ich mir nicht viel bei solchen Sachen. Ich finde sie einfach gut. Vielleicht schlummert ja ein Künstler in mir. Bei diesem Gedanken huscht über mein Gesicht ein breites, höhnisches Grinsen.

Das Badezimmer im ersten Stock gehört eigentlich mir allein. Wenn Dad nicht gerade ein Fickverhältnis mit nach Hause bringt, das selbst Blagen hat, muss ich es mir nicht teilen. Er hat unten sein eigenes, größeres und vor allem moderneres mit Hightechdusche und Handtuchheizung. Ich schmeiße meine Klamotten auf den Wannenrand und stelle das kalte Wasser an. Während es einläuft, setze ich mich im Schneidersitz auf den Klodeckel und ziehe Grimassen im Spiegel. Mein Kinn ist unten links jetzt schon dick geschwollen und mit der Beule von gestern, über dem linken Auge, ist mein ganzes Gesicht ziemlich linkslastig. Das Gummiband, das sonst meine dunklen Haare im Nacken zusammenhält, ist rausgerutscht und dichte Strähnen fallen mir ins Gesicht, die sich nur widerwillig hinters Ohr verbannen lassen. Kurz denke ich darüber nach, ob ich mir vorm Baden noch einen runterholen soll, aber dann bin ich doch zu faul.

Nach dem Eiswasserbad ist mir komisch. Eigentlich sollte das helfen, wieder einen klaren Kopf zu bekommen, aber mir tun die Gelenke weh und alles ist so verdammt anstrengend. Selbst das Anziehen.

Im Flur glotzt mir der Kissenkopf entgegen. Ich steige über ihn weg und stehe stumpf in meinem Chaos, ohne recht zu wissen, was ich eigentlich tun will. Dann drehe ich mich wieder um, trete das Kissenvieh in den Flur und gehe nach unten. Carlos und Dad unterhalten sich über irgendeine Sportsache und bemerken mich gar nicht, als ich durch den Bierflaschenpark hinter ihnen stakse, um mir Geld aus meiner Spardose zu holen.

Die Luft draußen ist frisch, trotzdem ist es immer noch warm genug. Die Straßenlaternen schmeißen fahles Licht in die Vorgärten, an denen ich mich vorbeischleiche. Vorsichtig werfe ich noch einen Blick auf das Haus der Veits. Bei Simon ist kein Licht an. Aber wirklich Lust, ihn zu sehen, habe ich sowieso nicht.

An der Hauptstraße, die meiner Meinung nach nur bei Feierabendverkehr überhaupt diese Bezeichnung verdient und auf der jetzt gerade vollkommen friedlich und ohne Verletzte ein Schneckenwoodstock stattfinden könnte, biege ich rechts ab. Ich schlage mich ein Stückchen durch ein Gebüsch, wo ich mir den Arm an einer Dornenranke aufreiße, und stolpere dann leise fluchend auf eine Art künstliche Minilichtung im Stadtpark. Hier hängt das allerletzte Pack rum. Jede Nacht treiben es hier irgendwelche Schlampen aus der Oberstufe mit fetten Typen für Geld oder Drogen. Ein paar Möchtegern-Gangster mit Ghettoblastern machen ihre krummen Geschäfte, geben sich die Kante oder misshandeln irgendwelche Penner. Dad weiß nicht, dass ich einen der «Gangster» kenne. Geschweige denn, dass ich mich überhaupt hin und wieder hier rumtreibe – und wenn er es wüsste, wäre ich wahrscheinlich selbst bald einer der Obdachlosen, denen sie hier das mickrige Leben zur Hölle machen. Simon hingegen kennt Franky und kann ihn nicht leiden. Ich kann den kleinen Wichser meistens auch nicht leiden, aber er mich – und das bringt mir hin und wieder einen kostenlosen Trip oder einen Tipp für die Gestaltung eines langweiligen Abends ein.

Auf einer Bank liegen zwei Mädchen, halb nackt, und schnüffeln an irgendetwas, das in einer ranzigen braunen Papiertüte steckt. Die eine lacht hysterisch, die andere röchelt wie ein asthmatischer Hamster. Ich schlendere auf die beiden zu, schnappe mir die Tüte und rieche vorsichtig daran. Unter dem kreischenden Protest der Schlampen, die viel zu high sind, um aufzustehen, inhaliere ich ein wenig von dem Lösungsmittel, ehe ich die Tüte samt Inhalt in die Büsche schmeiße. In meinem Kopf explodiert ein Karussell. Blitzartig pulsieren feurig-bunte Lichtflecke über den Spiralnebel in meinem Gehirn und wirbeln mir den scharfen Geschmack durch Mund und Rachen. *Yeah.*

Die beiden haben sich von der Bank plumpsen lassen und robben, mich als Arschloch und Wichser beschimpfend, in Richtung der Büsche. Ich lasse sie. Die sind fertig genug.

«Heeeey Patrick, du kleiner Scheißer! Yo, man – lass ma die beiden Süßen in Ruhe. Die brauch ich noch zum Spielen!»

Frankys Stimme dröhnt mir im Ohr und sein hässliches Wieselgesicht schiebt sich in das explodierende Karussell, während er einen rot behaarten Arm über meine Schulter legt. Franky ist älter als ich. Für einen Junkie Mitte zwanzig aber noch gut in Schuss. Wie alt GENAU er ist, weiß ich nicht, und es interessiert mich auch nicht weiter, aber ich sehe in seiner schmutzigen Hackfresse etwas, das mir gefällt. Das LSD-Schimmern.

«Hi Franky. Alter, gib mir was von dem Stoff, den du gezischt hast ... Der muss gut sein!», begrüße ich ihn, während ich versuche, sein übertrieben breites Grinsen unter den Farbbomben, die noch immer in meinem Kopf platzen, zu fixieren.

Franky schiebt sich fahrig ein paar der fettig-braunroten Locken aus der breiten Stirn, guckt sich übertrieben gründlich um und schiebt mir ein briefmarkengroßes Löschpapier zu. LSD! *Der Sommer kommt.*

Ich umarme ihn, weil ich weiß, dass er auf diese Kleiner-Bruder-Gesten voll abfährt und lasse es mir sogar gefallen, von ihm zu seinen vollspastischen Kumpels geführt und rumgereicht zu werden. Franky meint, er würde auf mich achtgeben. Ich lasse ihn das glauben und bin einfach nur high! Megahigh – und jetzt auch ziemlich geil. Verdammt, ich hätte eben doch wichsen sollen! Mein Blick sucht die beiden Schlampen von vorhin, doch ich kann sie nirgendwo finden. Und so wirklich scharf darauf, so eine flachzulegen, bin ich auch nicht.

Nach einer Weile packt Franky das Spritzbesteck aus. Das Zeichen für mich abzuhauen. Auf diese kranke Heroinscheiße bin ich genauso wenig scharf wie auf die Junkienutten. Die Spastis lachen mich aus, als ich von der Bank aufstehe und meine Knie nachgeben, als wären sie heißer, flüssiger Pudding. Wieder macht mein Kinn Bekanntschaft mit dem Boden, doch dieses Mal stört es mich nicht. Es ist mir egal! Alles ist egal. Weil die Welt bunt ist. Klischee? Vielleicht! Aber ein gutes!

Ich ordne mich, sehe beim Wegwanken noch, wie Franky das H verteilt, Scheine kassiert und denke dabei an den Gestank von verbranntem Vanillepudding. Wenn man den einfach auf den Herd stellt und dort vergisst, qualmt er alles voll und stinkt bestialisch, ehe er anfängt zu brennen. Auch wenn es schon nachts um zwei ist und alle Nachbarn schlafen. Dass man lieber draußen im Planschbecken nackt auf seinem bewusstlosen Kind eingeschlafen ist, ist da keine Ausrede. Den Geruch bekommt man nie mehr aus den Vorhängen. Auf dem Weg nach Hause entscheide ich, keinen Pudding zu mögen, merke, dass ich noch immer nicht müde bin, und sammle Kiesel aus den Vorgärten. Aus irgendeinem Haus dröhnt eine Stimme, die mich ermuntern will, mich: «Mal ganz schnell zu verpissen!»

«Erstick doch an deinem Wichspudding, du Penner!»

Zuhause setze ich mich in unsere Auffahrt, strecke die Beine aus und schmeiße die Steinchen nach drüben, gegen die strahlend weiße Fassade des Veit-Hauses. In der Hoffnung mit einem Simons Fenster zu treffen.

«Was zum Teufel tust du da?»

Ich öffne die Augen und über mir dreht sich Simons Gesicht. Groß wie ein Ballon schwebt es bleich vor mir. Mein Kopf wummert. Erst jetzt schnalle ich, dass ich auf dem Boden in unserer Auffahrt liege. Mit einem Kitzeln krabbelt wieder ein glucksendes Lachen meinen Hals hinauf.

«Du bist ja total high.»

Simon seufzt und zieht an meinen Armen, um mich irgendwie wieder in eine aufrechte Position zu bekommen. Ich kippe nach vorne und mein Kiefer, der immer noch scheiße wehtut, fällt auf meine Brust. In meinem Kopf brennt und qualmt dieses verdammte Karussell mit all seinen dummen Holzpferdchen und Kutschen, so dass ich den verschmorenden

Lack sogar riechen und schmecken kann. Als mir einfällt, wie eklig das ist, würge ich ein paar Brocken hoch und spucke sie hustend Simon entgegen.

Unser Haus leuchtet gelblich und beugt sich über mich, als wollte es mich mit seinen beigen Fensterläden – die nie klappern, weil Dad jemanden bezahlt, der das Haus zumindest von außen in Schuss hält – wie mit Tausenden Fühlern betatschen, vielleicht sogar fressen. Ich stelle mir vor, wie die Läden herausspringen und um mich herumtanzen, ein Lied auf den Lippen, was sie alles mit mir anstellen könnten. Das nette Einfamilienhaus, in dem ich wohne und von dem ich sicher bin, dass es lebt, atmet und sich freut, wenn wir es füttern mit all der Scheiße, ist von außen wie jedes andere in unserer Straße. Nur etwas größer vielleicht. Darauf legt Dad enormen Wert. Ich habe mal einen Film über ein Gebäude gesehen, das sich selbst weiterbaut. Es entscheidet frei, wo es was verändern, dransetzen oder abmontieren will, und nimmt dabei keine Rücksicht auf die Bewohner, die jedes Mal aufs Neue die beschissenen Zimmer und Flure suchen müssen. Manchmal frage ich mich, ob unseres das auch kann. Ich habe es gefragt, doch natürlich redet dieses Miststück nicht mit mir – nur um mich mit meiner Theorie wie einen Spinner aussehen zu lassen.

Von innen ist es dafür um so beschissener. Nicht, dass es so aussehen würde. Wir sind zwar nicht die Ordentlichsten, doch es hat alles irgendwie seinen Platz. Es sind die Möbel vorhanden, die in einem guten Haushalt eben da sein müssen, und doch ist alles ziemlich verkommen. Auf so eine pseudopsychologische geistige Art.

Der Grund dafür, dass das Haus immer größer zu werden scheint und auf mich herunterzukippen droht, ist, dass Simon mich auf die Beine gehievt und seinen kleinen Körper unter meinen Arm geschoben hat, um mich reinzubringen. Ich spüre, dass er warm ist. Wahrscheinlich habe ich ihn wirklich geweckt, und er schleppt noch die Traumhitze mit sich herum.

Ich denke an meine Mom. Okay, Simon hat wirklich nicht viel Ähnlichkeit mit meiner Mutter, schon klar – aber ich muss an sie denken und werde unheimlich sentimental.

Traumhitze ist ein Mommywort. Ein paar davon begleiten mich, seit sie tot ist.

Und weil ich an Mom denke, denke ich an den Dackel, den ich ins Jenseits befördert habe. Ewig her, ich weiß, aber sein dummes kleines Gesicht schiebt sich in meinen Gedanken vor das Monsterhaus und das brennende Karussell, und ich werde unheimlich sauer. *Verdammtes Vieh.*

Eben noch wollte ich wütend losschlagen. Um mich hauen, mich auf den Boden schmeißen und kreischen wie ein kleines Kind im Supermarkt. Doch Simon taumelt unter meinem Gewicht etwas und seine traumheiße Schulter bohrt sich in meine Seite. Er sagt irgendwas. Ich sehe seinen Mund auf und zu gehen, doch ich höre nur so ein komisches Blubbern, das in meinen kalten Ohren widerhallt neben dem kalt-lauten Rauschen des Windes. Ohne dass ich es steuern kann, fällt mir eine ganze Tränenflut über den Lidrand und meine wunden Wangen. Ich breche schluchzend und schniefend zusammen, lasse mich, das Gesicht voll Rotz und Tränen und müder Wuttrauer, schwer aus Simons Arm auf den Boden zurückgleiten, was ihn ein wenig mit umreißt. Während er mit den Armen rudert, um nicht hinzufallen, ziehe ich die Knie an die Brust und wippe wie bescheuert hin und her. Weine und wippe.

«Ich will zu meiner Mama» ist das Einzige, was ich krächzend und hechelnd herausbekomme. Meine Stimme tut mir im Hals weh. Als ob sich ein ganz dicker Brocken Wortkotze am Verschlussventil meines Halskloßes vorbeidrückt. Eine verschissen schmerzhafte Wortkotzegeburt ohne Rücksicht auf den zugeschnürten Geburtskanal.

Simon starrt ziemlich ratlos auf mich runter. Klar, er kann nicht verstehen, was da gerade passiert. Er kann GAR NICHTS verstehen. Nichts, was mit Gefühlen zu tun hat. Er versteht nicht, warum es einen Tag schulfrei gibt, wenn ein Klassenkamerad gestorben ist, und schon mal gar nicht, warum jemand in der Einfahrt hockt und völlig high nach seiner Mama bettelt, die schon vor neun Jahren verreckt ist.

Mit dem Tod meiner Mom hatte ich wirklich nichts zu tun. Da war ich noch ziemlich klein. Mit dem des Klassenkameraden vielleicht ein wenig mehr ...

«Patrick, was ist los? Was ist denn ...», Hilfe suchend sieht er sich um. Sucht den Gartenweg nach Worten ab, die ihm aus der Unverständnisfalle helfen könnten «... passiert?

Eine passierte Sache – das würde seinen Verstand nicht ganz so sehr übersteigen, aber was soll ich bitte sagen? Warum sollte ich es ihm auch erklären? Ginge grad eh nicht mit all den Flüssigkeiten, die aus mir herausschießen.

«Steh jetzt endlich auf, ich helf dir auch. Du kannst hier nicht sitzen bleiben und flennen. Wenn du deinen Vater weckst, bekomme ich wieder stundenlang keinen Schlaf.»

Weil es dann laut wird.

Ich sagte ja, Dad schreit nicht. Aber seine Art, mir sein Missfallen mitzuteilen, ist nicht weniger laut. Ich bin besser geworden. Doch ich schaffe es noch nicht ganz. Bei den Schlägen und dem Schmirgelpapier schon. Das ist einfach, wenn man die Zähne aufeinanderpresst, als wolle man die Kauflächen glatt drücken. Doch es gibt ein paar Dinge, bei denen ich den Mund nicht halten, nicht mit dem peinlichen und verschissen unnötigen Schreien aufhören kann. Noch nicht. Ich übe aber. Und bisher hat sich außer Simon noch keiner beschwert.

Wild fuchtle ich mit der Hand in der Luft herum. Ich will ihm von dem Karussell in meinem Kopf erzählen. Von all den Dingen, die in meinem Schädel brennen oder wachsen oder sterben. Von all dem Lebendigen und dem Verrotteten, das in mir pulsiert und sich durch mich hindurchbohrt. Und dass es schon Beulen in mir schlägt. Beulen, die ich fühlen kann. Ich will ihn fühlen lassen, wo eines dieser parasitären Dinge versucht, meine Haut zu durchstoßen. (Momentan versuchen sie es am Rücken, in der Kniekehle und gerade jetzt spüre ich, wie sie sich durch den Organhaufen in meinem Inneren zur Bauchdecke vorarbeiten). Doch jetzt kommt aus mir nur Geblubber. Speichelblasen und gurgelnde Laute der absoluten Hilflosigkeit. Und ehe ich auch nur ein verficktes Wort auskotzen kann, ziehen sie an mir. Packen mich, setzen mich auf eines der kohlschwarzen, verbrannten Holzpferde und wirbeln mich im Kreis herum. Auf diesem gigantischen Gedankenkarussell klammere ich mich verzweifelt an den Knauf am Pferderücken und mir wird vom

Qualm, der sich immer tiefer in meine Lungenbläschen frisst, ganz schwindlig.

ALLES BRENNT. ICH VERBRENNE!

Als ich aufwache, liege ich in meinem Bett und in meinem Zimmer ist es dunkel. Die Tür ist nur angelehnt und auf der Treppe höre ich Schritte. Dann wird die Haustür vorsichtig geöffnet und wieder geschlossen. Ich bin allein.

Simon hat mich irgendwie die Treppe hochgewuchtet, und ein dumpfer Schmerz im Rücken und am Hinterkopf sagt mir, dass dies nicht ganz ohne Komplikationen vonstattengegangen sein muss. Verdammte Scheiße! Stöhnend richte ich mich auf und atme rabenschwarze Luft aus. Zumindest fühlt es sich so an. In der Dunkelheit tanzen noch immer finstere Schatten um mich herum. Ich sitze ein paar Minuten aufrecht und glotze ihnen hinterher. Dann lasse ich den Kopf wieder ins Kissen fallen, das einen frischen, weißen Bezug hat. Dad hat meine Kissenmaske wohl vom Boden gefischt und neu bezogen. Kunstbanause. Was für ein Scheißtag!

II

Somewhere, between the sacred silence and sleep
Disorder, disorder, disorder!

(System of a Down – Toxicity)

Die letzten Tage verlieren sich in meinem Gehirn in einem Meer aus dumpfen Trommelschlägen, die über meinen Schädelknochen pulsieren. Ich liege im Pool hinten im Garten, sauge Luft in die Lungenflügel, bis sie fast bersten, und lasse mich treiben. Das kühle Wasser verstopft meine Ohren, und weil ich die Backen wie ein Hamster aufplustere, sorgt der Druck dafür, dass die Welt substanzlos wird, während ich gefangen bin in einem schweren Wasserkokon. Als gäbe es nur noch mich und meine Gedanken. Sonst nichts. Keine Menschen – keine Probleme.

Die Sonne knallt heiß auf mich runter, doch ich kann das Brennen genießen, das sich auf der aufgerauten Haut in meinem Gesicht ausbreitet. Irgendwie habe ich im Gesicht ständig Sonnenbrand. Nur dort. Ich werde immer schnell braun, habe eh einen dunklen Teint, weil meine Mutter Halbportugiesin war. Außerdem war sie mit Carlos irgendwie über neunzig Ecken verwandt. Rot werde ich auf jeden Fall nur im Gesicht. Seit gestern liege ich schon im Pool. Pisse ins Chlorwasser und bewege mich nur, wenn ich Hunger bekomme. Die Nacht über war es sehr kalt. Meine Haut ist aufgeweicht und fühlt sich an wie ein totes, gerupftes Huhn – doch das Karussell ist weg. Immer wieder tauche für ein paar Sekunden ab, halte die Luft an und lasse dann den Druck aus meiner Brust in kleinen Blubberblasen wieder entweichen. Im Wasser sind meine Gedanken wieder so kalt und klar wie die jetzt ruhige Pooloberfläche, und auch wenn meine Sicht wegen des Chlorwassers schon milchig getrübt ist, scheine ich einiges klarer erkennen zu können. Zum Beispiel, dass Frankys Stoff scheiße war, und ich ihm ordentlich die Meinung geigen werde, falls ich irgendwann doch aus dem Wasser steige. Und auch, dass es eigentlich Simons Schuld war. Der ganze verdammte Tag ging doch erst schief, weil er so ein Weichei ist. Vielleicht ist er auch nicht schuld, und der einzige Grund für meinen Absturz war, dass ich nicht zum Wichsen gekommen bin. Hab's aber nachgeholt.

Selbst Dad, dem es nicht im Geringsten gepasst hatte, dass ich die Nacht im Schwimmbecken hinter unserem Haus herumlag, hat nach ein paar kläglichen Versuchen, mich mit einer Eisenstange aus dem Becken zu fischen, wobei er ein paar Mal hart meine Schultern mit dem kalten Metall erwischte, aufgegeben und war kopfschüttelnd im Haus verschwunden.

«Wenn du in dem Drecksding verreckst, ist das dein Problem. Aber geh zum Pissen gefälligst ins Haus!», rief er mir später von der Terrasse aus zu. Ich genoss es, noch während er sprach, die ganze Urinsuppe aus meiner Blase ins Wasser zu lassen, und nickte dabei brav.

Das Haus kehrt mir seit Samstag den Rücken zu, worüber ich nicht traurig bin.

Ich denke daran, wie ich Simon das erste Mal gefickt habe, und muss grinsen. Das war im Schwimmbad, und eigentlich kann man sagen, dass diese Nacht dafür gesorgt hatte, dass ich endlich meinen eigenen Pool bekam.

Der Sommer hier ist jedes Jahr gleich. Zumindest in den paar wirklich heißen Tagen, die es noch gibt.

Die Sonne fließt dann zähflüssig vom Himmel und das Ozon wabert durch die Luft, dass man es riechen und schmecken kann. Jede verfluchte Bewegung treibt einem den Schweiß aus den Poren und der Absatz von Kopfschmerzmitteln nimmt drastisch zu. Ich mag diesen kurzen, aber megaintensiven Sommer sehr. Er ist pur. Zeigt die Leute so, wie sie sind. Empfindlich. Unter der Kleidung ist man nackt, logisch. Doch wenn der Schweiß in jede Klamottenfaser sickert, sieht man die Körper der Leute anders. Sie riechen auch anders. Man ist nackter als sonst. Körperlicher.

Im letzten Sommer fing ein neuer Bademeister im örtlichen Freibad an, im Grunde ist der Penner ganz allein schuld daran, dass die Anlage noch vor Ende der Hitzeperiode schließen musste.

Am 30. Juni letzten Jahres waren Simon und ich, wie fast jeden Tag, mit unseren Schwimmsachen losgelatscht. Simon hasst Menschenmengen und er geht auch nicht schwimmen. Er hasst es, so viele Leute um sich zu haben, die wild herumwuseln und laut und hektisch wie ein Mückenschwarm um ihn herumflattern. So saß er also unter einem Baum auf der Liegewiese, las ein Buch und passte auf unsere Sachen auf, während ich einer meiner Lieblingsbeschäftigungen nachging. Ich mag Rituale. Mein Schwimmbadritual war jeden Sommer dasselbe.

Zuerst ging ich einmal um die drei Schwimmbecken herum und über die Liegewiese. Dabei beobachtete ich, welcher Badeanzug seinen Hintern auf welchem Handtuch parkte, und merkte mir, welche Handtücher oder Liegestühle gerade frei waren. Wer seine Handtasche liegen ließ oder wer seine Sachen unter das Handtuch schob, in der Meinung, auf eine unheimlich exklusive und sichere Geheimtippidee gekommen zu sein. Dann sprang ich ins große Becken. Kopfsprung, direkt dort, wo die tiefste Stelle und somit das kälteste Wasser ist. Simon meint, davon könne man einen Herzinfarkt bekommen; doch ich steh drauf zu spüren, wie die Kälte über meine Haut zieht und wie tausend Nadeln auf die Nerven einsticht, so dass man sich für einen Augenblick nicht, aber auch gar nicht bewegen kann. Nicht einmal die Gedanken rühren sich. Erst dann wieder, wenn man an die Oberfläche kommt und hastig einatmet, bis es ganz dumpf wird im Kopf.

Während ich dann durchs Becken schwamm und wieder Leben in meine Muskeln schoss, sah ich mich nach ein paar der Badeanzüge um, die sich von ihren Handtüchern erhoben hatten, um etwas herumzuplanschen. Wenn ich welche fand, kletterte ich wieder aus dem Becken und bediente mich an ihren Geldbörsen und Picknickkörben auf dem Weg zum Kinderbecken. Dort spielte ich das «Wie lange kannst du noch?»-Spiel mit ein paar japsenden Kids, nachdem ich mein Diebesgut bei Simon abgeladen hatte. Zum Schluss kamen die Sprungtürme und die Rutsche, dann wieder ein paar Runden spielen.

So ein blöder kleiner Penner fing an, aus der Nase zu bluten, als ich ihn mit dem Kopf ein paar Sekunden zu lang ins

Chlorpissewasser des Kinderbeckens drückte, und er verlor kurz das Bewusstsein. Anstatt anzuerkennen, dass ich ihn sofort hochhievte, nachdem ich bemerkt hatte, dass er aufgehört hatte zu zappeln, entwickelte der Bademeister eine schier sardonische Freude daran, mich vor versammelter Mannschaft vollzukeifen. Pitschnass und stinkwütend warf er mich raus. Hausverbot auf Lebenszeit und «... *gefälligst froh sein, dass ich die Bullen nicht rufe ... du kleiner Bastard!*» Was er nur nicht tat, weil er dann seinen Job genauso an den Haken hätte hängen können.

Simon brauchte geschlagene zweieinhalb Stunden, um mein Fehlen zu bemerken, und ich saß zitternd vor Ärger und auch ein wenig fröstelnd vor dem Drehtor und starrte es an, als wäre es persönlich für diese Scheiße verantwortlich.

Mit unseren Sachen unterm Arm kam er schließlich gemütlich herausgestakst und schien über den Rand seiner Sonnenbrille starrend meinen Blick für das Tor auf mich zurückreflektieren zu wollen.

«Verdammte Wichser!», schrie ich ihm entgegen, und er zuckte ein wenig zusammen, nahm aber seinen verfluchten Anklageblick nicht von mir.

«Was glaubt der eigentlich, wer er ist? FUCK!»

Ich war aufgesprungen und trat schwungvoll barfuß gegen die Mauer, die das Freibad umschloss. Tat weh. War mir egal.

Simon zuckte nur mit seinen schmalen Schultern und starrte mich weiter an. Ätzend! Allerdings war das der Moment, als der Plan, an dem ich schon eine Weile gedanklich gefeilt hatte, endgültig Gestalt annahm, somit wurde ich ein wenig ruhiger. Eins war mal klar: DAS wollte ich nicht auf mir sitzen lassen – ich mochte das verdammte Freibad und hatte schon sehr viel Eintrittsgeld investiert. Im Grunde GEHÖRTE mir mindestens das verfickte Pisschlorkinderbecken zur Hälfte. Die würden es noch bereuen, mich einfach so rausgeworfen zu haben ...

«Ja, das bereuen die!»

«Das ist keine gute Idee, Patrick!»
 Aus dem Augenwinkel konnte ich Simons Gesicht sehen, das so ausdruckslos wie immer war. Im Mondlicht sah es fast kitschig und puppenhaft aus, und seine Augen, die wie immer hinter seiner Sonnenbrille verborgen waren, würden ohne sicher wie blaue Murmeln glänzen. Ich schnaubte verächtlich, während ich auf den Sattel meines Fahrrades kletterte, um mich von dort aus am Mauersims hochzuziehen. Es war halb ein Uhr nachts und vor einer Stunde waren die Bademeister und dann auch die Putzkolonne verschwunden. Das Freibad lag jungfräulich hinter der roten Backsteinmauer und glitzerte ruhig vor sich hin. Nur eine kleine Notlampe flackerte noch schwächlich am Sprungturm, ansonsten war es düster. Ich kletterte also fix die Mauer hinauf, streckte Simon, der nun auch wackelig auf dem Sattel stand, meine Hand hin, um ihn unsanft zu mir heraufzuziehen. Dass er sich dabei die Knie aufschürfte, war halb eingeplant und brachte mich zum Lachen. Schnell schubste ich ihn, dann meinen Rucksack auf die Rasenfläche auf der anderen Seite und hörte beides dumpf aufschlagen.
 «Das hätte ich auch noch alleine geschafft. Autsch!»

Simon wischte sich die Hände an der Hose ab und rappelte sich auf. Ich sprang hinterher und warf ihn dabei noch mal zu Boden.

«Ähm, mir ist klar, dass dir das hier Spaß macht», zischte er mir zu, «doch wenn man irgendwo einbricht, sollte man dann nicht vielleicht in Betracht ziehen, leise und unauffällig zu sein!?»

Wenn er diesen Ton anschlägt, könnte ich ihm regelmäßig alle Haare einzeln ausreißen, und das weiß er ganz genau ... KLUGSCHEISSER!

Meinen Rucksack geschultert trabte ich über die Liegewiese – Simons Handgelenk umschlungen und ihn hinter mir herschleifend – und atmete dabei tief die nächtlichen Desinfektionsgerüche ein. Nein, ein Hausverbot kam einfach nicht in Frage!

«Verrätst du mir jetzt, was wir hier machen?», japste er hinter mir, während er Mühe hatte, bei meinem Tempo nicht über irgendetwas zu stolpern. Hastig schüttelte ich den Kopf, riss die Hand hoch, um ihm zu signalisieren, dass er das gleich sehen würde, und steuerte direkt auf die Röhrenrutsche zu, die ich – dem Nasenbluter sei Dank – am Nachmittag nicht mehr hatte benutzen können. Die Rutschwasserdüse war ausgeschaltet und das rote Ungetüm, das mich irgendwie an den schlaffen Pimmel eines Elefanten erinnerte (dabei musste ich auflachen), hing nun geräuschlos mit der Eichel im Wasser. Über die Treppe schleifte ich Simon in den unterdimensionalen Rutschhaus-Hoden-Torso. Er schnappte nach

Luft und ließ sich bereitwillig neben mir in den Schneidersitz sinken.

Aus meinem Rucksack kramte ich ein paar Dinge hervor und breitete sie rotwangig vor uns auf dem Boden aus. Immer noch schwer atmend zog Simon eine Augenbraue hoch und berührte mit den Fingerspitzen das kleine weiße Kästchen vor ihm, dann das Seil und die durchsichtige Plastikflasche. Er hob den Kopf und legte ihn fragend schief.

«Sind das Rasierklingen?»

Er nahm das Kästchen und schob mit dem Daumen eines der kleinen Briefchen heraus.

Ich grinste noch breiter und nickte.

«Pass auf, ich binde dir das hier», ich hielt das Seil hoch, «um den Bauch und halte dich fest. Du lässt dich Stück für Stück die Rutsche runter und klebst die Dinger an der Seite fest. Am besten an der Stelle da am Rand», ich zeigte auf die Rundung, «so dass von der Klinge ein bisschen was übersteht. Dann lass ich los und du landest sicher unten im Wasser.»

Er hatte nun beide Augenbrauen hoch auf die bleiche Stirn gezogen, schielte über den Brillenrand und sah mir bei meinen Ausführungen zu, dann stand er auf und wandte sich zur Treppe ... ohne ein Wort. *Arschloch!*

Ich griff mir das Seil an beiden Seiten und zog es ihm von oben über den Kopf, bevor er die erste Stufe nach unten erwischen konnte – und riss ihn zurück.

«Hey, was soll die Scheiße?! Wo willst du hin?»

«Glaubst du wirklich, du holst mich mitten in der Nacht aus dem Bett und schleppst mich hierher und dann führe ich für dich einen so dämlichen Plan aus wie diese Zeichentrickratte? Vergiss es!»

Er versuchte, sich vom Seil zu befreien, doch ich zog ihn näher heran.

«Brain», sagte ich.

«Na, wie wär's, wenn du deines mal benutzt!?»

Was für ein arroganter Pisser!

Ich riss mich arg zusammen, um ihm nicht auf der Stelle einen ordentlichen Kinnhaken zu verpassen.

«Die *Fernsehratte* ist eigentlich 'ne Maus. Also im Grunde zwei Mäuse. *Pinky und der Brain*. Ich bin dann wohl Brain. Und ja, ich glaube es wirklich. Du bist leicht, ich kann dich gut halten, damit du nicht abrutschst. Und die Arschgeigen haben es nicht besser verdient!»

Er drehte sich im Seil schwerfällig zu mir um und war nun mit seinem Haarschopf direkt unter meiner Nase. Ich machte einen kleinen Schritt rückwärts, ließ das um ihn gespannte Seil aber nicht los. Bin ja nicht blöd.

«Wenn die dich ... Wenn die *uns* erwischen, wird das unangenehm, Patrick. Deinem Vater wird das nicht unbedingt gefallen. Unnötiger Ärger. Scheiß doch auf das Freibad!»

«Die erwischen uns ja nicht! Kein Mensch hat uns hier gesehen, und wenn die keinen Sicherheitsdienst haben, müssen sie ja damit rechnen, dass Leute reinkommen! Die haben mich unnötig bestraft, also ist es nur gerecht, wenn die 'nen Denkzettel kassieren! Das hier ist *mein* Freibad!»

Unbeabsichtigt hatte ich ihn während meiner hitzigen Ansprache wieder näher zu mir herangezogen. Das kribbelige Gefühl, das sich jetzt von der Magengegend aus in meine Ohren und den Unterleib drängte, hielt ich für Vorfreude auf den Streich und schob ihn wieder von mir.

Ein paar Mal versuchte Simon, sich aus dem Seil zu winden,

doch ich ließ ihn nicht. Dann stand er wieder ruhig vor mir und stieß entnervt die Luft aus.

«Du wirst das so oder so machen, oder? Ich meine, ob ich jetzt gehe oder nicht?!»

Ich nickte. Er hob die Hände in die Luft und deutete mir, das Seil richtig fest zu machen.

«Na, dann bringen wir das hier hinter uns. Wenn du meinst, dass es sein muss.»

Ohne groß zu fragen zog ich ihm sein Hemd über den Kopf und die Hose vom Arsch. Es wäre zu auffällig, wenn sein Zeug später nach Chlor riechen würde. Er ließ es sich gefallen. Dann, mit Komponentenkleber und Rasierklingen ausgerüstet, kletterte er also in die Röhre, während ich in der einen Hand das Seil und in der anderen eine Taschenlampe hielt.

In Gedanken hörte ich meinen Vater: *«Eine Demütigung darf man nicht auf sich sitzen lassen! Niemals. Wenn man das einmal tut, wissen die Leute, dass sie es mit einem Feigling zu tun haben. Mit einer blöden Memme!»*

ICH bin keine Memme!

Wir legten unsere Sachen hinter ein paar Büschen ab und setzten uns ins Gras. Simons Körper war mit einer Gänsehaut überzogen und aus seinem Haar tropfte Wasser auf seine Wangen.

«Müssen wir wirklich hierbleiben? Du hörst es doch morgen in den Nachrichten!»

Seine Stimme zitterte. An ein Handtuch hatte ich nicht gedacht, und nachts wurde es hier dann doch sehr kalt. Ich streckte mich aus und legte mir den Rucksack unter den Kopf.

«Wir bleiben hier! Auf dem Hinweg hat uns keiner gesehen, das weiß ich. Allerdings wär's scheiße, wenn wir doch noch erwischt werden, wie wir über die Mauer klettern. Außerdem will ich dabei sein! Wenn das Gebäude mit den Umkleiden um neun aufgeschlossen wird, gehen wir rein, tun so, als wären wir gerade erst gekommen, und fertig. Der Bademeister, der mich rausgeworfen hat, fängt eh erst um zehn an. Bis dahin sind wir längst weg!»

«Hm ...»

Natürlich merkte ich, dass es ihm nicht gefiel, hier die Nacht zu verbringen. Ihm war kalt und er hatte mir immerhin einen Gefallen getan. Ich setzte mich auf und zog meinen Pullover aus.

«Zieh das an!»

Ich hatte nur für ein paar Minuten die Augen geschlossen und mir ausgemalt, wie das Blut der ersten Badegäste in Strömen aus der Rutschröhre schwallen und das Becken tiefrot färben würde. Da sah ich mich, wie ich auf dem Dach des Rutschhaustorsos thronte, das wie ein riesiger Kriegselefant aussah, der Blutpisse auf seine Gegner spie. Ich lachte in mich hinein, triumphierte über den Bademeister, der in meinen Gedanken unter mir kniete und mich anbettelte, ihm nichts zu tun, mir unanständige Angebote machte, die mich wiederum nur deshalb antörnten, weil ich gesiegt hatte. Kein Porno dieser Welt hätte mich in diesem Moment so geil machen können wie dieser Wachtraum und Simons bewegungsloser Körper neben mir. Ich drehte meinen Kopf zur Seite. Der Kleine lag, die Arme um sich geschlungen, neben mir und war zitternd eingedöst. Ich überlegte einen Moment, dann schob ich meinen Arm unter seinen Kopf und zog ihn näher zu mir heran. Er wachte nicht auf.

«Ich bin Patrick Fechner, keine Memme! Und nur die, die sich nehmen, was sie wollen, bekommen, was sie verdienen!», flüsterte ich. Wieder so ein Satz von Dad.

Jetzt gerade sagte mir mein Schwanz, der hart pulsierte, dass ich unbedingt ficken wollte.

Mit beiden Händen fasste ich Simon, zog ihn zu mir heran, presste ihn fest an mich. Spielte im Kopf durch, wie es wäre, und wurde nur noch heißer. Meine Gedanken wurden bunter, überzeichnet. Das Atmen fiel mir schwer und es brannte in meinen Lungen. Der Kriegselefant ... *Ich bin kein FEIGLING* ... Der Bademeister, der nackt in seinem eigenen Blut kniete. Schreie und Angst.

Ich merkte erst spät, dass Simon sich wehrte, schlug und nach mir trat. Mich von sich wegzuschieben versuchte. ES INTERESSIERTE MICH NICHT, WAS ER WOLLTE!

Ich war geil. Und ich konnte tun, was auch immer ich wollte!

Ich presste sein Gesicht hart zu Boden und schob erst den Pulli hoch, dann seine noch kalt-nasse Boxershorts runter. Hielt ihn fest zwischen mir und dem Boden eingekeilt. Wie wild versuchte er, mich abzuschütteln, doch das machte mich nur noch mehr an.

Aber er schrie nicht. Auch heute noch schreit er nicht. Egal, wie sehr ich ihm wehtue.

Wie besinnungslos fiel ich über ihn her. Ich hatte gehört, dass Ficken grandios sei. Doch das, was ich spürte, die Bilder – der Elefant; es gibt bis heute keine Droge, die mich in diesen Zustand versetzt, in dem ich war, als ich Simon auf der

Freibadliegewiese – meinem persönlichen Schlachtfeld – bewusstlos fickte.

Als ich wieder klarer wurde, bekam ich Angst. Reglos lag er neben mir und irgendwie war da Blut ... Auf seinem Arsch und seinem Rücken und es lief aus seiner dreckverklebten Nase, als ich ihn ruppig auf den Rücken drehte.

«Simon ... Wach auf, du Penner, wir müssen uns verstecken. Gleich ist es so weit!»

Keine Reaktion.

«Komm schon, Simon! Steh auf, wir müssen weg!»

Er atmete gleichmäßig röchelnd durch den Mund, doch er wollte einfach nicht aufwachen. Panik stieg in mir hoch – und Hilflosigkeit.

Hektisch griff ich ihm unter die Arme und setzte ihn auf. Lehnte ihn an meinen Oberkörper und rüttelte ein paar Mal kräftig. Ein schmerzerfülltes Stöhnen ... Dann hob er den Kopf.

Ich drehte ihn zu mir herum.

«Was ist denn ..? Oh Mann ... Patrick!»

Simon riss die Augen auf und starrte mich an, dann übergab er sich gurgelnd auf seinen nackten Körper. Ich *hasse* Kotze.

Taumelnd stand er auf. In seinem Blick lag pure Anklage. Eine böse, kränkende, gemeine Anklage, wie ich sie noch nicht gesehen hatte. Doch er war nackt und voller Kotze, Blut und Erde und wirkte so lächerlich, dass ich laut lachen musste.

Auf dem Weg nach Hause musste ich ihn stützen. Ziemlich wackelig auf den Beinen und irgendwie völlig neben sich wankte er in seinen Klamotten, die jetzt doch nach Chlor stanken, weil ich sie im Schwimmbecken sauber gewaschen hatte, neben mir her und sagte kein Wort. Nach einer halben Stunde Abmühen, Gerangel und Kletterkunst an der Mauer, über die ich ihn und mich wuchten musste, war auch ich im Arsch. Müde, mit aufgeplatzten Handflächen, ein paar Schürfwunden am Knie und echt genervt. Richtig angefressen. Und eigentlich hatte ich keine Lust auf Diskussionen. Aber ich redete trotzdem. Sagte all die Dinge, die ich seither immer wieder herunterbeten muss. Dass es normal sei und er sich nicht so anstellen solle. Dass alle, aber auch wirklich ALLE das täten und er vollkommen abnormal sei, wenn er es nicht mit sich machen ließe. Dass man sich daran schnell gewöhne und es sich nicht schicke, darüber zu sprechen.

Er nickte.

Nachdem ich ihn zu Hause abgeliefert hatte, machte ich mich trotz schwerer Augenlider auf den Weg zurück zum Freibad. Lehnte mich an die gottverdammte Mauer und wartete. Und auch wenn ich, als ich irgendwann die ersten Schreie hörte, nicht auf dem Rutschhäuschen stand wie auf einem Kriegselefanten, wusste ich, dass ich im Recht war! Ich hatte gewonnen!

Das Freibad schloss, und Dad bekam die Baugenehmigung für den Pool binnen eines Monats, weil er für den Typen im Amt mal irgendwann irgendwas getan hatte, was einen Gefallen bedingte. Ein trockener, heißer Monat, der es wert war. Ich gab Simon drei Tage, die er «krank» bei sich im Haus verbrachte ... Dann waren wir wieder Freunde.

Simon sitzt in einem Liegestuhl und sieht mir zu. Wie lange er da schon hockt, weiß ich nicht. Über seinen Beinen liegt ein Handtuch ausgebreitet und mein Dad hat ihm ein Bier und einen Aschenbecher rausgestellt. Die Zigarette in seinem Mundwinkel glimmt und hängt lässig ein wenig runter, aber das Bier rührt er nicht an.

Wahrscheinlich ist es Zeit, sich für die Schule fertig zu machen.

Ich will nicht raus aus dem Wasser, denn dann kommen die Schmerzen zurück.

Aber ...

... für den Pool liebe ich meinen Dad! Sehr sogar.

III

So many suitors, I don't even have a suit to wear
So many influential fingers running through your hair.
I am the razor in the hands of your heart
And I am the razor in the hands of god

(Head Automatica – The razor)

Meine Hände brennen. Ich stehe an meinem Schließfach und sehe mich mies gelaunt und wahrscheinlich mit verquollenen Froschaugen im Gang um. Lauter Volltrottel. Einige kenne ich, die meisten nicht.

In der Schule bin ich gar nicht so schlecht. Zumindest in den Naturwissenschaften und in Kunst. Dad legt keinen großen Wert drauf, solange ich versetzt werde – ein Studium ist sowieso nicht geplant, weder von meiner noch von seiner Seite aus. Also ist es eigentlich nicht von Interesse, ob ich gute Noten bekomme oder wie mein Sozialverhalten ausfällt. Seit der Sache mit dem Mädchen, das ich ficken wollte, aber sie mich nicht, ist nichts Gravierendes mehr passiert, und so langsam fängt die Schule an, mich dermaßen zu langweilen, dass ich mehr als einmal am Tag über Brandstiftung im großen Stil nachdenke. Simon geht nicht in meine Klasse und in den paar Wahlpflichtkursen, die wir zusammen belegt haben, langweilt selbst er mich.

In meinem Spind herrscht Chaos. Manchmal wünsche ich mir, es gäbe eine unangekündigte Schrankkontrolle, nur um die Fressen der Bullen zu sehen, die meine Kunstblöcke und die geklauten Chemieutensilien unter meinen benutzten

Sportsachen hervorpulen. Ist ja nicht so, als würde ich nicht wissen, wie krank bestimmte Zeichnungen wirken können, wenn man den Tagtraum dahinter nicht kennt. Vielleicht aber erst recht, wenn man ihn kennt. Diese Spießer haben eh keinen Plan. Wahrscheinlich wäre ich für die ein zweiter Tim Hastenichtgesehen. Ein Amokkandidat. Kommt für mich aber nicht infrage. Nur Idioten lassen sich von den Bullen abknallen, um es ein paar mobbenden Wichsern heimzuzahlen. Bei meinem Glück habe ich aber sicher mal jemanden gemobbt, der sich irgendwann 'ne Wumme besorgt und ausflippt. Bisschen School-Shoot-Action mit anschließenden Amokläuferbeerdigungsfreistunden. Mann, wäre das geil ...

An der Schranktürinnenseite klebt ein altes Foto von Mom. Wenn meine Mitschüler es zu sehen bekämen, würden sie es nicht wagen, mich deswegen zu verarschen. Die meisten haben Angst vor mir oder Respekt oder was weiß ich. Trotzdem zeige ich es nicht unbedingt rum. Ich habe Dad aus dem Foto rausgerissen, den sehe ich zu Hause oft genug. Blöderweise kommt es vor, dass ich mich nicht mehr so ganz erinnern kann, wie Mom ausgesehen hat, und das, finde ich, ist dann schon etwas peinlich. Man sollte nicht vergessen, wie die Frau aussah, die einen auf die Welt gepresst hat. Das ist nicht cool.

Ich weiß, dass ich genauso *zuckersüß* wie sie sein kann. Sie hatte große, glänzende Augen, die ihre sonst harten Gesichtszüge weich und so scheiße liebenswürdig wirken lassen konnten, dass selbst der Papst sie anstatt der ganzen kleinen Jungs hätte vögeln wollen. Ich habe ihre Augen, sagt mein Dad. Ich sollte wohl keinen Urlaub im Vatikan planen ...

Eigentlich sagt er ja, wenn er mal wieder breit ist oder mich verprügelt, ich solle nicht so weinerlich aus der Wäsche gucken mit meinen Bambiaugen – so wie meine verschissene Drecksschlampe von Mutter. Doch ich habe herausgefunden, dass dieser Blick bei anderen Menschen Wunder wirkt. Dass ich aber nicht immer «niedlich» oder «freundlich» aussehe, ist Absicht. Aber wenn ich etwas will, packe ich meinen Mommyblick aus und die Leute kleben an mir wie die Fliegen am Honig. Das ist praktisch und funktioniert.

Ein paar von Frankys Kumpels gehen auch auf meine Schule, eine Klasse über mir – ich bin in der neunten –, und wenn sie mir im Gang über den Weg laufen, grinsen sie blöd oder denken, ich fände es cool, wenn sie mit mir reden. Ich schlage also meine Spindtür scheppernd zu und stolpere direkt in Gregoris dicken Wanst. Der Zehntklässler mit der verpickelten Nase und den schwabbeligen Wurstfingern an noch schwabbeligeren Armen grinst mich mit seinen wulstigen Lippen an und legt lässig den Hautlappen seines Oberarmes um den fettigen Hals seiner ziemlich hässlichen Freundin, die neben ihm hertrottelt. In seiner Alterskategorie finden sich Wenige, die seine Gesellschaft ertragen, doch da er 'ne verdammt harte Rechte hat, ist es sicherer, ihn nicht zu verärgern. Leute wie Gregori sind wie Hunde. Zu wenig Hirn, um alleine zu scheißen, aber noch genug, um zu wissen, wie man kräftig zubeißt. Mich mag er, weil Franky mich mag. Auch wenn ich ihm hin und wieder gern etwas Großes, Scharfkantiges in seinen halbrussischen Fettarsch schieben würde.

«Hey Gregori», bringe ich heraus und ein gespieltes Grinsen hervor.

«Was läuft so?»

Das runde Gesicht schiebt sich zu mir runter und erinnert mich immer stärker an das eines Boxers.

«Alles fit im Schritt, Kleiner, alles paletti. Tutti de Mare sozusagen!»

Er lacht über das, was er für einen Witz hält, und ich versuche, mich relativ erfolglos im Unterdrücken eines Fremdschämens.

«Also Zwerg, was geht? Bist du heute Abend im Stray?»

Das scharfkantige Ding nimmt in meinem Geist Formen an und mein Grinsen wird echter bei der Vorstellung, wie Gregoris Blut und Scheiße über seine Oberschenkel bis auf den Linoleumboden rinnen.

«Was geht im Stray? Ist Franky da? Muss eh mit ihm quatschen.»

Gregori schiebt mich den Gang entlang, entgegengesetzt der Richtung, in der mein Klassenzimmer liegt, doch ich halte die Fresse. Ein paar Schnitten aus meinem Englischförderkurs gehen kichernd vorbei, und ich wünsche ihnen pauschal die Pest an den Arsch. Laut genug, so dass sie empört davonjagen, und Gregori mir dafür erheitert seine Pranke auf die Schulter krachen lässt, um sie zu tätscheln. Ekelhaft.

«Franky lässt ausrichten, dass ich dich fragen soll, Kleiner. Der hat was Neues reingekriegt. Heißer Scheiß. Und bestimmt fällt was ab für dich ... Sei um zehn da, okie-dokie?»

Das scharfkantige Ding ist eine Kettensäge. *Yeah.* Aber die Aussicht auf neuen Stoff lässt meine Scheißwut auf minimalen Ärger schrumpfen und ich entscheide, Franky noch eine Chance zu geben. Ich nicke, knuffe ihn beim Gehen freundschaftlich in die Seite und verkrümel mich höflich, aber bestimmt in den Unterricht.

In der Mensa habe ich keinen festen Platz. Ich bin beliebt genug, um mir den Tisch auszusuchen, an den ich mich setze, und unwichtig genug, um nicht permanent die Leute um mich zu haben, die an einem zerren. Die Ganztagsschule ist schon deswegen nötig, weil es die einzige weiterführende in unserem Landkreis ist und die Busgesellschaften sich irgendwann beschwert haben, dass die Fahrer – statt ihren dicken Arsch im Busdepot auf der Wartebank zu parken und sich gegenseitig die Eier zu schaukeln – dauernd zu unterschiedlichen Zeiten rausfahren und einen Haufen Schulkinder durch die Gegend karren müssen. Also haben wir bis nachmittags Unterricht und es gibt 'ne Mensa und Betreuer, die einem in Freistunden gerne auf den Wecker gehen.

Ich fahre selten mit dem Bus. Wohn ja nicht so weit weg.

Simon hat schon aufgegessen und seine Nase steckt in einem Buch. Langweilig. Er sitzt allein. Ich suche den Raum nach Lisa ab. Hunger habe ich keinen. Lieber würde ich jetzt was rauchen. Ein paar Mädchen stehen auf mich, das weiß ich. Doch wenn ich nicht gerade etwas von ihnen brauche (Hausaufgaben, Geld oder Sex), interessieren sie mich nicht. Mit Lisa habe ich ein paar Mal rumgemacht in der Pause. Sie ist nicht meine Freundin oder so, doch sie ist ganz okay – 'ne Schlampe, aber keine, die es mit jedem treiben würde. Und sie verträgt die härtere Gangart, ohne zu jammern. Die meisten Mädchen in meinem Jahrgang sind steife und frigide Jungfrauen. Spießer eben oder noch richtige Kinder. Lisa hat es mit zwölf das erste Mal mit ihrem Onkel getrieben und stand drauf. Ich ertrage sie auch ganz gut mal, ohne sie zu ficken. Für eine Weile, wenn wir zusammen kiffen. Dann kann man mit ihr reden. Sie erwartet nicht dieses höfliche Getue. Ich sehe sie an die Wand gelehnt, wie sie ihre schwarzen Haare über die Schulter wirft und mit einem Jungen spricht, den ich nicht kenne. Er dürfte schon in die Oberstufe gehen, ist ziemlich groß und trägt diese «Meine Mama kauft mir Ed Hardy-Shirts, solange ich sie auch brav in die Hose stecke»-Styler-Klamotten, die scheinbar gerade in sind. Auch wenn Lisa nicht meine Freundin ist – es ärgert mich, wenn sie andere Typen blickfickt, während ich mich dazu herablasse, sie zu suchen. Sie hätte zu mir kommen sollen. Betont lässig werfe ich ihr einen Blick zu und mache mit der Hand eine reibende Bewegung, um ihr *«ich habe dein Geld»* zu signalisieren. Geld funktioniert bei ihr eigentlich immer. Wo ein Hurenherz schlägt, sagt sie selbst oft, wenn sie sich die Euros in den BH stopft, der an sich schon gut ausgefüllt ist.

Kokett, fast widerlich nett zeigt sie dem Typen noch einmal ihre von blutrotem Lippenstift eingezäunten Zähne, dann schwingt sie auf mich zu. Lisa erinnert mich an diese Manga-Gothic-Mädchen – sie hat große, dunkle Augen, die wie die von Kühen immer feucht glänzen und von deren Wimpern manchmal feiner Lidschattenstaub rieselt, wenn sie sich nach dem Ficken wieder nachmalt. Ihr Gesicht ist lang und spitz und mit zu dunklem Wangenrot bedacht. Ihre vollen Lippen sprechen fast jedes Wort wie *blow* aus. Sie sind rund und prall, wenn sie spricht, das kann einen schon irremachen. Lisa ist von allem ein bisschen zu viel. Zu viel White Trash, gepaart mit nuttigem Vorstadtcharme und jeder Menge Lolitasex. Allerdings ist sie manchmal echt clever und kann «mach's mir französisch» in zehn verschiedenen Sprachen.

Sie nimmt mich am Arm und führt mich zu ihrem Spind, während sie dem Kerl noch einen Über-die-Schulter-Blick zuwirft. So ein Pisser. Zwei Mädchen aus der Spießerfraktion nennen Lisa unterwegs Schlampe, hinter vorgehaltener Hand. Wir zeigen ihnen synchron den Mittelfinger, und ich spucke hinter ihnen auf den Boden. Mit einem Kuli malt Lisa sich zwei fette Striche auf die Handinnenfläche, die schon vollkommen beschmiert ist, und ich denke mir, dass sie heute schon ein paar Mal beleidigt wurde. Sie steht drauf, deshalb mache ich mir keine Gedanken, wie man diese Mädchen am besten leiden lassen könnte.

«Hast du alles?»

Lisas Stimme ist rau und weiblich.

«Dreißig für letzte Woche und noch mal 'n Zehner für heute.»

Aus meiner Hosentasche ziehe ich das Bündel Scheine, das ich zuvor Gregori aus der Tasche gemopst habe – heute Morgen vor der ersten Stunde.

«Das heißt, du willst noch was haben, ja?»

Sie fördert aus ihrem Schließfach ein Samtsäckchen zutage und reicht es mir. Eigentlich finde ich Kiffen stumpf, aber in der Schule ist es wenigstens eine Beschäftigung, die mich nicht zu Tode langweilt. Ein paar Minuten mit Lisa im Klo der Sporthalle, wo nie jemand hingeht, und dann die nächsten Stunden an sich vorbeigleiten lassen.

«Sehr schön. Dann komm mit!»

Lisa grinst und huscht dann durch den Korridor zur Tür der Sporthalle. Die leere, nach Sportlerschweiß und Pisse stinkende Halle durchqueren wir über die Zuschauerplätze und klettern dann über ein paar ausrangierte Putzwagen, die dort abgestellt wurden, weil man tatsächlich meinte, das würde die Schüler davon abhalten, in die Toiletten zu kommen, die schon seit Jahren sanierungsbedürftig sind. Als ich Lisas kalte Hand nehme, um ihr darüberzuhelfen, wird mir klar, dass ich nicht will, dass sie den Spinner von eben öfter trifft. Wen sie fickt, ist mir eigentlich schnurzegal, doch wegen *diesem* Typen warte ich nicht! *Dem* besorgt sie's nicht hier – und auch nirgendwo sonst!

Die alte Toilette ist muffig und abgewrackt. Auf dem Fensterbrett, an die verriegelten Milchglasscheiben gelehnt, schläft ein Weibsstück, das ich abrosten lassen würde, wenn man sie mir jemals nackt vor den Schwanz binden sollte. Ich packe sie am Handgelenk und ziehe kräftig. Sie wacht zwar auf, doch nicht rechtzeitig, um noch sicher mit den Füßen am Boden aufzukommen. Sie fällt auf die Knie und schaut sich aus verquollenen Augen um. Ihre Unterarme zieren irgendwelche strangen Schnitte und eingeritzte Muster. Wahrscheinlich der verschnörkelte Name eines armen Hundes, der sie mal aus Mitleid gefickt und dann sitzen gelassen hat. Nach meinem Hosenbein greifend plant sie, sich irgendwie aufzurichten, doch ich mache einen Schritt zurück.

«Du sollst mir keinen blasen, du sollst dich verpissen, Missy!»

Ich trete nach ihr und treffe sie leicht am Kinn. Sie jault auf und beschimpft mich nuschelnd, dann kriecht sie zur Tür, zieht sich hoch und wischt sich den Mund am Ärmel ab, der total speichelverkrustet glänzt, als hätte sie Klebestifte gelutscht. Sie verzieht sich fluchend und von draußen hören wir die Putzwagen scheppern, als Missy wohl dagegentorkelt.

«Maaaann, wie kann man nur so fertig sein?»

Ich schüttle den Kopf und rümpfe die Nase. Lisa sitzt mit gespreizten Beinen in einer der Kabinen auf dem Klodeckel und arbeitet konzentriert an dem Joint, während ich ihr unter den Rock auf den schwarzen Spitzentanga glotze, der leicht verrutscht den Blick auf ihre rasierte Fotze freigibt.

«Was war das für 'n Typ gerade?», frage ich sie, noch immer glotzend und mit wachsender Geilheit.

«Was? Der in der Mensa?», sie lacht und rutscht etwas hin und her. Ich kann sehen, dass sie feucht ist. Sie nickt und lächelt.

«Der heißt Robert. Aber ...», sie macht mit einer Hand Gänsefüßchen in der Luft und ihre Stimme wird noch ein bisschen rauer, «... ‹meine Freunde nennen mich Bobby.› Der ist neu, aus Bremen hergezogen. Macht Graffiti und so 'n Scheiß. Streetart eben. Ein kleiner Künstler.»

Lisa grinst und ich lege den Kopf schief. Die Antwort nervt mich fast so sehr wie der Typ an sich. Normalerweise hätten wir uns jetzt über den prolligen Wannabe lustig gemacht. Vielleicht hätte sie auch gesagt, dass sie ihn flachlegen oder sich ein paar Mal von ihm einladen lassen will, um ihn dann flachzulegen. Aber «Das ist Robert, seine Freunde nennen ihn Bobby» – wie eklig ist DAS denn bitte?

«Im groß Rumlabern vielleicht. Kunst ist an dem ganz sicher nur sein Schwanz. Minimalistische nämlich.»

Lisa blinzelt verträumt und verständnislos und nimmt den ersten Zug. Schon am Geruch erkenne ich, dass die Qualität für Gras okay ist. Also setze ich mich ebenfalls rittlings auf den Klodeckel, hinter sie, und nehme ihr den Joint aus der Hand. Mit der anderen befummele ich ein bisschen ihre Titten. Sie scheint das zu genießen und rutscht noch etwas näher heran. «Du wieder mit deinem Klugscheißersarkasmus.»

Sie legt den Kopf in den Nacken, ihr Haar kitzelt mich an der linken Seite des Halses.

«Das ist Zynismus, Süße.»

Sie lacht leise.

«Sarkasmus, Zynismus, Coitus interruptus. Ist mir doch egal dein schlaues Gequatsche, Einstein. Ich finde Graffiti ist Kunst. Und Bobby ist bestimmt ein echt verfickt Guter.»

«Unser kleines Muttersöhnchen *Rooooohhhhbääärt* hat wahrscheinlich nur mal 'ne Reportage auf MTV gesehen und meint jetzt, er hat voll den Plan. Willst du etwa was von so 'nem Spasti?», frage ich betont cool und nehme gleich zwei Züge auf einmal, um ihr dann den dichten Qualm mit einem harten Atemstoß an den Hinterkopf zu knallen, als wäre er irgendwie substanziell.

«Aha *Päääätrrriiiiiick*, neidisch? Du kleiner Wichser bist doch nicht etwa in mich verknallt, oder? Wie niedlich ...», versprüht sie feucht-giftig ihren Spott und greift mit der linken Hand nach hinten, zwischen meine Beine.

«Klar, total. Aber was würde dein Zuhälter davon halten, hm? Obwohl ... die drei Euro für 'nen Fick hab ich auch noch über», gebe ich *zynisch-sarkastisch* zurück und reiche ihr den Joint nach vorne. Greife dann ihr Handgelenk, um es ein wenig zu verdrehen. Lisa zieht die Luft ein und unterdrückt einen Schmerzensschrei. Davon angeregt presse ich ihr die Hand noch ein wenig fester an den Rücken und packe ihren Nacken, um sie besser in dieser Position halten zu können.

«Lass das, Blödmann!», presst sie hervor und hechelt nach Luft, während sie sich mit der anderen Hand am Joint festklammert.

«Ich mag den Typen nicht, okay!? Ich will nicht, dass du den vögelst, okay!?», zische ich ihr ins Ohr und gebe noch etwas mehr Druck.

«Fick. Dich.»

Ich kralle meine Hand in ihrem Nacken fest.

«Lisa, ich schwör's dir ... Du wirst es bereuen. Lass die Finger von *Bobby!* O-kay?»

Drohend lasse ich sie auch meinen angespannten Oberkörper spüren, als ich sie fest an mich heranziehe.

«O... Okay. Ja, ist okay ...»

Ihre Stimme ist leiser und weicher geworden, und ich schubse sie nach vorn, so dass sie, mir den Arsch entgegenstreckend, auf allen vieren landet.

«Autsch!», sie jault auf, als der Joint mit der Glut an ihr Handgelenk rollt. Sie greift danach und rappelt sich hoch. Entspannt lehne ich mich zurück und strecke die Hand aus.

Wegen *so einem* warten? Vergiss es, Schlampe! Nicht auf eine wie dich.

IV

If I seem bleak
Well you'd be correct
And if I don't speak
It's cause I get disconnected
But I won't be burned by the reflection
Of the fire in your eyes
As you're staring at the sun

(The Offspring – Staring at the sun)

Ich denke in letzter Zeit viel über Gerechtigkeit nach.

Johnossis *Execution Song* aus dem MP3-Player gibt meinen Gedanken einen guten, rockigen Beat und neben mir im Gras schleppen ein paar Ameisen Dreck zu ihrem Bau. Ich weiß, dass der Hausmeister immer ein wenig wartet, bis er die Haufen der kleinen Biester zerstört. Meist so lange, bis sie gerade fast fertig sind. Herr Burow hat dann ein verdammt kreatives Kontingent an Möglichkeiten das Heim der Krabbeltiere auszulöschen. Feuer, Gift, pure Zerstörungswut.

Einmal habe ich ihn dabei beobachtet, wie er Silvesterknaller in einen Haufen gesteckt und den ganzen Mist dann mit einem fiesen Lächeln auf den faltigen, dunkelbraunen Lippen in die Luft gejagt hat. Herr Burow ist wahrscheinlich genauso alt wie die Welt selbst und seine dunkle Haut sieht schon lange aus wie ein Lederhandschuh, den jemand über Jahre auf der Terrasse der Witterung ausgesetzt liegen gelassen hat. Seine Stimme klingt nach Kehlkopfkrebs, und die meisten Kids haben Schiss vor ihm. Ich nicht.

Heute steht bei uns zu Hause eine Grillfete an. Dad lädt mal wieder die Penner ein, mit denen er hin und wieder geschäftlich zu tun hat, und das heißt für mich: Sklavenarbeit während der Vorbereitungen. Angefangen beim gemeinsamen Einkaufen. Also sitze ich vor der Turnhalle, wo auch die Gästeparkplätze sind, im Gras und warte darauf, dass Dad mich abholt, um mit mir zum Großhandel zu fahren, den ich nicht mag, weil man dort nichts klauen kann. Schon mal versucht, eine 5-Liter-Flasche Rum mitgehen zu lassen? Die denken da nur in solchen Dimensionen, und selbst Kaugummi gibt es ausschließlich in Kilopaketen. Aber Dad hat eine Kundenkarte von Hassan, der eine Kneipe in unserem Viertel hat. Manchmal machen Dad und Carlos da irgendwelche Deals klar, und wenn Hassan mal wieder die Versicherung bescheißen will, lassen sie sich immer was Gutes einfallen.

Die Sonne knallt mir auf den Schädel, als wollte sie mir das Hirn rausschmelzen. Ich stehe auf und latsche ein bisschen rum. Dad kommt natürlich zu spät. Ich glaube, meinen Stundenplan hat er sowieso noch nie gesehen, und vermutet ins Ungewisse, dass irgendwann zwischen drei und vier der Unterricht aus ist. Also fährt er dann um vier los, und das bedeutet für mich: Warten! Schulschluss war aber schon um kurz vor drei. Herr Burow lehnt am Tor zum Schulgarten hinter der Halle und plant auf den Stiel eines Rechens gelehnt den Krieg gegen die Insekteninvasion. Ich hebe die Hand und deute ein müdes Winken an, während ich, weil ich ihn leiden kann, darauf achte, bei jedem Schritt auf eine der wuseligen Ameisen zu treten. Dieses Jahr ist es wieder Mal richtig schlimm. Der ganze verdammte Rasen scheint zu kriechen. Wenn Ameisen wirklich so stark sind, dass sie ein Vielfaches ihres Körpergewichts schleppen können, müssten wir sie eigentlich am Leben lassen und könnten dann wie auf lebendigen Laufbändern über den Rasen schweben, ohne selbst zu gehen. Dann wären die Dinger wenigstens mal nützlich und man wäre nur noch halb so sauer, wenn man Ameisenleichen aus dem Rucksack und den Schuhen pulen muss. Solange die Viecher aber nicht daran denken, ihr Potential als Nutztiere zu entfalten, müssen wir dem Alten echt dankbar sein, dass er sein persönliches ANTgrad auf den Wiesen unserer Schule geschaffen hat, das dem fucking Stalingrad an Ideenreichtum und Blutrünstigkeit wirklich in nichts nachsteht. Irgendjemand muss es ja tun. Ich lache, weil ich hinter dem Hausmeister eine Deutschlandflagge wehen sehe, bedruckt mit einer riesigen, matschig-toten Ameise und meine Fantasie ihm eine alberne Kammerjägeruniform anzieht. Er hebt ebenfalls den Arm und legt sich die Hand an die Stirn, um die Augen vor der Sonne zu schützen. Ich versuche zu verdrängen, dass die Geste stark an einen Salut erinnert, und ziehe mir die Kopfhörer aus den Ohren.

«Guten Tag, Herr Burow. Alles sauber bei Ihnen?»

Aus der Hosentasche wühle ich meine Zigaretten und biete ihm eine aus der verknitterten Schachtel an. Natürlich ist es auf dem Schulgelände untersagt zu rauchen. Doch solange man seine Kippen brav in den Müll befördert, ist das beim Burow okay. Allerdings auch nur, wenn er dich mag.

«Ach, Fechner. Sag bloß, ich hab dich heute wieder am Hals? Was war's denn diesmal, Bengel?»

«Ne ne, keine Sorge. Heute kein Strafdienst. Aber wenn Sie

Sehnsucht nach mir haben, kann ich mir ja für morgen was einfallen lassen.»

Er lacht kehlig, was in einen Hustenkrampf mündet, während er sich die Kippe anzündet. Eigentlich müsste eine ganze Tonne Teer aus ihm rauskommen, so wie das klingt.

Ich stelle mir vor, wie er sich vor die Ameisenhaufen stellt und sie mit einem dicken, klebrigen Schwall Teer, der flüssig aus seinem Mund quillt, vollkotzt, und kichere.

«Na, wir werden's sehen, Bürschchen, wir werden's sehen. Genug zu tun hab ich ja immer. Aber vielleicht lässt du einfach mal deine Finger von den jungen Deern. Dann musst du deine Zeit auch nich mit 'nem alten Sack wie mir absitzen, nich wahr?»

Ich zucke mit den Schultern und lehne mich ans Tor. Vom Parkplatz her höre ich schon Dads Wagen. Jetzt kann der aber auch mal warten.

«Ich find's okay. Gibt Schlimmeres!»

Gemeinsam blicken wir in die Sonne und dann zum Parkplatz, wo Dad bereits mit dem Hupkonzert angefangen hat. Herr Burow hebt den Rechen und haut ihn mir leicht ans Knie.

«Bursche, wenn dein Vater immer noch so ungeduldig ist wie damals, als ich den hier rumpfeifen hatte zum Unkrautjäten, ist es wohl besser, du sputest dich.»

Die Situation erinnert mich an einen schlechten *Warner Brothers*-Teeniefilm und ich verabschiede mich mit einer weit ausholenden Geste. Der alte Mann nickt Dad zu, der gerade im Begriff ist, aus dem Wagen zu steigen, um mich am Schlafittchen zu packen und zu holen. Ich sprinte also lieber fix zum Parkplatz und klettere auf der Beifahrerseite in den Jeep.

Während ich den Wagen auslade und die schweren Bierkisten in den Garten hieve, schmeißt Dad den Grill an und lächelt selbstgefällig. Sein Haar glänzt irgendwie obszön schmierig in der Nachmittagssonne und der Schweiß auf seinem freien Oberkörper funkelt mit ihm um die Wette. Meine Arme tun mir weh wie Sau und ich grummle ein wenig vor mich hin. Den Mücken, die einen verdammten Spaß daran zu haben scheinen, mir in Nasenlöcher und Augen zu flattern, schwöre ich fiese, bestialische Rache in Form verschiedenster selbst gemixter Chemiebomben. Leider würde das Versprühen dieser auch mich einen Erstickungstod sterben oder miesen Ausschlag bekommen lassen, doch das wissen die elenden Biester ja nicht. Hoffe ich zumindest. Ich denke schon lange, dass wir diese Drecksviecher unterschätzen. Nicht Mücken im Speziellen – Tiere an sich. Filme wie *Snakes on a Plane* oder *Killerbees* finde ich gar nicht so lächerlich. Wer weiß, wie unendlich böse diese Monstren mit ihren ach so kleinen Gehirnen wirklich sein können? Verraten werden sie es uns ja nicht. Und allein da beginnt mein Misstrauen. Wer sagt mir denn, dass nicht in Wirklichkeit so manches Tier unserer Sprache mächtig ist. Stimmbänder und Hirn, mehr braucht es dazu schließlich nicht.

Seufzend lasse ich den letzten Kasten auf den Boden sinken, etwas fester als nötig. Doch die verfluchten Flaschenböden sind irgendwie doch recht bruchsicher. Dad legt sich die Hand an die fettige, breite Stirn und schaut mit zusammengekniffenen Augen zu mir herüber.

«Bist du fertig damit?», ruft er, was vollkommen überflüssig ist, da ich es wohl kaum wagen würde, mich auf einer Kiste niederzulassen, um eine zu rauchen, wenn ich nicht fertig wäre. Mache mir doch keinen unnötigen Ärger. Bin ja nicht bescheuert. Ich nicke und meine Wangen glühen und müssen feuerrot sein, so heiß, wie mir ist. Sehnsüchtig glotze ich den Pool an, der mit einer kotzgrünen Plane abgedeckt vor sich hin dümpelt. Das hindert Dads vollspastische Kumpels zwar sicher nicht daran, wieder irgendeinen Scheiß mit MEINEM Pool anzustellen, doch es schützt sie immerhin davor, in ihm zu ertrinken. An sich würde es mich nicht stören, wenn einer von ihnen – oder am besten gleich alle – elendig darin ersöffe. Doch bevor sie sterben, werden sie pissen und scheißen und vielleicht sogar kotzen. Und bis zur nächsten Reinigung ist es noch ein bisschen hin.

«Wo hast du diesen Spasti gelassen, Patty? Deinen Veit-Jungen?»

Dads Hünenarsch strapaziert mittlerweile einen Gartenstuhl und er bedeutet mir, ihm ein Bier zu bringen. Mit meinem Feuerzeug öffne ich es, nehme einen Schluck und bringe es ihm. Eines ist ganz wichtig bei meinem Alten: Vor einer Grillfeier seine Laune checken und verhältnismäßig friedlich bleiben. Und das heißt sicher nicht, dass ich ein dreckiger Schleimer bin. Aber wer handelt sich schon gerne Stress ein? Und außerdem will ich nachher noch ins Stray, mir Frankys Friedensangebot abholen. Also chillig bleiben, Bier ranschleppen und Fragen halbwegs freundlich-kameradschaftlich beantworten. Auch wenn ich es hasse, dass er mich «Patty» nennt. Wie die Pest. Dads Frage nach Simon bedeutet im Grunde nicht, dass es ihn interessiert, wo Simon steckt. Übersetzt heißt das nur, ihn interessiert, dass Simon NICHT HIER ist, und er mir mitteilen will, dass er es auch begrüßen würde, wenn dem so bliebe. Ich denke, er will nicht, dass Simon irgendetwas seinem Vater erzählt. Auch wenn er längst geschnallt haben müsste, dass Simon mit seinem Vater nur so viel redet, wie es braucht, damit sein Alter nicht annimmt, er wäre verstummt. Die Abneigung gegen den alten Veit teile ich mit Dad und nicke deshalb wissend, wodurch sich einige Haarsträhnen aus meinem Zopf lösen und mir ins Gesicht klatschen. Fuck. Sehen meine Haare am Ende genauso verschwitzt-schmierig aus wie die von Dad?

«Keine Ahnung, wo der ist! Haben aber auch nichts verabredet oder so.»

Das Bier ruht in seiner Linken, und ich bin mal wieder fasziniert von der Größe seiner Hände. Die Flasche, deren Etikett ungefähr das Ausmaß meiner eigenen Hand hat, verschwindet fast in seiner Pranke und es sieht ein wenig so aus, als hätte seine Faust einen grünen Flaschenhals. Ich muss lachen.

«Was ist denn so witzig, Patty?»

Seine Stimme klingt kratzig und angestrengt. Scheiße. Zweimal mein Name in nur zwei Sätzen. Und dann noch ein genervter Unterton. Schlechte Karten für einen entspannten Abend. Um meine Hände zu beschäftigen, gehe ich zum Grill und stochere ein wenig in der Kohle rum. Im Nachbargarten setzt Simons Erzeuger sich an den Gartentisch und telefoniert gedämpft, während er auffällig unauffällig zu uns herüberstarrt. Am liebsten würde ich ihm die heiße Grillzange quer durchs Gesicht ziehen. Ich greife mit der rostigen Zange eine glühende Kohle und halte sie in die Luft, während ich ihm mit der anderen Hand bedeute, was er mich mal kann. Dann lasse ich den orangegrauen Klumpen in den Grill zurückplumpsen. Funken stieben hoch und flirren in Richtung des

Nachbargartens. Einige legen sich auf die Hecke und brennen Löcher in das Grünzeug.

Ein wenig scheine ich meinen Vater tatsächlich amüsiert zu haben. Er zieht die Mundwinkel etwas höher und prostet mir zu, ehe er einen tiefen Zug aus seiner Faust nimmt.

«Daaaaaad?», säusel ich laut und künstlich freundlich, lasse den Veit aber nicht aus den Augen. «Soll ich den Blasebalg holen? Ich glaube, der Grill braucht noch etwas Starthilfe.»

Jetzt grinst er wirklich. Wider besseren Wissens steigt meine Hoffnung auf Frieden heute Abend, als er mir ein freundliches «Klar, mach nur» zukommen lässt.

Wie ein Irrer pumpe ich Luft durch den Schlauch des Blasebalgs, der in meiner Achselhöhle klemmt. Schweiß läuft mir in die Augen und mein Arm tut weh, aber ich grinse so breit, dass es in den Mundwinkeln spannt.

Simons Vater verzieht das Gesicht, als hätte er furchtbare Zahnschmerzen, als der dichte Qualm die Gartengrenze ungehindert passiert und ihm entgegenwabert.

«Richard», zischelt er bemüht sachlich und bekommt die Zähne vor Wut kaum auseinander.

«Sei doch so gut und sag deinem Jungen, er möge mit dem Blasen warten, bis ich im Haus bin, ja?»

Gerade laut genug, dass Dad es nicht ignorieren kann. Ich halte kurz inne, um schallend zu lachen.

«Sorry Eddy, ich erwarte Gäste. Der Grill muss fertig sein. Setz dich doch rein, wenn's dich so stört», er macht eine kurze Kunstpause, um das zornrote Gesicht seines Gegenübers genauer zu betrachten. Eduard Veit hört es absolut nicht gerne, wenn man ihn Eddy nennt (und für ungeliebte Spitznamen hat Dad ein wirklich treffsicheres Gespür). Dann legt Dad den Kopf schief und lächelt süffisant.

«Aber irgendwie ist mir so, als wär's dir nicht unangenehm, kleinen Jungs beim Blasen zuzusehen, oder?!»

Als «Eddy» wutschnaubend ins Haus läuft, winke ich ihm fröhlich hinterher und lege den blöden Blasebalg beiseite.

«Dieser elende, kleine, kinderfickende Wichser soll hier mal nicht einen auf Saubermann machen», höre ich Dad noch murmeln, dann erhebt er sich und geht ins Haus um sich «fit zu machen». (Neue Kleidung, bisschen Schnaps und vermutlich noch mal kacken gehen. Komischerweise «kann er nicht», wenn Gäste im Haus sind. Was echt unangenehm werden kann, weil er dann verdammt miese Laune bekommt, die natürlich ICH – seltener einer seiner verdammten Freunde – ausbaden muss.)

Muffelig halte ich mir mein Shirt an die Nase und denke mir, dass es eigentlich keinen Sinn hat, jetzt noch zu duschen oder mich umzuziehen. Mach ich lieber später, bevor ich ins Stray gehe.

Dads Kumpel fallen ein wie grunzende Eber. Die Tür bleibt offen und eine stinkende Herde Annähernd-Paarhufer trampelt durch unsere Diele. Ich sitze oben auf der Treppe und beobachte die Bagage, wie sie sich ereifert, *cool* und *dirty* zu sein, und irgendwie jedes Klischee einer unterentwickelten Neandertalercrew erfüllt. Nur Carlos ist ganz er selbst. Den fasst keiner an oder grunzt Obszönitäten über seine Frau raus. Keiner presst seine verschwitzte Brust, die in ein peinliches Altrockband-T-Shirt eingepackt ist, gegen seine. Er steht einfach nur da, eine Plastiktüte in der gebräunten Hand und beobachtet das Schauspiel – so wie ich.

«Patty, sag den Jungs mal Guten Tag und bring uns deinen Muckekasten runter!», brüllt Dad zu mir hinauf, als ich gerade den obersten Treppenabsatz erreicht habe in der Hoffnung, mich unbemerkt aus der Nummer rausmogeln zu können, und fällt dann ins Lachen der Horde über irgendeinen doofen Witz ein. Ich schleppe also meinen CD-Player die Treppe runter und schließe ihn an, während irgendeiner der sechs Typen schon anfängt, auf mir rumzuhacken.

«Dein Junge kommt ja ganz schön nach seiner Mama, was Richard?», meint so ein bulliger Kerl, der Hubert heißt und mich noch nie leiden konnte, legt mir die Hand auf die Schulter und quetscht darauf herum, als wäre ich eine verfluchte Apfelsine, die er auspressen will. Zähne zusammen und so ... Ich kenne das ja schon. Mir gehen Hunderte Entgegnungen durch den Kopf, die etwas mit seiner Abstammung und räudigen Hündinnen zu tun haben, doch ich schlucke sie runter und lächle doof.

«Sach ma, kann der nich sprechn, oda was?»

Steve, der Waffenbastler, tippt mir an die Brust, so dass ich etwas wanke. Augenscheinlich hat er schon bei Hassan vorgeglüht oder womöglich ist er immer noch breit von gestern oder vorgestern oder von letzter Woche oder was weiß ich. Auf jeden Fall leuchtet sein Gesicht und sein Atem stinkt schlimmer als jede Schnapsbrennerei, zumal ich keine Brennerei wüsste, wo Fisch serviert wird. Wirklich abartig.

Mein Vater macht eine Handbewegung und die beiden glotzen wieder zu ihm wie ADHS-Kinder, die bereits das Interesse verlieren, wenn sie überlegen, damit anzufangen, mit etwas anzufangen.

Mittlerweile ist es halb elf und ich liege im Bad auf dem Boden und versuche, mich aufs Wichsen zu konzentrieren. *Solange **das** noch geht, geht's doch noch*, denke ich und wische mir mit der freien Hand den dicken blutigen Schleim von der Oberlippe, der beim Atmen schmatzend aus meiner Nase schwallt. Feiner Blutstaub hat sich bereits auf die Fliesen gelegt und verschmiert braunschlierig, als ich meine Haare darüber verteile. Bloß nicht heulen. Ich umfasse meinen Schwanz noch fester. So fest, dass es schon ein wenig wehtut, und versuche, die verfickte Brandwunde nicht zu berühren, die sich heiß-pochend auf meinem Bauch bemerkbar macht.

«Sag deinen schwachsinnigen Freunden, dass ich nicht ihr verficktes Spielzeug bin!», höre ich mich Dad zukeuchen. Er grinst und hängt sich die Rumflasche wieder an den Mund.
 «Mach schon, Dad! Ich schwör's, ich bring die um. Ich bring die um, wenn du denen das nicht sagst!»

Das war um zehn. Dad lehnte im Türrahmen und sah mir zu. Sah grinsend dabei zu, wie ich mir Blut aus den Augen rieb.
 Dass ich seine Mutter doch noch mit einer Hündin verglichen habe, stieß bei Steve dann doch auf Missfallen. Nachdem er seinen Arm so fest um meinen Hals gelegt hatte, dass ich dachte, mein Genick würde jeden Moment nachgeben, zog er mir einen massiven Flaschenöffner zweimal kräftig durchs Gesicht. Okay so weit.
 «Yo, Steve, alles cool ...», hörte ich mich noch sagen. Auch wenn *cool* nicht unbedingt das war, was mir in dem Moment durch den Kopf ging. Doch als Kilian, so ein Polenarsch, der hier eine Autowerkstatt hat und wahrscheinlich seine Frau

als Hure vermietet, mit dem Rumgeschwuchtel anfing, war gar nichts mehr *cool*.

«Niedlichen Arsch hat dein Kleiner. Wirklich süß.»

Ein Grinsen zum Wegwischen und eine ganz deutliche Beule in der Jeans. Wichser. Das habe ich ihm auch gesagt: Soll wichsen gehen und mich nicht anglotzen.

Nachdem er «der süßen Patty» – Pass bloß auf, kleines Arschloch. Wenn ich dich töte, dann durch Kastration! – gezeigt hatte, was er von solcherlei Aufmüpfigkeit für gewöhnlich hielt – unter Zuhilfenahme der heißen Grillzange –, war ich mir sicher, dass ich Franky heiraten würde für einen guten Trip. Nur noch durchhalten bis halb zwölf.

«Stell dich nicht so an, Pat. Die Jungs amüsieren sich doch nur ein bisschen.» Amüsieren? AM ARSCH!

«JAAHAA, ich lache! Die Vollspastis sind ja SO witzig! HARRHARR!», brülle ich ihn also an. Wobei ein wenig von meinem Blut in sein Gesicht spritzt.

Umso lauter ich werde, umso stiller wird er. Das kenne ich, und auch wenn ich genau weiß, was es in seiner Sprache für gewöhnlich zu bedeuten hat, kann ich es nicht lassen, ihn weiter zu provozieren.

«Aber geh doch und amüsier dich mit diesen Kakerlaken! Anscheinend ist ja ein Kollektiv-IQ von unter fünf nötig, um es mit dir auszuhalten!»

Autsch! Luft anhalten, Zähne zusammenpressen und die Vororkanstille nicht in die eigenen Grundfesten einsickern lassen, ist das Einzige, was man, nachdem man so unheimlich dumm war wie ich in diesem Moment, noch tun kann. Und niemals den Kopf senken. NIEMALS so dumm sein, den Blickkontakt zu unterbrechen. Am schlimmsten ist es, wenn er Folgendes tut:

Nichts.

«Darüber ...», und dieses *darüber* konnte den Vierten Weltkrieg bedeuten, «reden wir dann morgen noch mal. Besser, du gehst jetzt nach oben.»

Also liege ich auf dem Boden im Bad und versuche krampfhaft, mir einen runterzuholen, ohne zu heulen. Heulen kommt gar nicht in Frage. Zum Flennen ist mir nicht wegen der Hurensöhne, die im Garten Sauflieder lallen und meinen Pool (Zum Glück abgedeckt!) als Mülleimer benutzen. Die können mich mal. Doch wenn Dad so was sagt wie: «DARÜBER reden wir morgen noch mal ...», heißt das nichts weiter, als dass er sich *dafür* Zeit nehmen und es nicht zwischen Tür und Angel erledigen will. Das wiederum bedeutet, dass ich mich bis morgen Nachmittag der lächerlichen Hoffnung hingeben kann, er werde es vergessen – gepaart mit der verfickten Gewissheit, wirklich dicken Ärger zu kassieren. Fuck!

In letzter Zeit denke ich, wie gesagt, viel über Gerechtigkeit nach. Dass ich wegen dieses kindischen Drucks auf meinen Tränendrüsen nicht abspritzen kann. Das ist *definitiv* ungerecht!

Generell gerecht ist es aber – und da wird man mir sicher zustimmen –, nicht alleine zu leiden. Um Viertel nach elf schmeiße ich also geduldig Steinchen gegen Simons Fenster. Der Junge hat einen so leichten Schlaf, der wird schon aufwachen. Wahrscheinlich bekommt er wegen des Gegröles in unserem Garten eh kein Auge zu.

V

What is a day without a blessed night?
And what is peace without a blessed, blessed, blessed fight?
A quick taste of the poison, a quick twist of the knife

(Emilie Autumn – Dead is the new alive)

Schon vorm Stray geht das Gedränge los. Ein paar hyperaktive Junkies hoppeln in der Warteschlange auf und ab, fummeln sich gegenseitig an den Schwänzen herum und spähen aus, wem sie heute Abend einen blasen müssen, um an etwas Stoff zu kommen. So was von peinlich. Hinter uns kommen gerade ein paar Typen an, steigen aus einem protzigen, gelben Pornocabrio und sehen sich ähnlich gierig nach Opfern um, von denen sie sich für etwas Stoff einen blasen lassen können. Ein Muskelpaket im Cityhemd blinzelt auf Simon runter und grinst in sich hinein. Als er meinen Blick bemerkt, der so viel sagt wie: «Hand am Arsch – Schwanz ab!», dreht er seinen Hals in eine andere Richtung.

Im vorderen Teil der Disco gibt es eine Tanzfläche, über die man sich kämpfen muss, um in die hinten gelegenen, dunkleren Räume zu kommen. Außerdem gibt es oben noch ein paar Plattformen, die man über wackelige Stege erreicht. Als wir in die Menschenmasse eintauchen und der Geruch von Schweiß, Alk, Sex und Parfum meine Nasenschleimhaut verklebt, fühle ich mich eindeutig besser. Das schmerzhafte Pochen in meinem Gesicht pulst mit dem Bass des trashigen Blechrocks, der viel zu laut aus den Boxen donnert und hart auf die pogenden Tänzer herunterregnet. Simon vor mir herschiebend drängle ich mich mit Absicht durch eine besonders eng tanzende Gruppe, genieße die Reibung der verschwitzten Leiber an meinen Seiten und auch die leichten Schläge der Ellenbogen und Handflächen auf meinem Körper. Ich lasse den Bass in meinen Bauch fahren und fühle mich für einen Moment satt und zufrieden. Im Flackerlicht auf der Treppe zu den Plattformen sehe ich Franky. Außerdem Mandy und Yvonne, zwei von Frankys Schlampen. Sie sitzen auf dem Geländer und bemühen sich um ein gewisses playboymäßiges Image, indem sie sich gegenseitig befummeln. Simon stolpert vor mir her, und ich kann förmlich spüren, wie er das Gesicht verzieht. Ist mir egal. Ein paar Drinks und er wird schon locker werden. Also schiebe ich mich an ihm vorbei und zerre ihn auf die Treppe zu. Soll er sich irgendwo hinsetzen und warten, während ich mir von Franky meine Entschuldigung abhole.

Die Schlampen grinsen blöde, als ich auf Franky zusteuere, legen sich wohl schon einen dämlichen Spruch zurecht, doch mein «Kumpel» springt auf und schmeißt sich mir entgegen. Schon an seinen Augen und seinem Mund kann ich erkennen, wie breit er ist, und ich erwidere seine Umarmung herzlich, weil ich mich über seinen Zustand diebisch freue.

«Hey, mein Bruder!», brüllt er mir ins Ohr. Dann dreht er sich etwas weg, wobei er mich an der Schulter festhält und nach vorne schiebt, um mich vorzustellen.

«Hey ihr Süßen, daaaas ist Patrick. Seid nett zu ihm, der ist cool!», lallt er seiner Gefolgschaft zu – die meisten kennen mich eh und nicken nur müde, als würden sie sich irgendwie für Franky schämen. Was nicht angebracht ist, da jeder Einzelne von ihnen noch ein wenig kaputter ist als mein Lieblingsjunkie.

«Mann Kid, dein Gesicht! Was'n dir passiert? Muss ich jemandem 'ne Lektion erteilen?», haucht er wankend und heiser, während er versucht, sich irgendwie an mir festzuhalten, und fährt mir mit dem Zeigefinger über die knallrote Wange. Da ich es nicht mag, wenn er mich im Gesicht anfasst, drehe ich den Kopf ein wenig zur Seite, als wäre es mir peinlich – was es nicht ist.

«Lass mal. Der andere sieht schlimmer aus, den kannste vom Bordstein kratzen.»

Großspurig haue ich meine Faust in die geöffnete Hand. Dann entwinde ich mich Frankys Griff, was ihn kurz dem vollgekotzten Boden ein wenig näher bringt. Die Mädchen – ich nenne sie im Kopf Humptypussy und Dumptypussy, auch wenn ich ihre langweiligen Vornamen kenne – kichern vollkommen überspitzt und eine humpelt auf Nuttenstilettos zu ihm hin, drückt seinen Kopf an ihren Tweedledeepussybusen und tätschelt ihm das Ohr. Das Ganze sieht so lächerlich aus. Ich lache laut und nutze die Chance, mich neben die Tweedledumpussyschlampe zu setzen.

Von irgendwo aus dem Gewühl wabert Gregori auf uns zu und hat die Hände voller Longdrinkgläser.

«Aloohaaaa Ladies and Gentlemen, hier kommt der Retter des Abends. Nennt mich Alkinator.»

Über seinen eigenen saustumpfen Witz lachend und als wäre er Gottes Geschenk an die Schlampenwelt lehnt er sich neben der Tweedledumpussy ans Geländer, das ziemlich gefährlich zu zittern und schwanken anfängt.

«Franky, nimm den Kopf aus Yvies Titten, ich hab Alk!»

«Ach, halt die Fresse, Fettsack. Ich bereite mich nur schon mal auf später vor.»

Franky lacht und zieht sich an Tweedledeepussys Schultern hoch. Mit der Linken macht er die «Ich lass mir einen blasen»-Bewegung, mit der anderen fischt er Gregori eines der Gläser aus den Pranken. Nur um es gleich an mich weiterzureichen.

«Hier, mein Freund. Sollst ja bei uns nicht leben wie ein Scheißköter ...»

«Wieso? Was ist denn so schlecht an Gregoris Leben?»

Franky lacht und legt wieder seinen Arm um mich.

«Ey, was'n das für 'n Scheiß? Scheiße, Franky. Sag dem kleinen Schwanzlutscher, er soll die Fresse halten!»

Gregori rudert empört mit den Armen und das Bild eines fetten Dobermanns drängt sich immer überzeugender in mein imaginäres Blickfeld.

«Wuff, wuff», kläffe ich ihm übermütig zu und leere das Glas in einem Zug.

Drei Gläser Wodka-Energy und einige Witze auf Gregoris Kosten später lehnen wir an der Balustrade und sehen uns auf der Tanzfläche unter uns um. Tweedledee und Tweedledum sind gemeinschaftlich Nase pudern oder pissen oder beides, und Gregori sucht nach seiner hässlichen Hühnerfreundin. Wahrscheinlich um sie irgendwo draußen an einer Ecke zu vögeln wie ein Stümper. Ich stelle mir vor, wie Gregoris weißer Sommersprossenarsch hin und her schwabbelt wie ein Wackelpudding, während sie immer wieder mit dem Kopf gegen die Hauswand donnert. Ihre fettigen Haare ziehen Schlieren an der Fassade, und morgen fragen sich die Leute, was für eklige, gelbliche Schleimspuren da an der Mauer herunterlaufen. Bis irgendein Mieter sich erbarmt und das stinkende Zeug mit 'nem Gartenschlauch wegspritzt, wobei viele kleine Gregori-und-Hühnerfreundin-Schleimmoleküle durch die Luft rasen und sich auf die Lippen des Abspritzers legen. Mir wird schlecht.

Auf der Tanzfläche sehe ich Lisa. Sie sieht geil aus, wie sie sich in ihrem Top und dem viel zu kurzen Mini zur Musik bewegt, und ich nehme mir vor, nachher zu ihr zu gehen. Sobald ich von Franky den Stoff habe, mit dem ich sicher bei ihr punkte. Ein Blick zur Seite verrät mir, dass Simon noch immer in der Ecke hockt und wartet. Ein paar Mal versuche ich ihm zuzuwinken, ihm zu signalisieren, dass er seinen Arsch herbewegen soll, doch irgendwie sieht er mich nicht und ich habe keine Lust, ihn zu holen.

«Stehst du auf die Kleine?»

Verdammt, wenn Franky anfängt, so dusselige Fragen zu stellen, ist er echt nervig. Macht einen auf großer Bruder und will mir die Welt erklären oder zumindest die Weiber, was bei ihm ungefähr das Gleiche ist. Weiber, Sex und Drogen. Jetzt lehnt er neben mir und starrt auf Lisa runter, die sich ekstatisch zur Musik bewegt.

«Auf die? Ne, die hab ich schon 'n paar Mal gefickt», antworte ich genervt und drehe mich zu ihm. «Franky, sei nicht böse, ist cool, mit dir zu quatschen und alles. Aber was ist jetzt mit dem Stoff? Was hast du für mich?»

Franky grinst und dreht sich ebenfalls zu mir her. «Der Junge weiß, was er will, so lob ich's mir», seiert er rum und kramt in seiner Tasche.

Er zeigt mir ein kleines Tütchen mit ein paar Pillen in Pastellfarben.

«Feinstes E. Beste Qualität, Alter. Kein Scheiß. Nicht so wie beim letzten Mal. Ach ja, sorry deswegen. Ich hab schon gedacht, du machst hier Zwergenaufstand. Das Zeug war ja nicht so toll.»

Er grinst und reibt das Tütchen zwischen den Fingern hin und her.

«Ja ja, hab ich gemerkt. Ist ja halb so wild. Aber ich geh davon aus, die da sind dann umsonst? So als Entschuldigung?»

Ich setze meinen Mommyblick auf, der irgendwie auch bei Franky seine Wirkung selten verfehlt, und mache mich etwas kleiner.

«Ich mein, ich kann das heute echt brauchen...», und schon jetzt merke ich, dass irgendetwas schiefgelaufen ist. Franky steckt das Tütchen wieder ein und kommt ein wenig näher.

«Weißt du, Kleiner ... Ich lieb dich echt, und so. Wie 'nen Bruder, du weißt ja. Aber Gregori hat ja recht. Was für einen Ruf hab ich denn, wenn ich dauernd was verschenke? Das ist echt gutes Zeug. Teures Zeug. Weißt du, heute bist du es, morgen irgendwelche anderen Bitches. Ich kann nicht einfach geile, teure Scheißpillen verschenken wie der verfickte Weihnachtsmann. Hab meinen Sack nicht aufm Rücken, und der ist auch nicht voll mit Scheißpillen, verstehst du?», labert er rum und beugt sich etwas zu mir her, so dass ich seinen Mundgeruch um die Nase gepustet bekomme. Ich versuche, einen Schritt zurück zu machen und cool zu bleiben. Innerlich bin ich auf hundertachtzig. Was soll diese Scheiße plötzlich. Was WILL er von mir?

«Ey, Franky, hab ich jemals einem gesagt, dass du mir was gegeben hast? Niemals! Ich brauch's echt und ich finde, du schuldest es mir auch!»

Er lacht und streicht wieder über meine Wange.

«Na, wenn du es brauchst, will ich ja gar nicht so sein. Ich meine, wir sind doch Brüder und so. Wenn du sie *brauchst*, könntest du sie dir ja verdienen!»

Okay, jetzt bin ich völlig verwirrt.

«Ähm. Und was genau soll ich machen? Für dich ticken gehen, oder was? Vergiss es, das mach ich nicht.»

Ich baue mich wieder etwas auf und sehe ihm forschend in die Fischaugen.

«Ey Patrick, ne. Hab ich nie von dir verlangt, oder? Ich dachte da eher an einen kleinen Gefallen. So einfach als symbolische Bezahlung, damit man mir nicht nachsagt, ich sei der verfickte Weihnachtsmann, klar!?»

Ich zucke mit den Schultern.

«Na komm, was willst du?»

Frankys Lippen schieben sich an mein Ohr und sein Atem kitzelt mich.

«Ich finde, du könntest mir einen blasen, Kleiner!»

Mittlerweile lehne ich wieder am klebrigen Geländer und Frankys Nichtbeachtung meiner persönlichen zwanzig Zentimeter Freiraum schiebt mich fest gegen das Metall.

«Ey, bist du jetzt schwul, oder was?», frage ich aufrichtig überrascht. Immerhin habe ich Franky schon tausendmal beim Vögeln gesehen. Immer mit Weibern im Park.

«Quatsch, bin doch keine Tucke. Aber ist doch egal, was unten dranhängt, wenn es mit dem Mund was draufhat ... findste nicht?»

Ich weiß nicht, was mich mehr anekelt, sein breites Grinsen oder die Vorstellung, seinen Schwanz im Mund zu haben. Ich würge etwas Galle hoch, schlucke sie aber gleich wieder runter.

Franky muss meinen Blick richtig gedeutet haben und dreht sich gelangweilt weg.

«Musst du ja auch nicht, ich zwing ja keinen oder so. Aber wenn du dir ein paar nette Stunden auf E verschaffen willst, musst du dir wohl ein paar Minuten Mühe mit mir geben. Sag einfach Bescheid, dann gehn wir raus ...»

Ich bin so angefressen wie selten zuvor in meinem Leben. Dieser dreckige Hurenbock hat sie doch nicht mehr alle. *Ich habe diesen verdammten Scheißabend nur wegen der Aussicht auf guten Stoff überstanden!*, schreien meine Gedanken meine Schädeldecke an und Bilder von einem Beil und Frankys Schwanz hüpfen durcheinander mit Bildern von Gregoris Schwabbelarsch und Frankys Schwanz. Gelber Ekelsuppe und Frankys Schwanz. Meinem Mund und Frankys Schwanz. Kotze und seinem beschissenen Schwanz ...

«Bin gleich wieder da», raune ich ihm zu und drehe mich um. Renne die Treppe hinunter, um zum Kotzen aufs Klo zu kommen. Renne an Simon vorbei und über die Tanzfläche. Doch auf halber Strecke ist der Drang zu kotzen weg. Stattdessen sehe ich mich hektisch suchend um. Lisa ist nicht zu sehen, vielleicht ist sie schon weg. Von den anderen Dealern kenne ich keinen und weiß auch, dass ich eh nicht genug Kohle hätte, um bei denen was Gutes zu kaufen. Ich renne zu Simon zurück und versuche, gechillt und gut drauf zu wirken, was mir wahrscheinlich nicht wirklich gelingt.

«Hast du noch Geld?», brülle ich ihm viel zu laut ins Ohr. Er kramt in der Tasche und zieht einen Fünfer hervor. Na danke, dafür bekomme ich ja nicht mal was Anständiges zu kiffen.

«Mehr nicht?»

Er schüttelt den Kopf. FUCK!

«Wann gehen wir?», fragt er genervt und scheint mit seinem Blick irgendetwas in meinem Gesicht zu suchen. Das erkenne ich mittlerweile trotz seiner Sonnenbrille.

«Noch nicht», antworte ich knapp, dann habe ich eine Idee. Schlagartig bessert sich meine Laune und ich ziehe ihn auf die Treppe.

«Komm mit, wir gehen zu Franky», sage ich, dann drehe ich mich wieder um, so dass er fast gegen meine Brust knallt.

«Simon, du musst mal was für mich ... sagen wir mal ... auslegen ...»

Ich lächle und könnte ihn knutschen.

«Aber ich hab nur noch den Fünfer und den brauch ich noch für das Getränk», widerspricht er atemlos und stolpert die Stufen hoch.

«Ach, vergiss das Geld», rufe ich ihm zu und ziehe ihn weiter, bis wir wieder auf der Plattform stehen, auf der sich Franky gerade mit einem Typen unterhält, den ich nicht kenne.

«Hey, Bro!», mache ich auf mich aufmerksam und schiebe Simon, dessen Wangen vom Laufen und der warmen Luft rot glühen, direkt vor mich. Der andere Typ, so ein Möchtegerndealer der untersten Stufe, verpisst sich und Franky dreht sich zu uns um.

«Du hast ja deinen kleinen Parrifreund mitgebracht», kommt es entgeistert und er beugt sich etwas zu Simon herunter, als wäre dieser schwerstbehindert oder so.

«Na Kleiner, wie geht es dir?», sagt er langsam und betont, dann schaut er mich fragend an.

«Simon ist kein Parri, du Penner. Er ist Autist. Das ist 'ne Krankheit und darüber macht man sich nicht lustig, klar! Ich mach mich doch auch nicht über das Arschgeschwür deiner fetten Mutter lustig ...»

Egal, ob Franky oder sonst irgendein Arschloch, ich mag es nicht, wenn sie so mit Simon reden. Das ist feige und irgendwie asozial. Wir sind hier doch keine Nazis.

«Ich bin kein Autist. Auch kein Parri. Tut mir leid, Frank, da musst du dir einen anderen Gleichgesinnten suchen, der ...»

Über diesen zynischen Ansatz der Kommunikation von Simon bin ich überrascht. Zum Glück redet er sehr leise. Ich drücke ihm die Hand auf den Mund und versuche, etwas versöhnlicher zu klingen.

«Aber sieh mal, Bruder», ich betone das Wort *Bruder* scharf, «Simon hier hat sich bereiterklärt, dich für mich zu bezahlen.»

Franky zieht misstrauisch die Augenbraue hoch.

«Hat er das?»

Simon will etwas sagen, doch ich drücke weiterhin meine Hand fest auf seinen Mund und nicke.

«Okay, na gut. Soll mir recht sein.»

Der Blick meines Ex-Lieblingsjunkies wandert auf Simon herum, als würde er ihn auf seinen Wert auf dem Fleischmarkt schätzen, doch dann nickt er bestimmend, greift nach Simons Arm und zieht die Tüte mit den Pillen aus der Tasche, die er mir unter die Nase hält.

«Wenn er zickt, bist du dran!», zischt er mir zu und lässt das Tütchen auf den Boden fallen.

«Wird er nicht, ich fick ihn manchmal. Der wehrt sich nie», flüstere ich so gut wie unhörbar und gehe auf die Knie, um nach den Pillen zu suchen. Als ich das nächste Mal aufsehe, zerrt Franky Simon schon die Treppe hinunter. Etwas in meinem Magen rumort. Etwas zwickt mich am Hinterkopf. Irgendetwas sagt mir, dass das, was gerade passiert ist, gar nicht cool war. Vielleicht muss ich ja auch mal irgendwelche Schulden für Simon bezahlen, dann kann er mich meinetwegen hierauf festnageln. Doch jetzt sehe ich Lisa auf der Tanzfläche. Sie ist nicht allein. Um sie tanzt dieser Widerling *Bobby* rum und frisst sie fast mit seinen gierigen Fickblicken. Und Lisa, diese Nutte, sieht irgendwie anders aus als sonst. Zufrieden?! Wie eklig. Den muss ich ganz schnell loswerden.

Ich schütte mir aus dem Plastiktütchen zwei Pillen auf die Handfläche und spüle sie mit der Pfütze Wodka herunter, die in irgendeinem Glas übriggeblieben ist. Ich denke darüber nach, einfach über die Balustrade zu springen. Direkt auf die tanzenden Vollspastis runterkrachen und am besten Lisa direkt auf den Kopf fallen – oder besser noch auf den von Robert. Doch ich kenne den Trick. Man kann nicht fliegen. Wenn es sich auch von Sekunde zu Sekunde leichter anfühlt. Das Fliegenkönnen ist ein scheiß Klischee, und wer darauf reinfällt, ist selber schuld. Ich WÜRDE auf sie runterkrachen und das WÜRDE wehtun. Und behindert aussehen wohl auch. Also schwebe ich lieber die wackelnde Treppe herunter, dränge mich wieder vorbei an den Leuten, die ich mit Absicht anremple, und spaziere auf Lisa zu, als wäre ich ein Superheld.

«Was machst du hier?», schreie ich sie an und fasse sie am Arm. Lisa erschrickt sich und wirbelt zu mir herum.

«Mann Patrick, erschreck mich doch nicht so. Hi.»

Sie wagt es, mich anzustrahlen wie die fucking Mary Poppins der Kleinstadtnutten. Ihre Lippen sind feucht und glänzend, und unmittelbar kommt mir der Gedanke, dass ich eigentlich auch einen geblasen kriegen sollte.

«Bobby, das ist Patrick!»

Sie zerrt ihn zu sich heran und umarmt ihn wie kleine Mädchen ihre Teddys. Wie peinlich.

«Äh ja. Hi ... Süße, wollen wir was trinken?»

Der Penner ignoriert mich!?

«Okay, Patrick. Geil, dass du da bist. Sehen uns sicher später. Wir gehen mal an die Theke!»

Mit ihren schmalen Händen hält sie den Penner an der Hüfte fest und beide drehen sich weg. Ich koche. Immerhin habe ich ihr deutlich gesagt, was ich davon halte. Ich kann nicht fliegen, okay, aber meine Faust tut es. Fliegt durch die rauchgeschwängerte Luft und landet hart an Lisas Kinn. Irgendjemand schreit, als sie nach hinten wankt und dann mit dem Arsch, in den ich sie schon mehrmals hart gefickt habe – Kannst du das auch behaupten, *Bobby?* – auf dem Boden landet. Blut läuft ihr übers Kinn und sie glotzt mich einfach nur an. Sagt gar nichts. Schreit nicht oder so. Starrt mich an und über ihre Wange läuft eine beschissene Wimperntuscheträne. Als die Träne im Mundwinkel strandet, werde ich an den Schultern gepackt. Robert hängt bereits wie ein Affe in den Armen eines Security-Typen, der ihn abhält, mich anzuspringen. Irgendein Mädchen drückt Lisa ein Taschentuch an die Lippen und zieht sie auf die Beine.

Ich lasse mich von dem Gekreische völlig unbeeindruckt nach hinten zerren. Die bunten Lichter der Tanzfläche brechen sich im Glitzern der Tränen, die mir unkontrolliert aus den Augen quillen. Alles dreht sich und steht doch still. Als ich hart nach draußen gestoßen werde und die Tür dann zuschlägt, ist es plötzlich so ruhig und frisch, dass mir schwindelig wird. Also setze ich mich auf den Boden, stehe wieder auf, laufe herum, versuche Luft und Klarheit in mich hineinzulassen und schmeiße dann doch lieber noch eine der Pillen ein. Von irgendwoher höre ich einen einzigen spitzen Schrei und erkenne darin Simon. Nach einem kleinen wankenden Sprint erreiche ich den Hinterhof, von wo her ich den Schrei vermutete, und sehe Simon auf dem Boden liegen. Franky auf allen vieren über ihm mit heruntergelassenen Jeans. Simons Nase blutet und sein Kinn schlägt mit jedem Stoß von Franky leicht auf den Boden, so dass seine Zähne leise klappernd zusammenschlagen. Franky läuft Blut über die Stirn und eine Bissspur am Arm, mit dem er Simon runterdrückt, leuchtet rötlich. Doch seine Augen blitzen irre und geil und zugedröhnt, und ich will mich nicht einmischen, wenn er so guckt.

Und doch ... Das darf er nicht!

Eine Weile stehe ich einfach da, sehe zu, wie Franky meinen besten Freund vögelt, und weine. Heule, weil ich wütend bin. Auf Lisa und Robert und diesen Securityaffen und den Gartenschlauchmann, der Gregoris gelben Schleim wegmacht, und auf Franky, weil er mir die Pillen einfach hätte schenken müssen. Simons Sonnenbrille liegt vor mir auf dem Boden. Sein Blick ist auf mich gerichtet. Er sieht mich einfach nur an. Kühle, graublaue Augen, in denen ich nichts lesen kann. Das jagt mir einen Schauer über den Rücken.

DAS DARFST DU NICHT, DU WICHSER! LASS IHN IN RUHE! ICH BRING DICH UM, ICHBRINGDICHUMICHBRINGDICHUM!! SO WAR DAS NICHT ABGEMACHT!!! DU. WIRST. STERBEN!!!!

Doch die Worte schaffen es nicht aus meinem Mund. Prallen an der Stirninnenseite ab und verwirren sich in meinem Kopf zu einem Buchstabenbrei. Schnell bücke ich mich zu der Brille, gebe ihr einen kräftigen Stoß in Simons Richtung und gehe dann. Gehe ganz langsam, um nicht umzukippen oder doch noch abzuheben, um die Ecke. Laufe mitten auf der Straße, die aus Augen zu bestehen scheint. Augen, die mich anstarren. Augen, die mir sagen, dass dieser Abend mies war. Hilflose Riesenpupillen, auf die ich trete und in deren Glanzschimmerschleim ich nicht ausrutschen will, um nicht von diesen monströsen Lidern verschlungen zu werden. Und ich hoffe so sehr, *Bobby* würde mir begegnen. JEMAND WIRD FÜR DIESEN ABEND BEZAHLEN!

Dad sitzt in seinem Sessel, als ich nach Hause komme, und schnarcht monoton vor sich hin. Wankend ziehe ich mich am Treppengeländer hoch. Ich bin so müde. Auf dem Teppich vor meiner Zimmertür lege ich mich lang hin, um kurz auszuruhen. Bloß stillliegen und an die Decke sehen. In meinem Kopf wirbelt Staub herum. Staub und Farbenbrei. Irgendwie höre ich Simons Stimme leise summen, dabei hat er ja heute gar nicht gesummt. Habe ihn eigentlich nie etwas summen hören. Doch jetzt, in diesem Moment, auf dem Teppich vor meinem Zimmer schwappt der Boden und knarrt wie die Planken eines verdammt alten Holzkahns, und Simons Stimme weht im Wind. Summt leise Melodien, die Schmerzen versprechen. *Dafür wirst du büßen, Pattyboy! Dafür wirst du büßen!* **Darüber** *reden wir noch!*

Ich werde wütend. Was will der denn, bitte? Es war ja nicht meine Schuld. Kann ja nichts dafür, dass er es sich gefallen lässt. Außerdem hätte er ja Geld dabeihaben können! Mir kommen die Tränen und irgendein komischer durchsichtiger Schleim in meinen Augen verschmiert mir die Sicht auf die schmuddelig weiße Decke. Unter dem Singsang in meinem Kopf höre ich mich keuchen und spüre, wie es mir heiß in der Kehle brennt. Ich würge Kotze hoch, die gleich wieder in den Rachen zurückläuft. Hustend drehe ich den Kopf zur Seite und die ganze Grütze spritzt auf den Teppich und ein bisschen auch in mein Gesicht. Ein paar Brocken stecken mir im Hals und auch in der Backentasche sammelt sich eine dickflüssige Pfütze. Der saure Geschmack und die Kotzeluft, die ich einatme, lassen mich erneut würgen, und beim nächsten Schwall drehe ich mich auf den noch immer ziependen Bauch, um alles rauslaufen zu lassen. Die Säure setzt sich auf den Schleimhäuten fest und juckt wie bescheuert. Verfickter Scheißtrip. Von unten höre ich Dad, der sich geräuschvoll in seinem Sessel wälzt, während ich hier oben meinen persönlichen Kotzkampf austrage. Unendlich leere Traurigkeit lässt meinen Körper in einem erbärmlichen Schluchzen erzittern. ER schläft im Sessel, während ICH hier verrecke. Ich wünsche mir so fest, er käme zu mir rauf, um DARÜBER zu reden, mich meinetwegen an den Haaren in die Duschkabine zu zerren, um mich mit dem Duschkopf zu vermöbeln, ehe er mich mit eiskaltem Wasser sauber spritzt. Denn danach würde er mich ins Bett schaffen, mir sagen, dass er es nur gut meine mit mir, und die Tür bliebe über Nacht einen Spalt weit geöffnet. Nur für den Fall, dass ich doch noch einen Arzt bräuchte, um nicht zu verrecken.

Bullshit, ich weiß!

Simons Singsang in meinem Kopf schwillt zu einem zweistimmigen, bedrohlich dröhnenden Klang an, in dem sich die Stimme meines Vaters wiederfindet: *DARÜBER reden wir noch, Pattyboy! Dafür wirst du büßen!* Ich versuche zu nicken und blubbere in meine Kotzepfütze noch ein paar lächerliche Entschuldigungen an meine Mom.

VI

And the rain will kill us all
We throw ourselves against the wall
But no one else can see
The preservation of the martyr in me
(Slipknot, Psychosocial)

Das erste Mal war ich mit elf high. Dad ließ das Haus komplett renovieren, um auch die letzten Erinnerungen an meine Mutter vollständig auszulöschen. Wahrscheinlich damit die Weiber, die er seither immer mal wieder mit nach Hause bringt, sich nicht über die violette Wandfarbe und die Küchenbordüre wundern und ihn für eine Schwuchtel halten. Auf jeden Fall waren fünf schwarzarbeitende Portugiesen, die irgendwie alle Pedro hießen, damit zugange, die alten Tapeten und Teppiche herauszureißen, um stattdessen neue, billige, langweilige hinzuklatschen. Simon und ich spielten Verstecken, was bei uns so viel hieß wie: Wir versteckten den Handwerkerscheiß, und die Pedros rutschten dümmlich auf dem Boden rum, um danach zu suchen. Simon war gut darin, die unsinnigsten Verstecke zu finden. Wie zum Beispiel Spülkästen und Dielenritzen, um Pinsel verschwinden zu lassen. Also sahen wir eine ganze Weile dabei zu, wie ein dicker Pedro bis zum Unterarm im Spülkasten meines Klos steckte und wild ausländisch fluchte.

Dad war im Garten und meckerte mit einem dürren Pedro, der kein Wort Deutsch verstand. Auf dem Badezimmerboden stand eine offene Blechdose. Bis zum Rand gefüllt mit irgendeinem zähflüssigen Kleber, und ich musste schon bei der Vorstellung, wie sich das Zeug, das mich stark an Sperma erinnerte, über Pedros Rücken verteilte, kichern wie bekloppt. Also bückte ich mich zu der Dose und hob sie vor die Brust, um den richtigen Moment abzupassen, es über ihn zu kippen. Schon nach ein paar tiefen Zügen von den Dämpfen der Kleberwichse wurde mir unglaublich warm und kribblig im Gesicht. Simon sagte irgendwas und berührte mich an der Schulter, doch mein Blick war so fokussiert auf einen winzigen Punkt an den grünen Wandfliesen des Badezimmers, die lustig tanzten, dass ich nicht reagieren wollte. Mein Körper war leicht und fedrig.

«Patrick?»

Es schien, als wehte ich in tausend verschiedene Richtungen im Wind. Als würde ich getragen von irgendeiner knallbunten Wolke,

«Patrick?!»

die mich einhüllte und ausfüllte. Dämlich grinsend stand ich einfach da, fühlte meinen Puls im Ohr, in den Nasenflügeln, den Handgelenken und in meinem kleinen Schwanz hämmern,

«PATRICK!? Was ist denn los? Ist alles in Ordnung?»

der das erste Mal ohne Berührung richtig hart wurde.

Klatsch!

Als Simon an mir rüttelte und mir direkt ins Gesicht schlug, ließ ich erschrocken die Dose fallen und lehnte mich seufzend an die Wand. Meine Wange fühlte sich dick und rund an, als hätte ich Luft hineingepustet. Ich zitterte seltsam, innerlich prickelte alles, als würden mehrere Kolonnen Ameisen durch mich hindurchkriechen – doch das war okay.

Alles war okay!

«...kay», sabberte ich, zeitverzögert und mit bleischwerer Zunge und plumpste mit dem Hintern auf den Boden. Der Pedro war nicht mehr da. Nur Simon beugte sich zu mir herunter und wischte aus irgendeinem Grund hektisch mit einem Handtuch über meine Schulter, während er das erste Mal, seit ich ihn kannte, ziemlich laut den Namen meines Vaters durchs Haus schrie.

«RICHARD!»

Ich drehte den Kopf ein wenig, um zu sehen, warum er an mir herumwischte, da stieg mir von meiner Schulter aus wieder dieser Duft in die Nase. Ich musste zuvor die Dose schief gehalten haben und die ganze Wichsklebegrütze war mir über die Schulter und Brust gelaufen. Gut! So hatte ich noch ein bisschen mehr zu schnüffeln.

«Das Klo hat Pedro gefressen!», stieß ich kichernd hervor. Immer wieder mit völlig überdrehter Stimme. Auch noch, als Simon mit seinen kleinen, kalten Händen versuchte, mir den Mund zuzudrücken.

«Das Klo hat Pedro gefressen. DAS KLO HAT PEEEDROOO gefressen! DASKLOHATPEDROOOGEFRESSEN ... gefressen Pedrogefressen ... rogrfrssn... ooooo... fr... sssnnnn ...»

Das Bild wollte einfach nicht aus meinem Kopf verschwinden. Pedro, wie er kopfüber in der Kloschüssel steckte. Überall war Blut – spritzte aus der Schüssel wild herum. In mein Gesicht, auf Simons helles Freakhemd. Auf die Fliesen. Blutwasser schwappte über den Boden und flutete das Badezimmer. Gemischt mit Kacke, Hirn, Knochen und anderen schmierigen Resten vom dicken Pedro, der immer tiefer in der Kloschüssel versank, die schmatzend grunzte und brodelte. Ich wollte aufstehen und mit meinen Händen in seinen Organresten wühlen. Sie hochnehmen und in meinen Handflächen verteilen. Sie rumwerfen, Simon über den Kopf schmieren. Mich nackt in der Blutkloake suhlen. Ich lachte. Hysterisch und so laut, dass es in der Kehle schmerzte. Wippte hin und her, wobei ich immer wieder mit dem Hinterkopf an die Wand klatschte. Irgendwann zog Simon mich ein wenig vor und versuchte, mich festzuhalten. Ich schlug nach ihm und wollte ihm zeigen, wie witzig es aussah, dass Pedro von unserem Klo gefressen wurde und nun überall Reste von ihm klebten. Er schrie immer wieder nach meinem Dad, was ich wirklich nicht verstand.

Alles war cool. *COOOOOOL*. Ultracool.

Bis Pedro aus der Toilette herauskletterte, zerfetzt wie ein Zombie, und stinkend auf mich zuwankte. Mir die klebrigen Hände an die Kehle legte, die brannte wie Feuer. Ich konnte mich nicht bewegen. Starrte ihn einfach an und wartete darauf, von Zombiepedro gekillt zu werden. Ich bekam keine Luft mehr, keuchte und japste, doch ich konnte mich nicht rühren. Simons Stimme war leiser geworden. Da waren jetzt auch noch andere. *Panik!* Doch außer dem Killerhandwerker vor mir konnte ich niemanden sehen. Mein Blick tunnelte, wurde eng und schmal. Dann schwarz und düster. In meinem Kopf fegte ein kalter Wind. Dann knallte die Sicherung raus.

Als ich wieder zu mir kam, lag ich im Bett. Draußen war es bereits dämmrig und mir war kotzübel. Simon lag neben mir und starrte an die Decke. Wie er es so gerne tat, wenn man ihn nicht davon abhielt.

«Was'n los?», fragte ich zerknirscht und drehte mich zu ihm um, was mir in den Armen wehtat.

«Du hattest einen Anfall. Dein Vater sagt, du warst auf einem miesen Trip. Er hat dann gemacht, dass du schläfst. So ...»

Mit den Händen formte er eine Art Fledermaus, um mir zu bedeuten, dass ich gewürgt worden war.

«Oh», brachte ich nur dumm heraus und drehte mich wieder auf den Rücken.

Als Simon irgendwann eingeschlafen war, rappelte ich mich auf, um auf zittrigen Beinen ins Bad zu staksen. Der Kleber war auf dem Boden schlierig angetrocknet und mein Shirt lag verklumpt in der Badewanne. Blutpampe sah ich jedoch nirgendwo. Mir war kalt und mein Magen rumorte. Aus dem Erdgeschoss wallte gedämpft Musik zu mir herauf. Irgendein Song von Coldplay. Ich ging zurück in den Flur, stolperte die Treppe runter und schlich in Richtung des Wohnzimmers. Dad saß auf dem Sofa. Ein paar leere Dosen Bier auf dem Boden zu seinen Füßen, eine weitere in seiner Hand. Im Türrahmen lehnend sah ich ihn eine Weile einfach bloß an, kämpfte mit der Müdigkeit und dem verfluchten Hunger und ein wenig auch mit den Tränen. Mein Hals pochte immer noch und brannte. Außerdem fragte ich mich, ob Pedros Überreste noch im Haus waren. Dad wandte sich zu mir um, erwiderte meinen Blick ein paar Sekunden lang, und dann tat er etwas, was er nur sehr selten machte. Er lächelte mich an. So richtig aufrichtig. Mindestens mit einer Tracht Prügel wegen des versauten Badezimmers hatte ich gerechnet – doch damit, dass er mich zu sich heranwinken würde, um mich in den Arm zu nehmen? Niemals!

«Pat, da musst du vorsichtig sein mit so was. Das kann dir das Hirn wegätzen mit ein bisschen Pech. Dann bist du nur noch ein sabbernder Idiot. Lass deine Nase in Zukunft bitte raus aus der Chemie, klar?»

Dads Atem roch nach Bier und Knoblauch und legte sich kondensierend auf mein Gesicht, doch das war mir egal, wenn es mich auch fast wieder zum Würgen gebracht hätte. Nickend wie ein Irrer saß ich neben ihm, versprach, mir so was nie wieder unter die Nase kommen zu lassen, und legte meinen Kopf an seine riesige Schulter.

«Hast mich echt erschreckt, Patty!»

Dads Arm fuhr um mich herum, zog mich fester zu sich heran, und für diesen einen Augenblick lang war *alles* scheißegal. Die nächtelangen Ace- und Benzintrips ein paar Monate später, meine Vorliebe für «die Chemie» an sich, Pedros beschissene Leiche und das versaute Bad. Absolut unwichtig. Denn dieser Moment ist es, der mir als das Wärmste und Sicherste überhaupt in Erinnerung geblieben ist. Etwas, was selbst der Pool niemals wird ersetzen können: Mein Dad und ich auf dem Sofa, er legt den Arm um mich und ich krieche so nah an ihn heran, dass ich sogar die Haare auf seiner Brust durch das Shirt spüren kann. Sein Geruch: Bier und Knoblauch und ein starkes Rasierwasser. Er streicht mir eine Haarsträhne aus der Stirn während Coldplay etwas vom Wert der Dinge schwülstet. Dann schlafe ich eng an ihn geschmiegt ein.

Auch wenn der dicke Pedro seither nie wieder bei uns war – auch nicht, als seine Kollegen kamen, um unseren Dachboden auszubauen, damit Dad sich ein Büro einrichten konnte –, glaube ich nicht mehr, dass das Klo ihn wirklich gefressen hat. Doch die Vorstellung gefällt mir immer noch.

Simon erklärte mir irgendwann einmal, dass es sehr ungewöhnlich wäre, von ein bisschen Pattexschnüffeln einen so krassen Anfall zu bekommen. Er meinte, in irgendeinem langweiligen Scheißbuch, das er gelesen hatte, stünde irgendwas von psychotischen Schüben oder sonst einer doofen Psychokacke. Und ich sage ja auch gar nicht, dass er lügt. Mag sein, dass ich einen üblen Psychoschub hatte. Aber geil war's auf jeden Fall!

Ich wache auf und liege noch immer auf dem vollgekotzten Teppich. Mit dem Gesicht in einer Pfütze aus Rotz, Erbrochenem und Blut, das wohl aus meiner Nase gekommen ist. Alles zusammen ergibt eine zähe, glibberige Masse und zieht Fäden an meiner Wange, als ich den Kopf hebe. In meinem Kopf breitet sich der Geruch, Geschmack und das Gefühl brennender Galle aus und hämmert in den Hirnwindungen.

IGITT! Mein Körper, der sich anfühlt, als wäre er in eine Heißmangel geraten, wehrt sich gegen den Versuch aufzustehen. Mit temporärem Muskelversagen und dann einem Krampf im rechten Bein. *Fick dich doch!*, rotze ich mir selbst entgegen und beiße die Zähne zusammen. Aufrappeln, den Schwindel überwinden und ab ins Bad. Ein leises Lachen kann ich mir nicht verkneifen beim Blick auf das Klo. Dann lasse ich Wasser in die Wanne, leere meine Hosentaschen und klettere samt Klamotten und Schuhen rein.

Mit ausgestreckten Beinen und die Arme über dem Rand baumelnd lege ich den Kopf in den Nacken und warte, bis sich meine Kleidung mit Wasser vollgesogen hat. Mich schwer nach unten zieht und an mir klebt. Warte, bis das angenehm kühle Wasser mir bis an die Brust geklettert ist und ich gänzlich eintauchen und den Kopf unter Wasser halten kann. Das Ziepen und Brennen in meinen Wunden und auf der rauen Haut stört mich kaum. Ich genieße die frische Klarheit und lasse Luftblasen blubbern. Dann tauche ich wieder auf, drehe den Wasserhahn zu und sitze einfach da. Im Bad unter mir wird die Dusche angestellt. Die Rohre gluckern dröhnend in den Wänden. Wenn Dad gerade erst aufgestanden ist, denkt er sicher, ich wäre längst in der Schule. Wenn ich mich also leise verhalte, muss ich ihm gar nicht erst über den Weg laufen. Dass er jetzt erst aufgestanden ist, bedeutet auch, dass es wohl gegen zehn oder elf Uhr sein muss, was es letzten Endes wirklich unnötig macht, sich noch in die Schule zu hieven. Lohnt sich kein bisschen.

Nach einer ganzen Weile der Gedankenkühlung schrecke ich auf. Mein Handy auf dem Boden zuckt und tanzt vibrierend herum. Ich versuche auf dem Display die Nummer zu erkennen oder einen Namen zu lesen und recke den Hals über den Wannenrand. Simon. Na toll. Was ruft der kleine Spinner mich an? Tut er sonst nie. Bilder vom gestrigen Abend quellen mir ins Hirn. Eigentlich will ich nicht rangehen, doch als das Telefon zum dritten Mal über den Boden wandert, lehne ich mich über den Wannenrand und angle es zu mir heran. Ich drücke den grünen Knopf und die Lautsprechertaste, dann lasse ich mich wieder platschend zurückfallen.

«Hm», brumme ich.

«Patrick?»

Simons Stimme klingt scheppernd, aber tonlos.

«Wen hast du erwartet? Den verfickten Heiligen Geist?», antworte ich genervt und betrachte meine kaltblassen Schrumpelfinger.

«Du bist nicht in der Schule.»

Blitzchecker! Was meint der? Dass ich mich vor ihm im Spind verstecke? Ich versuche dennoch, in seiner Stimme etwas zu finden, was mir Aufschluss über den Grad seines Ärgers geben könnte. Aber ich finde nichts. Oder war da vielleicht eine Spur Gehässigkeit? Nein, ich glaube nicht, dass er dazu überhaupt in der Lage wäre. *Unterschwellige* Botschaften? Ne, ne!

«Ich bin zu Hause. Bin krank.»

Ich rutsche ein wenig nervös hin und her. Dad hat schon vor einer halben Stunde das Haus verlassen, somit kann ich ruhig Krach machen. Mit der flachen Hand schlage ich ein paar Mal auf die Wasseroberfläche, so dass es mir kalt ins Gesicht spritzt.

«Krank. Ah ja», kommt es aus dem Telefon. Ich ziehe eine Augenbraue hoch und lasse meine Fingerknöchel knacken.

«Simon?», frage ich skeptisch.

«Ja?»

Ich seufze.

«Warum rufst du an?»

Eine längere Pause am anderen Ende. *Was soll das, du Wichser? Willst du mir irgendetwas sagen, dann sag's auch*, denke ich wütend und schiele suchend nach einem Handtuch.

«Weil du nicht in der Schule bist.»

Ich steige aus der Wanne und Wasser plätschert auf den Fußboden. Ein paar Spritzer auch aufs Handy.

«Was machst du denn gerade? Telefonierst du etwa im Pool?»

Auf dem Waschbecken liegt ein Handtuch. Ich wische mir das Wasser und ein paar letzte Kotzbröckchen von den Wangen, dann setze ich mich vor das Handy auf den Boden.

«Nein, im Bad. Und was hast du gedacht, wo ich bin? Durchgebrannt nach Holland?»

Mit Simon zu telefonieren ist anstrengend. Ungefähr so, als würde man auf einer Kuh reiten. Es ist möglich und kann die ersten paar Minuten auch ganz interessant sein, doch spätestens wenn der Arsch anfängt zu brennen und man feststellt, dass man zu Fuß schneller dran wäre, nervt es gewaltig.

«Na, ich wollt ja nur fragen. Gestern warst du ...»

Ich unterbreche ihn: «Pumpkin, ich hab eigentlich auch keine Zeit jetzt. Muss noch was erledigen. Also, wenn das alles war ..?»

Ein kleiner Paranoiaschub setzt ein und kriecht mir in den Nacken. Ich sehe mich suchend um, doch natürlich ist niemand da. Vor dem Fenster hängen dunkle Gardinen, die ich immer fest verschließe. Er kann mich nicht sehen! Aber warum muss dieser kleine Spasti unbedingt von gestern anfangen? Will er mir jetzt doch die Schuld in die Schuhe schieben? Pah!

«Du bist doch krank. Was solltest du da zu tun haben?»

ARSCHLOCH!

«Sachen eben. Wichtige!», entgegne ich patzig und will den Auflegeknopf drücken. Normalerweise übernimmt Simon nie die Gesprächsinitiative, und nach patzigen Antworten braucht er ein paar Sekunden, um sich zu sammeln. Doch jetzt spricht er, ruhig und klar, ehe ich den Knopf mit dem Finger erreiche.

«Dann komme ich doch nachher rüber, um nach dir zu sehen!»

Ich höre sofort, dass er dieses Gespräch im Kopf vorausgeplant hat. Verdammt!

«Musst du nicht ...», nuschel ich, mein Finger liegt immer noch ruhig auf dem roten Knopf des Telefons.

«Kein Problem, Patrick. Ich bring dir die Hausaufgaben. So gegen fünf.»

Er legt auf, ehe ich antworten kann. Er legt auf? Hallo? WENN EINER AUFLEGT, DANN BIN ICH DAS! Ich nehme das Handy und wähle seine Nummer. Jage ein «Ich kann erst um Viertel nach!» durch die Leitung, sobald er abgenommen hat. Dann lege ICH auf. Das Handy fliegt durch den Raum. Ich gebe ein wütendes Knurren von mir und springe auf die Beine. AUA!

Irgendwie fühle ich mich nach dem Gespräch besser. Aufgepeitscht, wütend, adrenalingeladen und motiviert. Bis Simon kommt, sollte ich den Teppich sauber kriegen.

Na dann bis um Viertel nach fünf, du Penner!, denke ich grinsend. Meine Klamotten schmeiße ich in die noch volle Badewanne, in der das Wasser mattbräunliche Schlieren zieht. Dann gehe ich in mein Zimmer, wobei ich drauf achte, nicht in die Kotzmatsche zu treten, und lege mich nackt, alle viere von mir gestreckt, auf mein Bett.

Na, wenn er Streit will, kann er welchen haben! Sollte nur gut überlegen, ob er weiß, auf was er sich da einlässt. Kleiner, feiger Mistkerl.

In meinem Kopf singt Chris Martin mit seiner trockenegelittenen Stimme – so wie damals, unten bei Dad auf dem Sofa.

«*So meet me by the bridge, meet me by the lane. When am I going to see that pretty face again? Meet me on the road, meet me where I said. **Blame it all upon a rush of blood to the head.***»

Ich summe die Melodie mit geschlossenen Augen, während meine Hände über meinen Körper streichen und all meinen Narben mit einem ganz tiefen Stolz nachspüren.

Simon kommt um Viertel nach fünf, wie verabredet. Natürlich. *Exakt* siebzehn Uhr fünfzehn. Der Teppich vor meinem Zimmer ist aufgerieben und noch nass, aber immerhin stinkt es nicht mehr und er ist einigermaßen sauber. Ich gehe betont langsam die Treppe runter, als es klingelt, und öffne lässig die Haustür.

«Hi Pumpkin.»

Simon sieht aus wie immer. Nur vielleicht noch ein bisschen blasser und unter seinem spitzen Kinn klebt ein dickes Pflaster.

«Patrick, ich hab Ärger bekommen wegen gestern. Eduard hat gemerkt, dass ich weg war.»

In seiner Stimme höre ich keinen Zorn. Wie immer. Alles, was er sagt, ist eine nüchterne Mitteilung. Lediglich eine Information von vielen. Nichts hat mehr oder weniger Bedeutung als das zuvor Gesagte.

«Blöd … Und nun? Augenscheinlich hat er dich nicht mit Hausarrest eingekerkert», stelle ich süffisant fest und schiebe ihn die Treppe hoch zu meinem Zimmer. Selbstverständlich fällt sein Blick auf die dunkle Teppichstelle.

«Da ist mir Saft umgekippt …», sage ich etwas zu nervös und drücke ihn weiter in den Raum. Simon trägt ein langärmliges Hemd und eine beige Stoffhose zu schneeweißen

Nikes, die wirken, als wären sie gerade neu aus dem Laden. Wahrscheinlich hat er sie stundenlang geputzt. Freak. Simon trägt Schuhe nur so lange, bis sie unauslöschbare Gebrauchsspuren aufweisen. Dann schmeißt er sie weg und kauft neue. Komischerweise dauert es bei ihm aber ewig, bis diese Spuren überhaupt wagen aufzutreten.

«Eduard ist nicht zu Hause», antwortet er. «Ich hab dir die Mathe- und Englischaufgaben mitgebracht.»

Aus seiner Tasche zieht er ein paar saubere Arbeitsblätter und legt sie auf meinen Schreibtisch, nicht ohne ihn mit einem verächtlichen Blick zu bedenken, weil er unordentlich ist. Arroganter Wichser.

«Danke», sage ich genervt und behalte ihn genau im Auge. Ich lehne noch im Türrahmen und habe die Arme über der Brust gekreuzt.

«War's das dann?», frage ich und durchbohre seinen Rücken mit einem Blick, auf den Superman mit seinen Laseraugen eifersüchtig gewesen wäre. Scheiße. Ich will allein sein.

«Du hast Probleme, Patrick.»

BAM. Seine Worte klatschen mir ins Gesicht und umwirbeln meine Nase wie schneidender Herbstwind. PROBLEME?! Soll das jetzt so ein Psycholabergespräch werden? Ich bin dir nichts schuldig, Spasti! Aus meinem Mund weht dann doch nur ein leises «Hä?»

Simon dreht sich zu mir um und lehnt sich an den Schreibtisch. Sein Blick ist steif und seine Augen kalte Glasmurmeln, wie immer.

«Ich sagte: Du hast Probleme», er formuliert die Worte klar und überdeutlich, als wäre ich schwerhörig oder leicht behämmert – oder beides.

«Ich bin kein verdammter Vollidiot, Pumpkin. Ich hab dich schon verstanden. Ich versteh nur nicht, was du willst.»

Er legt den Kopf schief und sein abschätziger Blick juckt mir auf der Nasenspitze. Ein paar Sekunden lang sagt er nichts, als müsse er meine Worte erst verarbeiten. Ich seufze genervt und stecke die Hände in die Bauchtasche meines Kapuzenpullis. Ein wenig kaue ich auf meiner Unterlippe rum – bis es wehtut.

«Hör zu, ich hab grad echt keinen Bock auf den Scheiß. Am besten du gehst wieder rüber und lässt mich in Ruhe.»

Ich stelle mir vor, wie ich seine Handflächen, die hinten auf dem Schreibtisch aufgestützt sind, mit dicken Bolzen an der Spanplatte festnagle. Kann fast fühlen, wie die Metallstücke durch seine Haut dringen und den Knochen an der Seite Splittern lassen. Meine Haut prickelt.

«Ich dachte ja nur, dich interessiert vielleicht, dass Lisa beim Direktor war. Man munkelt, du bekommst echten Ärger, weil du sie geschlagen hast. Außerdem hat dieser neue Schüler ... Robert ... ziemlich anschaulich erläutert, was er von dir hält.»

Simon zieht die Schultern hoch und dreht den Kopf zum Fenster.

«BOAH!»

Ich mache einen Satz in den Raum und lasse mich aufs Bett fallen. Darum ging es. Na dann! Die kleine Schlampe war also petzen. Verdammt!

«Dieses Miststück! Ich könnte deswegen glatt von der Schule fliegen. Wieso geht die das petzen? Oh Maaaaann!»

Mit den Fäusten schlage ich zweimal in die Luft, dann springe ich auf die Füße. Simon grinst tatsächlich ein wenig, warum auch immer.

«Was ist denn jetzt so witzig, du Spasti?», blaffe ich ihn an und tobe dann weiter durchs Zimmer.

«Ich schwör's dir Pumpkin, ich bring sie um. Ich kill *Bobby* und Lisa! Ja, Lisa zieh ich jeden Zahn und reiß ihr die verschissene Zunge raus! Genau! Und dann lasse ich sie das Drecksding fressen! BOAAAH!»

Simon sieht mir zu, wie ich durchs Zimmer jage und auf und ab springe wie ein Irrer. Ich bin sauer und frustriert – aber hauptsächlich sauer.

«Ja! Und dann schneide ich ihr die Brüste ab. Ne, ich reiße sie ihr ab. Egal. AB auf jeden Fall! Und schiebe sie ihr in den Arsch! Aber erst reiß ich ihr den Darm raus und stecke ihr den in ihre verschissene Fotze. Ich schwör's bei Gott, Pumpkin! Wenn ich wegen der Hure fliege, bring ich sie um! Ich zieh ihr jeden Zehennagel einzeln und implantier ihr die Dinger ins Hirn. Wenn da denn überhaupt noch Hirn ist! Wahrscheinlich hat die im Kopf einen verdammten Scheißhaufen. Ich stech ihr mit ihrer eigenen Rippe die Augen aus. Und dann schieb ich ihr so viele Lichterketten rein, dass sie leuchtet wie ein ganzer, verfickter Weihnachtsbaum ... Ich ... ich ... ich reiß ihr jeden Quadratzentimeter Haut vom Körper, um sie hinterher verkehrt herum darin einzuwickeln ... Ich ... ich ... Aaaaaaaaaargh!»

Bei jedem Wort überschlägt sich meine Stimme schlimmer. Bis meine Tirade in einem erstickten, heißen Gurgeln gefolgt von einem hysterischen Lachen abebbt und ich japsend auf dem Boden sitze. Auch Simon lacht. Leise und fein. Aber er lacht und seine Augen funkeln ein bisschen über den Rand der Brille. In diesem Moment liebe ich ihn abgöttisch und hasse Lisa und Robert und will sie beide töten. Und alles, was gestern war, verliert sich im Klang des Gekichers. Ich japse noch immer, als er sich räuspert und sein Gesicht wieder genauso starr und kalt ist wie immer. Ich springe auf, packe seine Hand und ziehe ihn mit mir aus dem Zimmer. Von unten höre ich Dads Wagen, der schwerfällig in die Auffahrt rumpelt.

«Du gehst jetzt. Wir reden morgen.»

Ich halte auf der Hälfte der Treppe an und drücke ihm einen Kuss auf die Stirn, ehe ich ihn den Rest der Treppe hinunterschubse. Mit viel zu viel Schwung rasselt er die letzten Stufen runter und knallt voll in meinen Dad, als dieser die Tür aufschließt. Schnell huscht er vorbei, raus in den Garten. Ich haste ebenso schnell nach oben, zurück in mein Zimmer. Ignoriere Dads erboste Rufe und schlage die Tür zu. Diese SCHLAMPE! Ich schmeiße mich aufs Bett, völlig außer Atem, und grapsche mein Handy. Unten höre ich Dad. Er stellt seine Tasche fluchend ab und geht dann zur Kammer im Flur, wo wir Haushaltsgeräte und das Werkzeug aufbewahren. Mit fliegenden Fingern wähle ich Lisas Nummer. Sie meldet sich mit distanziert rauer Stimme.

«Ja?»

«*Darüber* reden wir noch, du verdammte Nutte!», sage ich barsch. Dann lege ich auf und warte auf der Bettkante sitzend mit geradem Kreuz und starrem Blick darauf, dass Dad die Tür öffnet.

VII

*Next time if you think of it
You might remember me as
The one who let you down –
But never made another sound of fear*

(Eels – The sound of fear)

Haustiere leben bei mir nicht lange. Im Grunde liebe ich Viecher. Die kleinen, plüschigen mit niedlichen Stupsnasen und schnell schlagenden Herzen. Ich hatte Hasen und Hamster, einmal ein Streifenhörnchen und ein Meerschweinchen. Doch egal, wie sehr ich die verdammten Dinger mochte, irgendwann waren sie dran. Mit fünf bekam ich mein erstes Kaninchen. Ich hatte es unheimlich gern, nannte es Trudi, weil es ein Mädchen war, und zwei Tage lang war es der absolute Mittelpunkt meiner Welt. Ich lag stundenlang mit dem Vieh unter dem Küchentisch, zu Füßen meiner Mom, die den Tag sowieso meist in der Küche zubrachte, um Pillen zu nehmen, zu kochen, sich von Dad auf dem Tisch ficken zu lassen – was ich von der Tür aus beobachten konnte – oder mit Freundinnen zu telefonieren und Kaffee zu trinken. Eine Weile ließ Trudi sich meine Knuddelattacken brav gefallen, doch nach einiger Zeit hatte sie meistens die kleine Schnuppernase voll von mir und wollte weghoppeln. Dann krabbelte ich hinter ihr her, quer durch die Küche und grapschte kichernd nach ihren Hinterläufen, um sie festzuhalten. Wenn wir es zu bunt trieben, schimpfte Mom ein bisschen und wies mich an, das Vieh in den Käfig zu bringen. Eine halbe Stunde später holte ich sie wieder raus, und das Ganze ging von vorn los. Ich hatte Spaß wie bekloppt. Als Kind ist man ja leicht zu erheitern. Am zweiten Tag jagte ich Trudi am Abend durch den Flur. Mom stand in der Küche und bügelte mit glasigen Augen. Von den ganzen Pillen war sie abends immer wie diese Frauen aus der Waschmittelwerbung. Lächelte süßlich vor sich hin, summte Lieder, strich mir ab und an über den Kopf und hatte tellergroße Pupillen, die im Licht feucht glitzerten. Ich fand das unheimlich schön. Dad auch, denn spätestens, wenn es so weit war, bumste er sie auf dem Küchentisch, bis sie erschöpft jammerte. Trudi hüpfte in wilden Haken über den Teppich und quietschte immer dann, wenn ich sie an den Beinen oder am Puschelschwanz erwischte.

«Pass bloß auf, dass sie dich nicht kratzt, mein Schatz.»

Moms Stimme floss wie Honig aufs Bügelbrett und dann langsam über den Teppich zu mir. Ich nickte nur wild und hüpfte wie ein Frosch hinter dem weißen Kaninchen her. Meine Mutter hatte schöne Haare, daran erinnere ich mich gut. Haare sind wichtig. Wer ungepflegtes Haar hat, ist auch sonst ungepflegt. Menschen, die unbeliebt sind, haben ungepflegtes Haar. Schöne Menschen, die man mag, haben immer schöne, glänzende, volle Haare. Selbst in der Bibel werden Jesus' lange, glänzende Haare erwähnt. Sicher nicht ohne Grund. Moms Haar war lang und dunkelbraun. Doch wenn man genau hinsah, funkelten feine, goldene Strähnen mit dem Bernsteinton ihrer Augen um die Wette. Ich dachte früher immer, dass sie wirklich aus purem Gold wären und wir nur deshalb Geld hatten, weil man aus Moms Haar Schmuck machen konnte. Darum war ich auch immer unheimlich wütend auf Dad, wenn er ihr beim Ficken auf dem Küchentisch fest in die Haare griff und an ihnen zog, als wären sie nur Stroh – wie bei hässlichen Puppen.

Trudi gluckste und wackelte beim Atmen mit den Härchen um die Nase, was unheimlich lustig aussah. Ich hielt sie an ihren Tasthaaren fest und schon hüpfte sie in hohem Bogen um Moms Füße. Ich krabbelte hinterher, packte wieder nach ihr, doch erwischte sie nicht ganz. Das Tier sprang auf und dann passierte etwas Fürchterliches. Trudi sprang hoch an Moms Beine, packte nach ihrem Schienbein und rutschte daran wieder runter. Sie hinterließ dabei zwei dürre, blutige Krallenspuren auf Moms weicher Haut, die sofort anschwollen und rosarot zu leuchten begannen. Moms Aufschrei und der kleine, erschrockene Hopser, den sie in ihren Pumps vollführte, jagten mir einen unheimlich warmen Mitleidsschauer durch den Körper und mir schossen die Tränen in die Augen.

«Verdammt, Pat. Nimm dieses Ding jetzt endlich hier weg. Bring es in den Käfig und Schluss.»

Ihre Stimme klang wässrig und leiernd. Zittrig stellte sie das Bügeleisen zurück in die Halterung und huschte ins Bad.

«Hoffentlich gibt das keine Entzündung. Wehe, das Tier hat irgendwelche Krankheiten!», schallte es mir noch entgegen, dann hörte ich, wie der Schlüssel von innen gedreht wurde und Wasser lief. Mom würde jetzt eine Weile brauchen. Vielleicht nahm sie noch mehr Pillen oder ging in die Badewanne. Mir liefen weiter Tränen über die Wangen, während ich Trudi an den Läufen packte und kopfüber hochhob. Ich musste sie ganz fest halten, weil sie sich wand und nach mir zu schlagen versuchte.

«Du scheiß Mistratte!», zischte ich dem Vieh entgegen und schüttelte es ein wenig.

«Du hast Mom wehgetan, du Fotze!»

Mein Schimpfwortschatz war noch nicht sonderlich ausgeprägt, aber ich fand schon immer, dass *Fotze* wirklich hässlich klingt. Mein Blick fiel verschwommen auf das noch heiße Bügeleisen und ich fand, dass Trudi eine Strafe verdient hatte. Also setzte ich sie auf das Bügelbrett und zog ich einen Küchenstuhl heran, der auf dem PVC zwei tiefe Furchen hinterließ. Dann griff ich das Tier am Fell und drehte es zu mir um, so dass es mich gut sehen konnte.

«Verstehst du Trudi, man darf Mom nicht am Bein kratzen. Jetzt muss ich dich bestrafen. Weil du einfach gemein warst. Okay?»

Natürlich verstand das Tier gar nichts. Es atmete nur verstört und mit versteifter Wirbelsäule hastig ein und aus, und ich fühlte das kleine Herz wild pochen. Behäbig nahm ich mit der anderen Hand das Bügeleisen hoch, das erstaunlich schwer war, und hielt es ein paar Zentimeter vor mein Gesicht, um die Temperatur zu kontrollieren. Gut. Es war noch ziemlich heiß. Als ich es Trudi an den dicken, plüschigen Hintern hielt, röchelte sie so erbärmlich quietschend wie noch nie zuvor. Sie zappelte wild und wollte sie losreißen. Schnappte verzweifelt nach meinem Arm und biss sich dann selbst in die Vorderpfoten. Ich lachte auf. Das kleine Tänzchen sah unheimlich komisch aus. Doch dann erinnerte Trudi mich irgendwie an so ein Mistding, das ich in einem Horrorfilm gesehen hatte. Heimlich, als ich mich abends in den Flur geschlichen und durch den Türspalt gelinst hatte, während Dad mit einem Bier und mit Mom, die längst «selig» war, wie Dad es nannte, auf der Couch lümmelte und fernsah. Ich glaube, es war *Friedhof der Kuscheltiere* und ich konnte danach eine ganze Weile nicht bei geschlossener Tür schlafen.

Auf jeden Fall wirkte Trudis Rumgezucke ähnlich grotesk wie das des Tieres in dem Film, und ich bekam Angst vor ihr. Mittlerweile roch es streng nach verbranntem Fleisch und der Dampf aus dem Bügeleisen verklebte das Fell rund um die Stelle, auf die ich es drückte. Ich riss es hoch, was gar nicht so einfach war, da eine Menge Fleisch- und Fellpampe an der Metallfläche klebte, und ließ es dann mit Wucht auf Trudis Kopf herabfahren, während ich genau im richtigen Moment ihren Nacken losließ. Schon während ich spürte, wie es aufprallte, tat es mir leid. Natürlich wusste ich ganz genau, dass sie sterben würde. Auch schon mit fünf. Das Kaninchen zischte gequält. Das Bügeleisen auch. Dann knarzte und knirschte es und irgendetwas zerplatzte schmatzend. Warmes Glibberzeug spritze mir ins Gesicht und auf die Latzhose. Mit beiden Händen stützte ich mich auf den Griff des Bügeleisens, das flach auf Trudis Schädel lag und ihn zermalmte und zerschmolz. Der Geruch war abstoßend und gleichzeitig lecker und juckte mir in der Nase. Ein paar Sekunden lang hüpften die Hinterläufe des Kaninchens spastisch zuckend auf und ab, dann bewegten sie sich nicht mehr. Ein unheimliches Gefühl machte sich breit.

Schweiß stand mir auf der Stirn und rann mir über die Wangen und ich hörte mich selbst keuchen wie Dad, wenn er Mom fickte. Meine Hände lagen zitternd und nass auf dem Griff. Ich glühte. Tränen schossen mir erneut in die Augen. Ich lachte aber auch. Innerlich lachte ich mich kaputt. Völlig verwirrt ließ ich mich auf die Sitzfläche plumpsen, ohne die Hände vom Griff zu nehmen. Mein Blick war auf das tote, zermatschte Tier gerichtet. Mein Kaninchen. Es zerriss mir das Herz, daran zu denken, dass es nicht mehr mit mir spielen würde. Nie wieder. Es war tot, weil ich es getötet hatte. Sofort wollte ich es rückgängig machen. Trudi wieder lebendig machen. Weil ICH jetzt allein war. Weil ICH jetzt kein Kaninchen mehr hatte. Furchtbar betrübt und verzweifelt dachte ich an meinen Verlust und ärgerte mich unheimlich über mich selbst. Und trotzdem konnte ich den Blick nicht abwenden. Stierte mit einer Faszination auf den leblosen Körper, die mir erneut wohlig-entsetzte Schauer über den Rücken jagte. Ich war sauer. Weil ich nicht beides haben konnte. Am liebsten hätte ich gleich noch mal mit dem Bügeleisen zugeschlagen. Blödes Vieh. Gemeine Welt.

Ich weiß noch, dass ich Trudi vom Bügelbrett gepult hatte, so gut ich konnte. Mit ihr im Arm wartete ich weinend und hitzig vor der Badezimmertür auf Mom, die unheimlich schrie, als sie irgendwann herauskam und mich und Trudi sah.

«Ich will ein neues Kaninchen!», weinte ich und: «Trudi hat dir wehgetan ...»

Sie fiel in Ohnmacht, nachdem sie mir ein paar Mal mit brüchiger Stimme gesagt hatte, ich sei wie mein Vater und dass sie mich TROTZDEM liebte. Ich verstand das nicht. Ich war nämlich ziemlich stolz, dass sie mich mit Dad verglich. Immerhin war mein Dad der überhaupt Allergrößte. Als sie blass an der Wand heruntersank und ihr die Augen zufielen, ließ ich Trudi fallen, lief zum Telefon und rief Dad an, der bei Carlos hockte.

«Trudi hat Mom erschreckt. Jetzt ist sie tot. Du musst nach Hause kommen, Daddy!», jammerte ich in den Hörer. Dann ließ ich ihn einfach neben dem Telefon liegen und setzte mich wieder zu Mom auf den Boden. Dad brauchte keine Viertelstunde. Im Nachhinein weiß ich, dass ich mich etwas ungünstig ausgedrückt hatte. Aber meine Güte, ich war ja erst fünf. Mom kam ins Krankenhaus und ich bekam eine dicke Abreibung von Dad. Nichts im Vergleich zu heute, aber definitiv ausreichend. Als Mom am nächsten Tag zurückkam, wirkte sie noch immer kränklich. Aber sie nahm mich in den Arm, setzte sich wieder in die Küche und trank Kaffee, telefonierte mit ihren Freundinnen und nahm halt ein paar Pillen mehr als sonst. Eine Woche lang saß ich unter dem Tisch und hatte keine Lust auf irgendwas. Dann schenkte Dad mir einen Hamster und alles war wieder gut. Trudi haben wir nie beerdigt. Ich glaube auch, wenn wir jedes Vieh beerdigt hätten, das bei mir im Lauf der Zeit umkam – ob aus Wut oder Langeweile oder was weiß ich –, wäre unser Grundstück ein «Friedhof der Kuscheltiere». Mom kaufte sich trotzdem einen Dackel. Nur ein paar Monate später. Allerdings sorgte sie immer dafür, dass der Kläffer mich in Ruhe ließ. Ich glaube, sie hatte Angst, er würde mich beißen. Mom machte sich immer viel zu viele Sorgen. Nachdem sie gestorben war, kam ich ja auch mit ihm klar. Lass mich doch von so einem blöden Dackel nicht ärgern.

So weit kommt's noch …

Ich erinnere mich an Trudi, während das Bügeleisen sich zischend und schmatzend in meinen Rücken brennt. Meine Hände sind mit Kabelbinder am Heizungsrohr im Keller festgemacht und mir tun die Gelenke weh und die Schultern. Mit den Fußspitzen versuche ich krampfhaft, meinen Körper ein wenig nach vorne zu zerren, doch ich reiche nur so knapp an den Boden, dass ich mit dem nackten großen Zeh den kalten Stein spüre. Dad steht hinter mir und atmet schwer in meinen Nacken. Ich spanne alle Muskeln an, was den Schmerz noch unerträglicher macht, der direkt zwischen meinen Schulterblättern brennt. Quer über meinen Rücken zieht sich ein verbrannter Schriftzug. Nur ein Wort, in doppelter Ausführung: PERDEDOR/PERDEDOR, was so viel heißt wie: *Verlierer!* Ich merke, wie das glühende Eisen die Umrisse eines DOR niederdrückt und tief in die Haut sengt. Mein Gesicht muss unheimlich widerlich aussehen. Verzerrt zu einem stummen Schrei. Weit aufgerissene Augen, aus denen Tränen rollen, als wäre mein Kopf voller Wasser, das ausläuft und über meine Brust rinnt – und über meinen Schwanz. Dann auf dem Boden auftrifft und versickert in der Blutpfütze zu meinen Füßen. Um mein linkes Bein ist der Lederriemen mit den Nägeln gewickelt, die sich tief und knirschend in meinen Oberschenkel drücken. Ich gebe keinen Ton von mir. Nach jahrelanger Übung weiß ich, wie ich meine Stimme verstecken kann. Sie in mir an mich richten kann. Laut und reißend prallen Wörter und Laute an meine Stirn und drohen, mir den Schädel aufzureißen. Eines Tages wird mein Kopf aufplatzen und all die Schreie und Worte werden hervorquellen. Plätschern und springen und zu Boden purzeln. In meinem Blut herumhüpfen wie Kleinkinder, die in Pfützen spielen. Mich und Dad nagend auffressen oder zerreißen mit ihren kleinen Klauen. Doch nicht heute. Heute hält der Knochen. Es gibt nur zwei Regeln: still sein, niemals betteln oder schreien und NIEMALS bewusstlos werden. Also schreie ich gegen meine Stirn und bleibe wach. Beiße mir selbst auf die Zunge, blinzle unter den

Tränen hin und wieder die Sternchen und Farbfetzen weg und erlaube mir keine Flucht.

Dad holt sich mit der freien Hand einen runter. Ich sehe ihn nicht, doch hinter mir höre ich ein monotones Klatschen und sein schwerfälliges, fast knurrendes Atmen, während er das Bügeleisen hochnimmt und an eine Stelle weiter unten an meinen Rücken hält. Die Luft zieht und zerrt an der Brandwunde und vor Schmerz läuft mir saure Gallekotze aus den Mundwinkeln. Als der warme Spermapudding meines Vaters gegen die Rückseite meines Beines spritzt und klebrig runtersuppt, brennt es fast mehr als das Bügeleisen in meinem Kreuz. Ein Glucksen entfährt mir, dann beiße ich mir schnell wieder auf die Zunge. Wenn ich jetzt zu schreien anfange, bin ich mir sicher, werde ich niemals wieder aufhören können. Niemals wieder still sein. Bis ich vor Anstrengung ganz einfach tot in mich zusammenfalle. Also schreie ich nicht. Kurz bevor mein Geist sich dann doch im Dunkel verliert, ist es vorbei. Ich spüre, wie Dad die Kabelbinder mit einem Taschenmesser löst und mich gerade noch rechtzeitig festhält, ehe ich mit dem Gesicht voran in einer Lache meiner eigenen Körperflüssigkeiten landen kann. Der Stoff seiner Kleidung reibt wie Sandpapier auf meiner verbrannten und blutigen Haut. Er nimmt mich hoch. Ich kotze erneut, wofür ich einen kräftigen Schlag auf den Hinterkopf kassiere. Der Schmerz rinnt mir entwaffnend über die Kopfhaut bis zur Nasenwurzel und ich muss jeden sauren Atemzug still durch die Luftröhre zwingen.

Vorsichtig, damit er es nicht merkt, versuche ich, seine Wichse an seiner Hose abzustreifen, doch ich kann das Bein noch nicht so recht bewegen. Scheiße, wie EKLIG!

Dad fasst mir kräftig um die Hüfte und zieht mich zu sich rauf. Ich kann nicht anders, als meine Arme um seinen Hals zu legen wie ein Baby. Mit dem Kopf auf seiner Riesenschulter. *Hoffnungslos* ist ein Wort, das mir in den Kopf kommt. Auch *peinlich*. Alles tut weh. Mein Schwanz, der sich an seiner Kleidung reibt, weil jeder Schritt holprig ist, den er macht, brennt und die kalte Luft schneidet. *Ich will zu meiner Mama.*

«Bist schwerer geworden, Pat», ist alles, was Dad mit seiner immer ruhigen Brummstimme zu sagen hat, ehe er mich – fast schon behutsam – in die Duschkabine setzt und das Wasser in die Sitzwanne einlaufen lässt. Er selbst schmeißt seine Klamotten auf den Boden und betrachtet sich im Spiegel über dem Waschbecken. Ein wenig muss er den Kopf einziehen, um alles von seinem Gesicht sehen zu können. Der Spiegel hängt etwas zu tief für seine gewaltige Körpergröße. Ich hocke wie ein beschissenes Äffchen stumm in der Duschkabine. Zittre und ziehe vorsichtig die Beine zur Brust. Das Wasser prickelt schmerzhaft, doch in mir beruhigen sich die Wörter und branden nur noch in schwerfällig rollenden Wellen an meine Stirninnenseite.

Dad steigt zu mir in die Dusche, zieht den Stöpsel wieder raus und stellt die Brause an. Er wäscht sich mein Blut aus den Haaren und dem Gesicht, reibt sich Spermareste vom Schwanz. Schmiert Seife schaumig über seine brachial behaarte Brust. Ich hocke am Boden, die Knie zwischen seinen Waden und wische mir mit der Hand die Seifenschaumreste aus den Augen, die auf mich heruntertropfen. Mein Haar klebt strähnig in der Stirn und im Nacken, kitzelt mich an der Nase und verschleiert mir die Sicht. Ich sitze da, rühre mich nicht, genieße die Prozedur sogar ein wenig. Als er fertig ist, nimmt Dad den Duschkopf aus der Halterung, beugt sich zu mir herunter und lässt warmes Wasser über meinen Körper laufen. Fährt mir mit den Fingern durchs Haar, um es aus meinem Gesicht zu streichen, und mit der Handinnenfläche über meine Wangen und den Mund, um mir die Kotzereste wegzuwischen. Alles ganz vorsichtig. So langsam lösen sich in meinem Mund die Schleimhautschichten auf, so viel habe ich in letzter Zeit gekotzt. Aus Dads Wimpern tropft Wasser auf seine Oberlippe. Gebannt sehe ich dabei zu und bewundere das Funkeln der Tropfen, die seine Augen hell und warm wirken lassen. Vielleicht bilde ich mir kurz ein, er würde mich liebevoll ansehen. Doch ich weiß, das ist Bullshit. Er sieht durch mich hindurch. Irgendwann stellt er das Wasser ab, und ich fange wieder an zu zittern. Mit der Hand hebt er mein Kinn an und sieht mir in die Augen.

«Sei das nächste Mal einfach ein bisschen netter zu mir und den Jungs, klar? Verstehst du das, Patty?»

Ich reagiere nicht. Trotzdem hebt er mich aus der Dusche, wickelt mich in ein Handtuch und bringt mich in mein Zimmer. Mit dem Bauch nach unten werde ich aufs Bett gelegt und zugedeckt. Ich bin müde. Dad streicht mir mit dem Finger über die Schulter, setzt sich auf die Bettkante und sieht auf mich herunter. Ich spüre seinen Blick deutlich auf mir ruhen, auch wenn ich zu fertig bin, die Augen zu öffnen.

«Du bist genau wie deine Mutter», schnurrt er. Die Worte mischen sich unter meine Wortschreiwelle, die nur noch ganz mickrig ist. Mit seiner Hand auf meinem Hinterkopf schlafe ich ein – oder werde doch noch bewusstlos. Ich weiß es nicht genau. Aber die Tür, das weiß ich sicher, ist die ganze Nacht über bloß angelehnt.

Ich wache irgendwann wieder auf und fühle mich zum Kotzen. Der Rücken brennt und zieht, als würde das verschissene Bügeleisen noch immer heiß und schwer an mir kleben, und mein Bein krampft und zuckt kalt unter der Decke. Meine Haare sind noch immer klatschnass, teils vom Schweiß, teils vom Duschwasser. Mir ist schlecht, doch ich unterdrücke den Würgereflex und konzentriere mich auf einen Punkt an der Decke, während ich versuche, meinen Körper irgendwie mental zu beruhigen. Nach ein paar Minuten hört mein Bein auf zu zucken und mir wird heiß. Jetzt pumpt mein Herz auf Hochtouren. Leise drehe ich den Kopf ein wenig herum, um aus dem Fenster zu sehen. Die Gardinen sind zugezogen, doch ich sehe einen goldenen Schimmer unter ihnen durchsickern.

Auf dem Nachttisch steht eine geschlossene Flasche Mineralwasser und ein paar hellblaue und weiße Pillen liegen verstreut um sie herum. Ich greife danach, setze mich ächzend auf und glotze auf die Handfläche, auf der die Pillen schon ein bisschen Farbe abgeben, getränkt von meinem Schweiß. Schulterzuckend schmeiße ich sie mir ein, nehme einen tiefen Zug aus der Flasche, wobei mir sprudelndes Wasser übers Kinn und die Brust rinnt und angenehm prickelt. Auf die Seite abgestützt lasse ich mich wieder in die Kissen zurückgleiten, die Flasche noch immer geöffnet in der linken Hand. Vorsichtig überstrecke ich meinen Nacken und lege den Kopf so weit zurück, wie ich kann. So weit, dass mein Hals auf voller Spannung zu reißen droht und das Atmen irgendwie rasselnd vonstattengeht. Dann presse ich die Augen zusammen und gieße den Inhalt der Mineralwasserflasche über meinem Kopf, dem Hals und der Brust aus. Sofort überzieht eine Gänsehaut meine Gliedmaßen und ein

Schauer rüttelt an meinen Arschmuskeln auf seinem Weg über meine Rückseite.

«Was zum Teufel machst du denn da? Lass das bleiben!», kommt ein Brummen vom Türrahmen her. Ein bisschen Wasser kitzelt mich in den Ohren und lässt die Stimme meines Vaters dumpfer klingen, als sie eh schon ist. Die Flasche ist leer, also werfe ich sie – nicht sehr doll – in seine Richtung. Sie landet scheppernd zu seinen Füßen und kullert ein wenig verirrt herum, ehe sie zwischen uns liegen bleibt. Ich grummle irgendwas Unverständliches, das selbst für mich keinen Sinn ergibt, und lege den Arm über mein Gesicht, um ihn nicht ansehen zu müssen.

«Steh auf, Pat. Carlos ist schon unten. Er fährt dich heute zur Schule. Und nach dem Unterricht gehst du zu Doktor Bentheim und lässt dich checken. Verstanden?!»

Bitte was? Schule? DER TICKT JA NICHT MEHR GANZ RICHTIG! GEHTS DEM NOCH HALLOPENG? Also, ist der noch ganz SAUBER?

Mit einem Ruck fahre ich hoch, um zu protestieren, doch die Worte bleiben in meiner Kehle stecken, als der Schmerz – der langsam, aber sicher von den Pillen gedämpft dennoch spürbar an mir zerrt – mich packt.

«Aaaaahrrrggh», ist alles, was ich dümmlich, aber wütend herausbringe, dann ist Dad auch schon wieder verschwunden. Ich höre ihn auf der Treppe fluchen.

Carlos streicht sich über die Plauze und seufzt, als wir in seinem Wagen sitzen und mein Gesicht wahrscheinlich Bände spricht.

«Komm schon, Junge. Dein Vater meint's nur gut mit dir. Jetzt zieh ab und geh in den Unterricht. Sollst was lernen ...»

Ich höre genau, wie verlogen das ist. Er glaubt sich selbst nicht. Weder dass mein Alter ein «Guter» ist, noch dass es Sinn hat, in diesen Affenkäfig namens Schule zu gehen und zu «lernen» – alles Bullshit! Carlos kommt aus irgendeinem Pampadorf in Portugal. Seine Eltern haben ihn nie zur Schule geschickt. Stattdessen hat er auf der Farm seiner Tante Hanf angebaut und später mit ein paar anderen Helfern – wahrscheinlich 'ner ganzen Menge Pedros – durch einen unglaublichen Glücksfall Waffen von einem spanischen Gangster kaufen können, sie dann teurer nach Frankreich und Deutschland weiterverkauft und mit einem Teil des Gewinns einen alten LKW aufgemotzt. Den anderen Teil hat er investiert, um die Fahrer einer alteingesessenen Spedition mit Hauptsitz irgendwo an der Grenze zwischen Belgien und Deutschland zu bestechen, um an Infos zu kommen. Schon ein paar Monate später hing der Geschäftsführer von der Decke seines Büros und Carlos übernahm die Spedition und somit auch eine ganze Stange Lieferaufträge von zwielichtigen Organisationen und Privatpersonen. Mom und ein paar andere Frauen aus seiner Heimat arbeiteten für ihn als Sekretärinnen und mittlerweile gibt es drei Filialen und über ein Dutzend Fahrer mit LKW. Im Grunde ist er auch nur ein Kleingangster mit Egostörung. Aber ich find's okay. Ich finde Carlos okay. Zumindest im Vergleich zum Rest der Horde.

«Kann ich nicht gleich zum Doc und dann helf ich dir bei irgendwas am Casa?», versuche ich ihn müde zu überreden.

Carlos Haus, das *Casa*, befindet sich schon, seit ich denken kann, im Umbau. Immer wieder hat er Handwerker da, die irgendwelche Schönheitsfehler beseitigen müssen, die es wahrscheinlich gar nicht gibt. Alles Pedros, die von Carlos eine Menge Asche kassieren, um bei ihm rumzuhängen, Bier zu trinken und hin und wieder mal eine Fliese zu verlegen. Das Gute daran ist, dass auch ich hin und wieder mal ein paar Scheine abgreifen kann, wenn ich beim Umbau ein wenig zur Hand gehe. Carlos lässt seine kräftigen Fingerknöchel ein paar Mal auf das Lenkradleder niederfahren, während er denkt. Wenn Carlos denkt, bildet sich auf seiner Stirn eine Falte, die mit der Teufelsschlucht definitiv in Konkurrenz treten kann. Doch dann schüttelt er langsam den Kopf und legt die dunkelbraune Hand auf meinen Kopf. Ein angenehmes Gefühl. Seine Handfläche bedeckt meinen gesamten Hinterkopf, und er streicht mir dann ein paar Mal leicht durchs Haar.

«Geht nicht. Heute kommt's Bauamt. Kannst nicht helfen. Geh in die Schule, Pequeno.»

Ich schmolle und weiche ein wenig zurück, so dass seine Hand von meinem Kopf rutscht. Dann öffne ich die Tür und klettere hölzern aus dem Wagen. Die Schmerzen sind dumpfer, aber noch immer spürbar. Vorsichtig zupfe ich meine Kleidung zurecht, winke Carlos noch einmal zu, damit er weiß, dass ich nicht wirklich auf IHN wütend bin, dann versuche ich, betont lässig auf das Schulgebäude zuzugehen.

Simon lehnt neben der Treppe an einem Betonpfeiler und schielt über seine Sonnenbrille. Als er mich sieht, stößt er sich ab und stakst auf mich zu. Eigentlich habe ich überhaupt keinen Bock, mit ihm zu reden, doch zumindest kann ich mich ein wenig auf seiner Schulter abstützen, damit mein

Humpeln nicht so auffällt. Er mag es nicht, lässt es sich aber bieten, um keine Szene machen zu müssen. Wie immer.

«Hab schon gedacht, du kommst heute auch nicht», begrüßt er mich klanglos und greift nach meiner Tasche, als er sieht, wie mühevoll ich sie geschultert habe.

«Was ist denn gewesen?»

Ich winke ab, manövriere ihn die Treppe hinauf und durch den Hauptgang auf die Spinde zu. Auf dem Weg begrüßen mich eine ganze Menge Leute mehr oder weniger freundlich. Die meisten kenne ich nur gerade mal vom Sehen. Ich lehne mich an meinem Schließfach an, denke mir noch, wie verschissen es ist, dass ich meine Chemiesachen oben auf die Ablage gelegt habe und somit meinen verdammt schmerzenden Oberkörper strecken muss, da drückt mich irgendwas mit Wucht nach vorne.

Ein paar Bücher krachen auf mich herunter und durch ihr Gewicht werde ich zum Kniefall gezwungen. «Whoa, FUCK!», ist alles, was mir so schnell einfällt, dann wird mein Kopf schlagartig hochgerissen. Jemand hält mich an den Haaren und zerrt kräftig an meinem Pferdeschwanz.

«EY PATRICK, DU KLEINE MADE! ALTER, ICH MACH DICH FERTIG!», höre ich dann eine sich überschlagende Stimme nah an meinem Ohr. Ich winde mich aus dem Griff, wobei ich einfach ziellos meinen Ellenbogen nach hinten ramme und auch etwas treffe. Mit beiden Händen greife ich nach der Faust in meinen Haaren und kratze wild über die festen Fingerknöchel. Ein wütendes Knurren begleitet einen Schwall Spucke, den ich, als ich mich schlagartig umdrehe, von mir gebe. Robert lässt meine Haare los und reibt sich kurz die Knöchel, dann stürzt er sich wieder auf mich und fuchtelt mir mit den Fäusten vorm Gesicht herum. Ich versuche auszuweichen, stolpere über ein Buch und lande mit der Fresse voran in der Schranktür, von der ich japsend abpralle.

Eine Horde Klassenkameraden schart sich um uns zum Neugieren. Für die ist das natürlich ein Event. Eine Schlägerei im Schulgang. Super Anfang für einen verkorksten Wichstag eines verkorksten Wichsers. Mir gefällt die Sache gerade gar nicht. Leider muss ich zugeben, dass ich nicht die geringste Chance habe. Zumindest gerade jetzt! Und auch nur deswegen, weil mein Vater Vorarbeit geleistet hat. Tausend Flüche fließen aus meinem Mund, der Roberts Stirn gerade nur knapp verfehlt, als dieser sich mit dem Kopf voran gegen mich fallen lässt, meinen Oberkörper fasst und, als er die Stelle am Rücken berührt, einen schmerzerfüllten Schrei aus mir herausholt. Selbst erschrocken über diese heftige Reaktion meinerseits taumelt er aber ein klein wenig rückwärts. Die Meute im Gang johlt und jubelt und reißt dumme Sprüche, während Robert, gestärkt durch den Zuspruch seiner Fürsprecher, wieder ein paar Schritte auf mich zumacht. Im Moment sieht's verdammt schlecht aus für mich. Peinlich, aber nötig: Ich hallte die Arme schützend vors Gesicht, drücke die Augen fest zu und warte auf seine nächste Attacke mit angespannten Muskeln.

Doch es kommt nichts. Auch die Affenbande ist schlagartig still. Das Einzige, was ich höre, ist, wie ein paar von ihnen scharf die Luft einziehen, vielleicht sogar den Atem anhalten. Vorsichtig lasse ich die Arme wieder sinken, um zu sehen, was los ist. Von weiter weg höre ich bereits schnelle Schritte durch die Korridore auf uns zu hallen, doch das ist nicht der Grund für die fast schon gesittete Stille um mich herum. *Bobby*, der gerade im Begriff gewesen sein musste, einen fatalen linken Haken auf meinem Bauch zu platzieren, verharrt in dieser merkwürdigen Bewegung – die Faust schwebt noch immer bedrohlich nah über meinem Magen. Doch sein Blick ist auf etwas gerichtet, das irgendwo neben mir stattfinden musste. Ich drehe den Kopf und sehe Simon, der aus der Gruppe herausgetreten ist. In der rechten Hand hält er ein kleines, silbern schimmerndes Messer mit schmaler Klinge, das direkt auf Roberts Nierengegend gerichtet ist.

Damit das hier klar ist: ICH würde NIEMALS in der Schule mit 'ner Waffe rumrennen! Geschweige denn, sie jemandem vor die Nase oder die Nieren halten! Das macht nur Ärger und ist vollkommen bescheuert. Und bis jetzt gerade eben hatte ich auch nicht die geringste Ahnung, dass Simon eines hat, es mit sich rumschleppt und augenscheinlich so gar keine Skrupel hat, es anderen zu «zeigen». Meine Stirn schlägt Falten, weil das Bild des Kleinen mit diesem Mordwerkzeug in den Händen mich doch etwas verstört. Dann richte ich mich unbemerkt ein kleines bisschen auf. In den Reihen der Gaffer höre ich die ersten gezischten Flüstereien, in denen Wörter wie *Psycho* und *vollkommen irre* klar zu identifizieren sind.

Robert wagt sich noch immer weder vor noch zurück. Er steht einfach da und starrt auf die Klinge. Simon seinerseits ist ebenfalls bewegungslos. Ohne ein Wort fixiert sein Blick über den Rand der Brille Roberts Gesicht. Doch er TUT nichts. Steht einfach nur da, zeigt sein Messer mit festem Griff und stiert. Einen Moment lang denke ich darüber nach, die Gelegenheit für einen gezielten Tritt in *Bobbys* Kronjuwelen zu nutzen, doch eigentlich habe ich mir soeben eine bessere (weil sicherere) Taktik einfallen lassen.

«Am besten, wir beruhigen uns jetzt mal alle wieder. Das gibt sonst gleich richtig Stress mit der Kreker», sage ich mit fester Stimme, aber leise, so dass auch die anderen die Stöckelschritte im Gang hören können. Einige der Gaffer verziehen sich relativ flott. Simon jedoch macht keine Anstalten, das Messer sinken zu lassen. Mit gespielt versöhnlich-verbündenden Blicken bedenke ich Robert, der seine Position daraufhin auch ein wenig lockert.

«J... Ja. Gute Idee. Sind wohl alle ein bisschen übergeschnappt», stottert er leicht bescheuert und geht ein paar Schritte zurück auf die Gruppe mit seinen dämlichen, neu gewonnenen Kumpels zu. Erst jetzt betrachte ich Simon wirklich genauer. Seine Wangen sind gerötet, seine Hände aber sind ganz ruhig. Er wirkt angespannt, aber nicht sehr. Dieser verdammte Hurenbock wird also nicht mal nervös, wenn er sich gerade völlig grundlos den dicksten Ärger seines Lebens einhandelt. Ich habe große Lust, ihn kräftig zu schubsen. Direkt mit dem nach vorn gerichteten Messer in die Meute. Doch stattdessen lege ich meine Hand auf seine und drücke sie ein wenig nach unten.

«Lass gut sein, Pumpkin. Steck das ein», raune ich ihm zu, während er noch immer den eiskalten Blick stur auf Robert gerichtet hält, der nun immer weiter in einer Mitschülertraube versinkt und sich langsam außer Reichweite begibt. Unvermittelt weicht die Anspannung aus Simons Zügen. Er dreht sich auf den Hacken um und lässt das Messer in die Tasche zurückgleiten. PUH.

«Und, hast du heute Nachmittag schon was vor?», fragt er vollkommen unbekümmert und verursacht weitere Mordgelüste meinerseits. Wie ZUR HÖLLE macht der das?

Kräftig scheppernd schmeiße ich die Tür meines Spindes zu, nachdem ich mir meinen Kram aus dem Haufen am Boden herausgepult habe.

«Du bist ein absoluter Vollspasti, Simon Veit! Und dazu vollkommen bescheuert!»

Von seinen verständnislosen Blicken verfolgt sehe ich zu, aus dem Gang zu verschwinden, als Frau Kreker gerade beginnt, ein paar Schüler anzulabern, ob «irgendwas vorgefallen» sei.

VIII

Remember me whenever noses start to bleed
Remember me
(Placebo – Special needs)

Die Schule ist Rotz! Entweder ist der Unterricht langweilig oder verstörend nervig – oder beides. Eigentlich kann man nur mit Chemie und Physik einigermaßen leben. Da darf man wenigstens auch selber mal was tun, anstatt einem Haufen Vollidioten im Aushilfslehrerkostüm zuhören zu müssen und spätestens nach den ersten beiden Stunden Stupiditätskopfschmerzen zu bekommen.

Ich lehne an meinem Labortisch und bewerfe meinen dümmlichen Projektpartner David mit irgendeinem Müll, der rumliegt, während er unser Fazit auf ein Blatt Papier kritzelt. *Mein* Fazit war schon vor einer halben Stunde, dass David Müller-Heuermann (a) dumm wie Wellblech, (b) hässlich wie ein ganzer Sack Hundekacke und (c) zu großkotzig für einen Pickelgnom seines Kalibers ist. Alles in allem macht das folgendes Ergebnis: SUBJEKT NICHT LEBENSFÄHIG! Wenn es nach mir ginge, würden Drecksäcke wie David gar nicht erst an die frische Luft gelassen. Ich meine, bei seiner Geburt muss doch irgendjemand aufmerksam genug gewesen sein, zu erkennen, dass dieses Kind ein ARSCHLOCH wird. Aber da all die Arschkröten, die so zur Welt kommen, eben auch Ärzte und Hebammen werden dürfen, fühlte man sich ohne Frage ganz wohl unter seinesgleichen und gab ihm einen Lebensberechtigungsschein in Form einer Urkunde mit Doppelnamen-Elternunterschrift. Wahrscheinlich war er im Waldorf-Kindergarten und tanzt in seiner Freizeit seinen Namen in den Teppich, während seine Mutter ihre Schicht bei Astro-TV ableiert. Ätzend.

Während Davieboy also nasal seine *baaaahnbrechenden Erkenntnisse* – im Grunde hat er nichts begriffen – vor sich hin murmelt wie ein missgestaltetes Erdmännchen, überlege ich mir, was genau ich mit ihm anstellen könnte, um der Erde einen Gefallen zu tun und ihn für immer von ihrem Antlitz zu tilgen. Die Bilder vom Korridor kehren in meinen Kopf zurück. Simon und sein Messer. Ich stelle mir vor, wie ich den Kleinen in den Armen halte, die Klinge hält er noch immer ausgestreckt vor sich, und ich renne den Gang entlang. Auf eine Gruppe von Schülern zu, die tuschelnd in einer Ecke stehen, sich über mich lustig machen, weil Robert mich (nur für den Moment) besiegt hat. Sich über Simon lustig machen, weil er so seltsam gestört ist. Mit ihm im Arm sprinte ich also auf sie zu, meine Hände fest auf seinen flachen Bauch gepresst und dann stoße ich nach ihnen. David-Klugscheißer steht in der Mitte, dann Roberts bekloppte Neukumpels, die ihn jetzt nur toll finden, weil er gewonnen hat. Ich drücke Simon und seinen Messerarm direkt in Davids Dickwulsthals, so dass Blut aus den Arterien spritzt – aus der Halsschlagader – und alle Umstehenden besprenkelt. Sie kreischen und wollen weglaufen, doch ich wirble den starren Jungen in meinem Arm wieder herum, drehe mich mit ihm wild im Kreis und springe durch die Gruppe. Das Messer dringt immer wieder in sie ein, zerschnitzt ihre Kleider und die Haut, fährt durch Gesichter und Augäpfel, zerrt Gedärm aus Unterleibern und lässt sie zu Boden klatschen. Bis sie in sich zusammenfallen und nur noch eine riesige Blutpfütze im Korridor zurückbleibt. Meine Boots hinterlassen dann hübsche Abdrücke auf dem Linoleum. Auch mal 'ne Idee für einen Amoklauf.

«Was grinst du denn so dämlich, Fechner? Pass mal lieber auf, was *ich* hier mache.»

Das nasale Aufmucken von David reißt mich aus meinen Gedanken und sofort erinnert sich mein Körper wieder daran, dass er mich mit ziependen Schmerzen quälen sollte. Genervt seufze ich aus meinem Tagtraum gezerrt und beuge mich mit geheucheltem Interesse zu ihm vor.

«Hm?!»

Was willst du, du kleiner Vollpfosten?!

«*Ich* denke, wir müssen das Ganze noch mal erhitzen!»

Dumme Idee, mein Alter, aber mach nur ... Wenn du die ganze Suppe im Gesicht haben willst ... Hehe!

«Wenn du meinst.»

Ich gehe unbemerkt ein paar Schritte zurück und stütze mich mit den Ellenbogen auf dem Tisch hinter unserem ab, an dem gerade zwei der Mädchen – Stephanie und Kim – kichernd irgendeinen Mädchenkram in einer Zeitschrift lesen, während der Lehrer am Pult ein wenig döst, sich also kein bisschen um uns schert. Noch einmal überfliege ich die Anweisungen an der Tafel, damit ich sicher sein kann, dass meine Vermutung richtig ist.

«Hey Mädels», zische ich den beiden zu und zaubere mir meinen «So süß, so cool, so Bad-Boy»-Blick aufs Gesicht, der bei den «Entchen», wie ich die unwichtigen Weibchen in der Schule gerne nenne, eigentlich immer zieht. Sie kichern etwas lauter und blinzeln mich erwartungsvoll an, wobei der einen,

Kim, ein bisschen Wimperntusche auf die Wange bröckelt. Das trockene Zischen des Bunsenbrenners, den David gerade in Gang bringt, unterstützt ein wenig mein Kopfnicken in seine Richtung. Die Mädchen beugen sich etwas vor, wobei vier ganz hübsch geformte Titten auf die Tischkante gedrückt werden. Gespannt presst Kim die Lippen aufeinander und stiert David an. Stephanie jedoch schielt zu mir rüber, legt eine Hand leicht gewölbt auf ihr linkes Tittenrund und zwinkert mir verschwörerisch zu, ehe auch sie den Ort des zu erwartenden Geschehens betrachtet.

Ein paar Sekunden lang passiert gar nichts, dann springt «Master» David erschrocken zur Seite, kreischt wie ein Mädchen und wischt wie ein Bekloppter mit dem Kittelärmel in seinem Gesicht herum, das die seltsamsten Verzerrungen zu Tage fördert. Die Mädchen lassen sich mit schallendem Gelächter in ihre Stühle zurückplumpsen, während David mit tiefblau bespritztem Gesicht durch den Raum hüpft und jammernd nach dem Lehrer verlangt, der sichtlich genervt und gemächlich herüberwackelt. Schadenfroh grinsend wende ich mich noch einmal an Stephanie.

«Seh ich dich in der Pause?», dann drehe ich mich um, ohne auf eine Antwort zu warten. Die Entchen sind gutes Spielzeug. Nur leider etwas zu einfach.

Ich ficke Steph hinter der Sporthalle, auch wenn es mir nicht wirklich Spaß macht. Mein Schwanz tut noch immer weh, und auch alles andere will viel lieber seine wohlverdiente Ruhe. Sie stellt sich zudem ziemlich doof an, was nicht unbedingt hilfreich ist. Ein paar Mal muss ich sie darauf hinweisen, mich nicht anzufassen.

«An die Wand lehnen und Schnauze halten! Hände an die Mauer!», aber selbst diese einfachen Befehle begreift sie nicht so recht. Will mit ihren Fingern dann doch immer irgendwie an mich ran.

«Bist du eigentlich gänzlich bescheuert? Ich sagte, Hände an die Mauer. Finger weg von mir, klar!?», versuche ich es noch einmal etwas deutlicher. Sie lamentiert, will irgendwie süß und kokett sein, aber nach süß und kokett ist mir gerade wirklich nicht zumute. Ich will einfach abspritzen. Eigentlich nur, um heute gefickt zu haben. Am besten schnell, damit ich noch Zeit habe, nach Simon zu suchen.

Nach zehn Minuten und ein paar festeren Tritten und Schlägen gegen ihre Knie und Arme lehnt mein Entchen dann endlich mit heruntergezogenem Höschen still an der kalten Wand. Ich glaube, da sind Tränen in ihren Augen. Aber dass sie später rumerzählen kann, hinter der Sporthalle von mir gevögelt worden zu sein, ist wohl ausreichend. Sie sagt nichts von Aufhören oder so. Weil sie ziemlich trocken ist, tut es dann noch mehr weh mit ihr. Also stecke ich ihn einfach rein, stoße ein paar Mal etwas fester zu und hoffe, dass es trotzdem irgendwie geht. Sie weint jetzt doch, schluchzt leise rum, so dass ich meinen Daumen quer in ihren Mund stecke und einen Biss riskiere. Sie beißt aber nicht zu. Ehrlich, ich strenge mich richtig an, schwitze sogar ein bisschen, doch das mit dem Abspritzen will einfach nicht klappen. Nach ein paar Minuten fängt Steph dann auch noch an, wieder nach mir zu grapschen. So eine Megascheiße! Vollkommen sauer ziehe ich ihn wieder raus und richte meine Kleidung.

«I... ist alles in Ordnung?», fragt sie weinerlich und sieht mich hoffnungsvoll an. Mehr als ein Knurren habe ich aber für sie nicht übrig.

«Hab ich ... was falsch gemacht?»

AAAAH! Dieses Mädchen ist ja so eklig!

«Zieh dich an», sage ich trockener, als ihre Fotze war, ziehe sie von der Mauer weg, helfe ihr, sich wieder vernünftig herzurichten, und lasse sie dann stehen. FUCK! Wie soll ich diesen Tag nur überleben?

In der Schulbücherei finde ich Simon. Er sitzt an einem Tisch, liest sich durch ein furchtbar langweiliges, furchtbar altes Sachbuch und schaut nicht einmal auf, als ich mich vor ihm aufbaue.

«Pumpkin! Was genau ist eigentlich dein Problem? Mit 'nem Scheißmesser vor *Bobbys* Scheißfresse rumzufuchteln? Frau Kreker hätte dir den Arsch aufgerissen bis über beide Ohren, Mann!»

Simon hebt nur eine Braue und liest weiter.

Von irgendeinem Tisch weiter hinten schlängelt sich ein feuchter Zischton zu uns rüber. Leise schlendere ich zu den Regalen und schiele zwischen ein paar Büchern hindurch, um zu sehen, wer da ungewollt mithört. In einer Nische hockt ein völlig lahmarschiges Brillengestell auf zwei Beinen – ein Mädchen eine Klasse unter mir – über einem noch langweiligeren Buch. Als sie aufsieht, erkenne ich das bleiche Gesicht mit den etwas zu hohen Wangenknochen wieder. Lisas Cousine Hanna. Meist in unförmiger Kleidung, bebrillt mit Colaflaschenböden und ausgestattet mit ein paar viel zu weißen Hasenzähnen.

«Na du Ratte, versteckst du dich vor deinem Spiegelbild?»

Das Mädchen ist so verklemmt, die geht sicher ungeöffnet zurück zum Absender, hatte Lisa schon ein paar Mal verlauten lassen. Dank ihr kenne ich sogar ein paar wirklich unschöne Details über Hannas Unterwäschetragegewohnheiten (Oma-Frottee). Ich denke, Lisa ist ziemlich neidisch, weil sie in der Familie lediglich die Schlampenrolle ausfüllt und für sie, anders als für Hanna, niemand ein Studiengeldkonto angelegt hat – bei ihr sparen sie wohl eher für die polnische Abtreibungsklinik. Die typische «Hartz-IV-Tochter wird Ärztin ohne Grenzen, während Cousine an AIDS verreckt»-Schlagzeile. Mir ist die öde Vierzehnjährige ungefähr so egal wie 'n toter Teddy. Aber Lisa hasst sie regelrecht und würde sich über einen Autounfall mit Hanna, die an einem Motorblock klebt, sicher nicht grämen.

«Ah, Patrick. Mir war ja gleich so, als wenn es hier angefangen hätte, nach Arschloch zu stinken.»

An sich keine schlechte Antwort. Doch ihr zaghafter Ton und ihr unsteter Blick nehmen der ganzen Aussage so viel an Glaubwürdigkeit, dass ich sie nur müde auslache und mich wieder meinem eigentlichen Opfer zuwende.

«Du findest das also okay?», frage ich, allerdings doch etwas leiser – muss ja wirklich nicht jeder wissen. Simon schweigt weiterhin. Mit den Fäusten schlage ich auf die Tischplatte, dann mit der flachen Hand gegen sein Buch. Der kleine Penner ignoriert mich immer noch. Als ich mich umdrehe und aus dem muffigen Bücherzimmer abdampfen will, blickt er dann aber doch auf.

«Du solltest deinen Rücken untersuchen lassen. Du hast da Blut am Shirt.»

Herr Burow fegt Ameisenüberreste vom Bordstein. Mit Absicht drücke ich meinen Rücken an die Stange der Straßenlaterne neben dem Schulgebäude. Der Stoff meiner Kleidung presst fest gegen die Brandwunde und das herausquillende Blut klebt ihn an mich, als würde mein zähfeuchter Körper die Fasern absorbieren. In den Fenstern sehe ich die Köpfe einiger Schüler, die gelangweilt rausschielen und tagträumen. Mann, bin ich froh, aus dem Drecksladen für heute raus zu sein. Die letzten Stunden zu schwänzen ist ja schließlich unvermeidlich mit einer Blutlache am Rücken. Wie so oft fühle ich mich vollkommen ausgebrannt. Nicht in der Lage, mich zu entscheiden, was ich jetzt am besten tun sollte, kämpfe ich mit meinem Gehirn. Als wäre es plötzlich tiefster Winter, wird alles in mir glatt und kalt. Schwerfällig und stumpf rutschen Wort- und Bildfetzen über die Spiegelfläche, verfangen sich in einem plötzlich aufkommenden Schneesturm aus Farbwehen und Gefühlsblasen. Dann spüre ich es.
ES.
Das schwarze Loch.
Mein Kreislauf rudert regelrecht mit allem dagegen an, während meine Wahrnehmung in sich selbst eingesogen wird. Mit einer wahnsinnigen Geschwindigkeit rast alles Richtung Singularität, droht sich selbst zu fressen und treibt mir den Angstschweiß auf die Stirn. Fast schon wie elektrisch wankend und zitternd versuche ich, irgendetwas zu finden, was ich dem Druck entgegensetzen könnte, der meinen Kopf zu Boden pressen will. Verzweifelt versuche ich, den Laternenpfahl mit den Händen hinter dem Rücken zu greifen, doch das kalte Metall britzelt rau und

schmerzhaft auf meiner Haut, als wären alle Nerven kurz vor einem schaurigen, erzwungenen Orgasmus. Als fehlte die schützende Hautschicht – völlig frei und ausgeliefert. In meinen Ohren pocht es wie wild. Ein tiefer Kreischton springt auf die Membran des Trommelfells und krallt sich fest, so dass die Ohren kitzeln und schmerzen. Mein Magen rebelliert.

Beruhige dich!, rede ich mir zu. *Reiß dich zusammen, Kumpel!* Doch am liebsten würde ich schreien. Nach etwas treten. HILFE!, wallt es gegen meine Schädeldecke. Gedankenwellen gegen meine Stirninnenseite. Viel zu viel Energie. Zu viel von *allem*. Doch ich kann nichts anderes tun, als stillzustehen und zu warten. Hoffen, dass mein Kopf auf den Schultern bleibt und ich nicht jeden Moment mit den Lippen am Bordstein hänge. Es geht vorbei. Langsam verschwindet das schwarze Loch. Nicht ohne einen gehörigen Teil ICH mitgenommen zu haben. Das wird ewig dauern. Ewig, bis ich wieder ganz *da* bin. EWIG, bis das Gefühl abebbt, Tränen würden sich literweise den Weg unter meinen Lidern freipressen. Bis die Realität wieder klar und nicht vollkommen stumpf und gleichzeitig überbunt scheint. EWIG!

In Momenten wie diesen fühle ich jedes Wort der Apokalypse, die wir im Religionsunterricht gelesen haben, in meinem Körper nach. Ich *verstehe* jedes Wort – allein mit all den scheiß Molekülen, aus denen ich bestehe. Der Kreischton wird leiser und von einer anderen Melodie unterlegt: *Now I'm trying to wake you up, to pull you from the liquid sky ...* Irgendwas von Placebo. Mit offenem Mund klebe ich meinen Blick an den matschig dahinschwimmenden Himmel.

Doktor Bentheim hat seine Praxis in der Nebenstraße einer großen Geschäftszeile, in der ein Sexshop, ein Pornokino, ein Fitnessstudio, zwei Dönerbuden und ein Sanitätsfachhandel angesiedelt sind. Die Fassade des Hauses ist rostrot und überall bröckelt der Putz, so dass es aussieht, als hätte es schlimme Aknekrater. Schon von Weitem sehe ich Mathi auf den Stufen der Außentreppe stehen und mit einem Wasserschlauch hantieren.

«Hey du!»

Fröhlich winkend begrüßt er mich, während ich den Bürgersteig entlangschlurfe und versuche, meine Gedankenfetzen aus den schwarzen Löchern zu fischen.

Müde hebe ich die Hand. Mathi is 'ne Nutte. Er macht kein Geheimnis draus und im Grunde weiß jeder, der irgendwie mit dem Doc zu tun hat – und das sind eh nur die Arschlöcher, Junkies im Methadonprogramm und eben die Nutten dieser Stadt, die einen günstigen AIDS-Test brauchen –, dass man bei ihm für ein paar Euro «den geilsten Blowjob aller Zeiten» bekommt. Der Doc behandelt ihn umsonst, dafür hilft Mathi ihm ein wenig mit der Praxis. Putzen und so. Hin und wieder verdiene auch ich mir ein paar Kröten beim Doc, für Botengänge. Der alte Mann ist im Grunde wirklich okay.

Mathi springt die Stufen herab, wobei er den Schlauch hinter sich her zieht.

«Du musst eben warten! Da hat einer auf die Treppe gekotzt. Ich mach's schnell weg!», ruft er mir zu und dreht ein wenig an der Düse. Wasser spritzt mit Druck auf den Stein und feine Spritzer wehen mir entgegen. Ich schließe kurz die

Augen und genieße die Abkühlung, während ich mich an die Wand lehne.

«Wie geht's dir, Kumpel? Lange nicht gesehen.»

Über das harte Plätschern hinweg klingt seine Stimme spitz und jungenhaft. Ich weiß nicht, wie alt er ist. Das habe ich ihn nie gefragt. Aber ich vermute, dass er entweder nur ein bis zwei Jahre älter ist als ich oder ich mich total verschätze und er ist schon viel älter – nutzt dann aber sein Jungengesicht und sein kindliches Auftreten hervorragend aus, um die ganzen Pädos, die seine Kunden sind, aufzugeilen.

«Ganz okay. Das Übliche ...», antworte ich auf die ungestellte Frage. Mathi ist einer der verschissen nettesten Typen überhaupt. Wenn ich nicht wüsste, was sein Job ist, würde ich ihn in eine Mönchskutte stecken und mich sofort von ihm missionieren lassen – er wäre gut darin. *Na ja, im Grunde bin ich ja so was wie ein Missionar,* hatte er einmal gelacht, als ich ihm sagte, dass er einen klasse Mönch abgeben würde. *Zumindest hab ich schon eine Menge Menschen bekehrt.*

Ich weiß, dass er Kostüme benutzt. Schuluniform, Mädchenkleider, Babystrampler oder auch Uniformen von der Bundeswehr, die ein Kunde ihm mal beschafft hat. Was der Kunde oder auch *der Schwanz*, wie Mathi selbst die Kunden manchmal bezeichnet, eben wünscht. Aber eine Mönchskutte ist wohl nicht dabei. Vielleicht sollte ich ihm das noch einmal vorschlagen.

Mit seinen dunkelblonden Locken, die frech sein Gesicht einrahmen und ihn manchmal an den Ohren kitzeln, der blassen Haut, dem spitzbübischen Gesicht und dem Kinderkörper wirkt er harmlos und lieb – fast naiv. Ist er nicht, so viel steht fest.

Zumindest würde er niemals fragen, warum ich zum Doc will. Auch wenn die Neugierde ihn wahrscheinlich auffrisst, wenn er es nicht erfährt.

Mathi stellt den Schlauch ab und hüpft fröhlich auf mich zu, zieht ein Päckchen mit Zigaretten aus der Tasche seiner Skaterhose und hält es mir hin.

«Der Doktor hat sicher gleich Zeit für dich. Ich hätte auch Zeit.»

Er lächelt kess und legt diesen Fick-mich-Blick auf, mit dem er mich immer ein bisschen erwischt. Das ist zwischen uns schon eine ganze Weile so eine Art krankes Machtspiel. Er versucht, mich zu überreden, mir für Geld einen blasen zu lassen. Ich ziere mich, so als wäre das ungefähr das Letzte, was ich jemals tun würde – schon mal gar nicht, wenn ich bezahlen muss. Eines Tages wird einer von uns beiden aufgeben, und ich würde nicht schwören, dass nicht doch ich es sein werde.

Aber heute halte ich ihm mein Feuerzeug vors Gesicht und lasse die Flamme hochschießen, um ihn zu erschrecken. Das Feuer züngelt einmal heiß über seinen Nasenflügel, er zuckt ein wenig zurück und muss husten.

«Vergiss es», sage ich gehässig, «da stecke ich meinen Schwanz lieber in ein Pfund gammeliges Hackfleisch.»

Ja, ist klar. Lahme Antwort. Mathi schüttelt nur den Kopf, lehnt sich neben mich an die Hauswand und legt mir den Arm um die Schulter. In der Sonne glitzern die feinen Härchen auf seinem Unterarm golden, und irgendwie riecht er süßlich. Nach Moschus und Zimt.

«Ach, Patrick. Eines Tages wirst du mich noch anbetteln … Wart's nur ab.»

Ich lache gekünstelt und kneife ihn in die Seite.

«Wie läuft's denn so bei dir?», frage ich, diesmal aufrichtig und ehrlich interessiert. Er kichert.

«Es flutscht. Nee, im Ernst. Ganz okay. Im Moment warte ich auf meine Ergebnisse. Denk aber, dass alles gut ist. Und am Wochenende ist so eine Party bei den Hütten am Kanal. Soll Samstag und Sonntag laufen. Werd wohl ein paar gute Euros verdienen. Komm doch auch hin!»

Ich denke kurz darüber nach, dann ziehe ich die Schultern hoch und winde mich unter seinem Arm hervor.

«Mal sehen. Ich muss jetzt hoch. Bis dann», weiche ich aus, dann stapfe ich die Treppe rauf und trete mit Absicht so fest in die kleinen Wasserpfützen, die sich ölig schimmernd auf den unebenen Stufen gebildet haben, dass Mathi von den herumspritzenden Tropfen im Gesicht getroffen wird.

Das erste Mal war ich mit Mom hier. Die ausgebaute Wohnung, in der die Bentheim-Praxis untergebracht ist, riecht nach Desinfektionsmitteln und dem Mief der ganzen Kranken, die im Laufe der Zeit ihr Blut, ihre Kotze und was weiß ich für Zeug auf dem ausgeblichenen Teppich zurückgelassen haben. Die Holztür klappert und ein Glockenspiel bimmelt disharmonisch, wenn man die Tür aufstößt.

In den zehn Jahren, die ich nun – mal mehr, mal weniger regelmäßig – herkomme, hat sich wirklich nichts verändert. Als würde die Pestilenz sich in den Wänden festkrallen und die Realität in einen irren Alterungsprozess verstricken, in dem sie einfach immer weiterrottet und sich nie erholt. Als wäre eine braun-grüne Schleimblase um die Räume gezogen, die den Schmerz und die Peinlichkeit konserviert.

Die Geschichten der Junkies und Stricher, der Dealer und Schläger, der Spieler und des ganzen asozialen Packs kriechen über die orange-beige Siebziger-Jahre-Tapete, huschen schattig herum, und wenn man nicht flach atmet, nicht alle Körperöffnungen fest verschließt, dringen sie quetschend und zerrend in einen ein. Fassen den Hirnstamm mit dürren Fingern und machen dich zu einem Teil der Blase. Machen, dass du immer und immer wieder hierher zurück gezogen wirst. In einen Mikrokosmos aus völlig bedeutungslosen Schicksalen des dreckigen Pöbels.

Damals – als Mom mit zusammengekniffenen Augen und schmalen, viel zu bleichen Lippen am Empfang stand, um das erste Mal in ihrem Leben illegal Medikamente zu bekommen, die sie nur brauchte, weil Dad sie ihr irgendwann einmal ganz legal besorgt und sie regelmäßig damit gefüttert hatte – dachte ich schon, dass es für uns beide nichts Gutes mehr geben würde. Wie sollte eine Frau, die ihren Glanz am Tresen einer Wundenflickerfabrik der illegalsten Sorte gegen ein paar bunte Pillchen tauschte, noch unberührt weiterexistieren.

Ich saß auf einem der knarzenden Plastikstühle, bekam einen klebrigen, nach Zucker und Nikotin schmeckenden Lolli in den Mund geschoben, während im Behandlungsraum eine Frau mit Inbrunst winselte und schrie. Sie würgte und etwas klatschte flüssig und zäh auf den Boden. Ich konnte hören, wie es dort aufkam und die Schleimblase noch fester und klebriger werden ließ. Mir gegenüber schlief ein Jugendlicher mit offenem Mund, den Kopf an die Tapete gelehnt. Blut war ihm über die Augenlider gelaufen und trocknete nun bröcklig auf seiner rauen Haut. Die Uhr an der Wand tickte blechern und laut. Das alles fuhr mir so tief in die Knochen, dass ich mir sicher bin, seitdem ein Teil der Blase zu sein. Bis heute werde ich mit jedem Besuch zu einem immer festeren Klumpen der pestilenten Glibbermatsche der Unterschicht. Und nachdem ich diese mieseste aller Vergewaltigungen irgendwie verdaut hatte, begann es mir sogar zu gefallen. Auf so eine brutale und schmerzende, viel zu körperliche Art.

Das Wartezimmer, das Simon immer Rateraum nennt – *Da musst du sitzen und kannst raten, ob du drankommst, und dann noch mal raten, ob du durchkommst oder an einer Bazilleninfektion dahinsiechst* –, liegt neben dem alten Holztresen, der am unteren Rand schon so viele Trittspuren aufweist, dass es aussieht wie eine abstrakte Schnitzerei – somit schon fast wieder gewollt. Susi, die Sprechstundenhilfe, Putzfrau und momentane Freundin vom Doc, schiebt mich also in den Rateraum und füllt schludrig ein paar Fragebögen aus, die sich sowieso niemand jemals wieder ansehen wird. Wie jedes Mal. Als sie wieder verschwindet und die Tür hinter sich zuzieht, gehe ich meine übliche Runde. Erst an der Stuhlreihe aus zusammengewürfelten Sitzmöbeln vom Flohmarkt und Sperrmüll vorbei, wo ich auf jeden der Stühle spucke, zu der zerkratzten Wand, an die man behelfsmäßig eine Plastikabdeckung gebohrt hat, die ebenfalls völlig zerbeult und fleckig ist, und weiter zu den Tischen in der Mitte, wo veraltete Broschüren über AIDS-Behandlungsmöglichkeiten und Entzugskliniken neben ein paar Ausgaben der *Bild der Frau* und der *Praline* ausliegen und von irgendwelchen Körperflüssigkeiten angammelt und gewellt sind. Auf einem Servierwagen, der aussieht, als wäre er aus einem historischen Arztroman entführt, steht eine Plastikkaraffe mit

Mineralwasser und ein Türmchen aus Plastikbechern zur Selbstbedienung.

Hastig werfe ich einen Blick zur Tür. Draußen spricht ein Kurier mit der Arzthelferschnepfe, die geräuschvoll schmatzend und wahrscheinlich lasziv einen Kaugummi knatscht. Auf mich achtet keiner. Ich ziehe die Plastikbecher auseinander und stelle sie verkehrt herum, mit dem Trinkrand nach unten, in einer Reihe auf den Wagen. Dann stecke ich mir schnell den Zeigefinger in die Nase, die von den ganzen Lüftern, die brummend herumpusten, ziemlich trocken ist. Schiebe ihn so weit wie möglich nach oben und beginne mit dem Nagel ein wenig an der glatten Stelle zu kratzen, wo ich so was wie Schleimhaut an der Naseninnenwand vermute. Das Gefühl des Fingernagels an der Knorpelfläche, die mit feuchter, pulsierender Gewebestruktur bedeckt ist, ist kitzlig und brennend zugleich. Ich muss mich konzentrieren, nicht zu niesen. Dann beiße ich fest mit den Backenzähnen auf den Zungenrand und stoße den Nagel einmal fest in die Haut. Feuchtigkeit umschließt bereits meine Fingerkuppe, die mein Körper reizbedingt ins Nasenloch pumpt. Eine Träne schießt mir in den Augenwinkel, als die Schleimhaut mit einem in der Ohrmuschel dumpf anschlagenden Schnappen einreißt und sich sofort heißes Blut mit der schmierigen Flüssigkeit vermengt.

Ich habe meine Nase vergewaltigt, denke ich belustigt und ziehe den Finger schnell wieder heraus, um zu fühlen, wie der dickflüssige Bach aus Blut und Rotze aus meiner Nase und über meine Oberlippe rinnt. Dann beuge ich mich vor und lasse es auf die Böden der Becher tropfen. Dunkelrote Flatschen landen mit einem hohlen *Plop* auf dem Plastik und versprühen rundherum Blutschlieren. Ich spüre, wie es immer irrer in der Nase kribbelt, und muss dann doch noch niesen, wobei ein Schwall Blutrotz quer über den Servierwagen fliegt. Ein besonders dicker Platscher hat unheimliche Ähnlichkeit mit einem Blutegel und krabbelt schmierig den inneren Rand der Karaffe entlang, um dann im Wasser zu landen und es rosarot zu färben, Spiralnebel zwischen den Kohlensäurebläschen ziehend.

Vom Flur her höre ich den Arzt aus seinem Zimmer und an den Tresen treten. Schnell wische ich meinen Mund und meine Nase am Ärmel meines Shirts ab, reibe ein paar Mal fest über die Haut und presse die Nase zwischen Daumen und Zeigefinger zusammen, um die Blutung zu stillen. Schlucke eine Menge saftigen Blutrotz und setze mich dem Kunstwerk der «blutigen Wassertafel» gegenüber. Die Tür wird aufgestoßen und ein Zombiepaar stakst in das Wartezimmer. Er hat sich vor einiger Zeit schon ordentlich eingepisst und seine Hose hat im Schritt Salz- und Urinfärbungen, als trüge er sie schon seit Jahren. Sein Haar ist weißgelb und seine Augen stehen trüb hervor wie bei einem zertretenen Frosch. Seine Freundin stützt ihn auf fetten, wulstigen Schultern, die in schwabbelige Oberarme münden und das Gesamtbild eines formlosen Frauenklumpens im wahrsten Sinne des Wortes abrunden. Ihre Frisur erinnert mich an ein paar verkochte Spaghetti. Als sie meine Blutkunst endlich bemerkt, nachdem sie ihren abgeschossenen Begleiter auf einen der vollgerotzten Stühle hat plumpsen lassen, schreit sie erschrocken auf und wischt sich über die Augen, als wäre sie sich nicht sicher, ob sie noch auf ihrem Trip festhängt. Was wahrscheinlich trotzdem der Fall ist.

«Patrick Fechner? Komm bitte in den Behandlungsraum eins», ruft die Helferinnenschnepfe aus dem Flur. Also schlendere ich gemütlich aus dem Raum. Das Zombiepaar glotzt mir nach und hat mich sowieso bereits in dem Moment wieder vergessen, als ich den Raum verlasse. Aber an die «blutige Wassertafel» werden sie sich vielleicht hin und wieder erinnern, während sie ihre erbärmliche Existenz mit einem Schuss H oder was weiß ich feiern.

Wenn ich schon ein Teil dieser abgefuckten Wrackblase sein muss, dann kann ich sie auch füttern!

IX

Took my hand and she ended it all,
Broke her little bones on the boulders below,
And while she fell, I smiled

(Serj Tankian – Lie Lie Lie)

«Hey Lis, hier ist Patrick.»

Am anderen Ende der Leitung schnappt Lisa nach Luft und setzt zu einer Schimpftirade an. Ich zerre ein wenig an meinen Verbänden, die viel zu straff sitzen und mir in die Haut schneiden. Kein Wunder, dass Doktor Bentheim keine richtige Praxis führt. Allerdings hat er mir ganz offiziell geraten, die nächsten Tage nicht zur Schule zu gehen, was auch Dad akzeptieren muss.

«Spar dir den Atem ...», unterbreche ich sie gespielt unterwürfig. «Ich will mich entschuldigen. Tut mir echt leid. Ich hatte 'ne Scheißwoche und na ja ... Echt, das war nicht böse gemeint, und so», versuche ich es weiter reumütig und mit einem leichten Zittern in der Stimme.

«Was willst du von mir?», fragt sie nur schroff, und ich kann am Knarzen hören, wie sie in der Kochnische der kleinen Wohnung auf und ab geht.

«Na ja, wir sind doch Freunde. Ich hab's nicht so gemeint. Ist das nicht genug?», frage ich hoffnungsvoll und fummle an einer Haarsträhne, die mir dauernd in die Stirn fällt.

«Komm schon, sei nicht mehr sauer ...»

Sie atmet ein paar Mal schwer, seufzt und wechselt die Seite, mit der sie den Hörer hält, raschelnd.

«So was geht echt nicht mehr klar, Patrick. Ich hab keinen Bock mehr auf diesen abgefuckten Scheiß, *Süßer!*»

Wobei sie *Süßer* sagt wie *Affenpisse.*

DU hast keinen Bock mehr auf mich, ja!? Das werden wir aber noch sehen. Zufällig haben da ganz andere Bock auf mich, du Schlampe, denke ich wütend, nicke aber und versuche, ein Lächeln, weil ich mal gelesen habe, dass man am Telefon raushören kann, ob einer lächelt oder nicht.

«Ich werd mich echt bemühen, Lis. Ehrlich. Ich meine, am Wochenende ist 'ne Party. Mit wem soll ich denn sonst bitte da hin? Außer dir sind doch alle echt lahm.»

SCHLEIMSCHLEIMSCHLEIM. Aber es wirkt, ich höre, wie sie sich hinsetzt und an einer Zigarette zieht.

«Ja, ich hab davon gehört. Bobby geht auch hin.»

Strike! Darauf hatte ich wirklich sehr gehofft. Wenn er von alleine kommt, heißt das, dass ich ihn nicht einladen muss. Großartig!

«Okay, ab wann seid ihr denn da?», frage ich und betone das IHR, als wäre es völlig okay für mich.

«Bobby kommt schon so gegen sieben am Samstag. Ich kann erst ab elf oder so da sein, muss vorher noch zu 'nem Bekannten, was abholen ... Bringst du deinen Spasti etwa auch mit? Ich hab gehört, die kleine *Madame de Prüdesse* soll ja auch da sein. Die beiden verstehen sich sicher brillant.»

Uuuund *zack!* Die Falle schnappt zu. Lisa plaudert, als hätte es den Streit nie gegeben, und lässt mich sogar wissen, dass sie neues Pot besorgt. Nice!

«Ah, mal sehen. Ich denke, ich bin auch schon da, wenn du kommst. Simon wohl auch ... Du, ich muss auflegen,

Dad stresst wegen dem Telefon. Mach's gut und bis dann ...»
Schnell lege ich auf und werfe den Hörer aufs Kissen.

«Patty, jetzt bring mir das verfickte Telefon oder muss ich etwa hochkommen!», brummt Dad vom Fuß der Treppe. Ich lehne mich grinsend zurück.

«Komm doch. Dann kannst du's dir gerne so tief in den Arsch schieben, dass es dir im Blinddarm klingelt, du fette Sau», murmel ich leise.

«JA, SOFORT!», brülle ich etwas zu laut.

Natürlich wusste ich da schon längst, dass Lisa später zur Party kommen würde. Ich war nämlich bei ihr, nachdem der Doc mich kopfschüttelnd in eine Mumie verwandelt hatte. Sie war noch in der Schule. Nachmittagsunterricht in Musik – französische Flötenstunde mit dem Musiklehrer. Aber Hanna saß, wie meistens, wenn ich Lisa besuche, auf den Stufen des Mehrfamilienhauses, das im Zuge eines Sozialbauprojektes an den Stadtrand gepflanzt worden war und las wie ein Maulwurf schielend ein Buch. *Freak*.

Hinter dem Wohnblock liegt ein kleines Waldstück, aus dem eigentlich immer harmonisches Vogelgezwitscher und Grillenzirpen zu hören ist.

Auf dem Trampelpfad zum Vorplatz zur Wohnanlage verrotteten alte Milchkartons und Obstschalen, die einen süßlichen Verwesungsduft verströmten. Ich kickte ein paar davon zur Seite und schlenderte so betont lässig, wie es einer Mumie eben möglich ist, auf Hanna zu.

«Hey Kröte», begrüßte ich sie gehässig, stieg über sie hinweg, wobei ich sie mit der Schuhspitze an der Schulter streifte, und ließ den Finger über die Klingelknöpfe gleiten.

«Hi Blödmann», antwortete der Bücherwurm, ohne aufzusehen, «Lisa ist nicht da.»

Unentschlossen wippte ich auf der Schuhsohle vor und zurück, wobei die schmutzige Spitze immer wieder an ihren Rücken schlug. *Ja ja, du kleiner Freak. Tust so, als findest du mich ätzend, aber in Wirklichkeit bist du auch nur ein Entchen, wart's ab.*

Sie schüttelte sich und rutschte ein wenig auf der Stufe vor, so dass sich die Kante in ihren Po bohrte und schmerzen musste. Sie ließ es sich nicht anmerken. Ihr Haar fiel in einem Wust aus Knötchen über die Buchseite. Mir war klar, dass sie nur vorgab zu lesen. Aber sie sah mich immer noch nicht an. Abrupt ließ ich mich hinter ihr auf eine Stufe sinken und stützte mein Kinn in die Hände, so dass ich ihr direkt in den Nacken atmete. Sofort lief eine feine Gänsehaut ihren Rücken herab. *Erwischt!*

«Was soll das?», fragte sie unwirsch und spannte die Rückenmuskulatur sichtbar an.

«Ich warte ...»

... und freue mich diebisch.

«Dann warte woanders. Ich lese hier.»

Zartes Stimmchen, aber Bosheitspotential.

«Les doch woanders.»

Schweigend stierte sie eine Weile lang weiter in das Buch. Ich erhaschte einen Blick auf das Cover – *Lunar Park* –, was mich überraschte, da ich den Titel kannte. Eines der wenigen Bücher, von denen ich nicht absolut zu Tode gelangweilt gewesen war und es sogar halb durchgelesen hatte. Völlig unverhohlen starrte ich sie an, beugte mich dabei immer weiter vor, bis mein Kopf direkt neben ihrem war und ich in den Ausschnitt ihres Shirts sehen konnte. Hübsche kleine Titten und gute, saubere Haut. Nicht so abgegrabbelt wie die von Lisa. Wie sagt Franky doch immer? *Die hat ein Abadasgesicht. Körper ist geil ... Aba das Gesicht.*

«Nimm deine Augen von meinem Busen, sonst stech ich sie dir aus.»

Hui! Damit hatte ich wirklich nicht gerechnet. Das zarte Zischstimmchen hatte ja WIRKLICH Potential. Na ja, dann würde es zumindest nicht allzu ätzend werden, Zeit mit ihr zu verbringen.

«Ist ja gut, Jungfrau Maria. Wann kommt Lisa denn wieder?»

Ich lehnte mich zurück und warf einen Blick in den Himmel. Noch immer grau, aber irgendwo weit weg brach die Wolkendecke langsam auf und das Klarblau begann, leise die Regenwolken zu fressen. Schade.

«Keine Ahnung. Sag mal, bist du zu dämlich ein Handy zu benutzen, oder gibt es sonst keinen Ort mehr, wo man dich nicht sofort mit Mistgabeln vom Hof jagt?»

Knallend klappte sie das Buch zu und drehte sich nun doch um. Viel zu nett. So sah sie aus. Grau wie der Himmel und blass wie ein Geist. Aber auch das Klarblau ihrer Augen unter den Colaflaschenböden fraß gerade jetzt jede Farblosigkeit auf und blinkte gierig.

«Hm?»

«Du weißt schon. Mistgabeln? Satan? Hexenverbrennung? So was?»

Autsch. Man erklärt NIEMALS eine Beleidigung. Wie dumm.

«Ja ja. Nee, du langweilst mich nur. Richte Lisa doch aus, dass ich wegen der Party hier war. Kannst du dir das merken oder muss ich es dir in deinen Knochenarsch meißeln?»

Ihr Blick zuckte nach unten. *Verraten. Sie hat also Arschkomplexe.*

«Welche Party denn?»

Und ist neugierig wie der fucking BND.

«Die, zu der nur Nichtfreaks und Nichtvogelscheuchen eingeladen sind. Für dich also vollkommen uninteressant, Hanna-Banana», lachte ich, als wäre allein die Vorstellung, sie auf eine Party einzuladen, das Urwitzigste überhaupt.

«Ich glaube ja nicht, dass Lisa mit *dir* zu einer Party will. Sie ist stinksauer auf dich», nuschelte die Kleine und wandte ihren Blick wieder auf das Buch. An ihrem Arm sah ich eine kleine wund geriebene Stelle, die irgendwie auffällig leuchtete. Ich beachtete sie nicht weiter und stand langsam auf.

«Ach, hat sie das gesagt?», fragte ich extrem skeptisch, als hörte ich zum ersten Mal davon.

«Na komm, Patrick. Jeder weiß davon, dass du Lisa verkloppt und Robert mit einem Messer bedroht hast.»

Verwirrt blies ich mir eine Haarsträhne aus dem Gesicht. Ernsthaft bemüht ruhig zu bleiben. Was für eine Scheiße!

«Bitte? ICH habe niemanden mit einem Messer bedroht!», rief ich etwas zu empört und schlug mir mit der flachen Hand gegen die Brust. «Das weißt du aber auch. Du hast mich und Simon in der Bücherei doch eh belauscht!»

Der Schmerz flutete meinen Oberkörper und mir entfuhr ein leises Ah.

Hanna sah zu mir hoch und legte den Kopf schief. Mist, sie hatte es bemerkt.

Dann lachte sie spitz und ein wenig nervös.

«Okay, aber du streitest nicht ab, sie geschlagen zu haben. Alles klar.»

Ich grinste. *Denk mal ruhig, du wärest cleverer als ich, Kleine. Bist du nicht. Aber okay.*

Ich bereitete mich auf die Rechtfertigungsnummer vor, doch sie war schneller.

«Im Grunde hat sie es ja verdient. Aber ich hätte eher gedacht, dass es eines der Mädchen tun würde, denen sie den Freund ausgespannt hat, oder einer der Kerle, denen sie das Geld aus der Tasche gezogen hat, oder so ... Nicht einer wie *du*.»

Ihr Blick ruhte auf dem Buch und fahrig pulte sie an der roten Stelle am Arm herum.

«Einer wie ich? Was soll das denn heißen?»

Ich zog eine Braue hoch und beobachtete sie, wie sie sich kratzte. Mein Finger zog hinter meinem Rücken die Kreise nach und am liebsten hätte ich die Stelle berührt. Das heiße Pulsieren der Wunde mit dem Finger nachgespürt. Es kribbelte in meiner Hand, doch ich hielt mich zurück.

«Tu doch nicht so. Du bist ein Arschloch. Du bist es gerne. Du bist genau wie sie und ihr steht doch – alle miteinander – voll drauf, so zu sein.»

Irgendwo schrie ein Vogel auf, als wollte er ihr recht geben oder als würde er von einem größeren Tier vergewaltigt. Ich lachte und winkte ab.

«Miteinander? Gibt es nicht! Es gibt nur die, die herrschen, und die, die beherrscht werden.»

Hanna schüttelte genervt den Kopf.

«Oh, jetzt weiß ich, dass du sogar lesen kannst», sagte sie sarkastisch und wandte sich wieder ab. Irgendwie machte mich das wütend. Für wen hielt die Schnepfe sich eigentlich?

«Wenigstens bin ich kein so selbstgerechtes Miststück wie du. Und lange nicht so hässlich!», schnappte ich beleidigt und überkreuzte die Arme vor der Mullbrust. Die Luft flirrte feucht, im Kampf zwischen Regen- und Klarhimmel.

«Bravo. Da hat wohl jemand ein kleines Problem mit seinem Selbstvertrauen», rieselte die Psychologenphrase auf mich herab. Auch sie war sauer. Irgendwie spürte ich, dass ihre Wut eigentlich nicht mir galt, also ließ ich mich auf die Nummer ein.

«Bei mir ist die Sorge wenigstens unbegründet. Mein Gesicht sieht nicht aus wie ein Kartoffelacker. Und ich bin auch bestimmt nicht doof.»

Scheiße. In dem Moment, als ich das etwas zu ehrlich betroffen aussprach, bereute ich diesen Schwächeausbruch auch gleich wieder.

Ich bin auch bestimmt nicht doof ... Das war wie ihr Nachuntergucken wegen der Arschkomplexe. FUCK. Ich biss mir auf die Unterlippe und stierte sie wütend an. Der Drang, meine Finger auf ihren Arm zu legen, wurde immer spürbarer, so dass ich die Hände zu Fäusten ballte. Der Vogel kreischte ein letztes Mal, dann hörten wir heftiges Flügelschlagen, ein Knistern im Geäst hinter uns und einen dumpfen Aufprall. Wir lauschten beide, doch danach blieb es still.

«Nein Patrick, du bist nicht doof. Leider. Du bist ein cleveres Arschloch. Ein cleveres Arschloch, das Tucholsky zitieren kann. Von mir aus könntest du auch das cleverste Arschloch der ganzen Welt sein. Am Ende bleibst du aber trotzdem ein Arschloch!», zischte sie bitter und sah mich aus ihren Klarfunkeleiszapfenaugen an, die ich bei Lisa so oft vermisste. Wut und Trauer krochen mir entgegen.

«Also? Was willst du noch von mir?», setzte sie nach und lehnte sich so weit vor, dass ihr Busen auf das Buch gequetscht wurde und ein wenig hervorquoll.

Okay, das war eine Grundlage, mit der ich arbeiten konnte.

«Gerade hatte ich noch vor, das Experiment ‹Freak trifft Party› zu versuchen. Hab keinen Bock mehr auf Lisa zu warten und brauch 'ne Zusage wegen einer Begleitung ... Aber ich will dich ja wirklich nicht zwingen, dich mit 'nem Arschloch wie mir irgendwo sehen zu lassen. So ein Riesenarschloch bin ich dann auch wieder nicht ...», ich drehte mich um und setzte mich langsam in Bewegung.

Cool und lässig in Richtung Straße. *21, 22, 23 ...*

«DU willst MICH zu deiner kleinen Party mitnehmen? Was soll das? Meinst du, ich lass mich von dir flachlegen wie Stephanie Kramer?»

YESSAH! Wieder angebissen.

«Eifersüchtig?», fragte ich süffisant, ohne stehen zu bleiben.

«Vergiss es, Patrick. Ich will mit deinen miesen Touren nichts zu tun haben!»

«Dann lass es halt. Bis bald mal, Kröte. Ich hab Besseres zu tun. Muss noch ein paar Videos zurückbringen.»

Leise lachend ging ich weiter. Noch zwei Schritte, dann hörte ich das Wort. Das Wort, das mir mitteilte, dass ich sie in der Tasche hatte. Sie stand auf, kam ein paar Schritte hinter mir her. *Miez miez, Kätzchen ...* oder auch: *Quak quak, Entchen ...*

«Warte!»

Hanna willigte ein, mich am Samstag zur Party zu begleiten, und erzählte mir auch von Lisas Plänen, vorher noch was besorgen zu gehen. Ob sie da schon ahnte, dass ich mich an Lisa rächen wollte, war mir egal. Dass sie sich damit auf irgendeine Art an uns allen rächen wollte, war mir natürlich klar. Aber auch das ist egal. Ich bekomme was ich will – und habe auch noch eine Komplizin.

An der Straße schlug ich mich, anstatt wieder in Richtung Stadt aufzubrechen, in die Büsche und suchte einen Trampelpfad, der hinter die grauen Wohnklötze führte. Irgendwo hier, ganz in der Nähe, musste der verdammte Vogel abgestürzt sein.

Mit einem Stock arbeitete ich mich durchs Unterholz, fand einiges an Müll und auch ein paar vergammelnde Tierkadaver, aber ich wollte diesen Vogel. MEINEN Vogel. Am Himmel schwoll das Blau weiter an, und die Sonne schmiss ihr verstreutes Licht durch meine Wolkenhaufen. Ein paar Meter entfernt von einem alten Hochsitz, der morsch vor sich hin wackelte, fand ich den noch zuckenden Körper. Das Tier, das ich keiner bestimmten Vogelart zuordnen konnte – es war bräunlich-grau, handtellergroß und hatte einen gebogenen, gelborangen Schnabel, der spitz zulief –, krächzte leise. Der Schnabel glitt auf und zu wie bei einem Küken, das nach Nahrung gierte. Der eine Flügel stand in einem Winkel ab, der selbst mir ungesund erschien, und ruderte zuckend in der Luft herum. Ich sah nirgendwo Blut. Als ich meine Hände unter den warmen Körper schob, schlug mir das Herz durch die dünne Schicht aus Skelett und Haut heftig gegen die Daumen.

Der kleine Brustkorb vibrierte, während die Flügel versuchten, sich die Freiheit zu erflattern. Durch den Schmerz, den das hektische Flattern verursachte, klangen die Krächzer noch gequälter. Ich setzte mich im Schneidersitz auf den

Waldboden und drückte etwas fester auf die Rippen, die ein wenig nachgaben. Vorsichtig setzte ich das Tier zwischen meine Beine, wo es panisch zitterte, zog meine Zigaretten hervor und zündete mir eine an. Immer wieder stieß ich das Tier mit den Fingern an, während ich den Qualm und die schwere Waldluft in meine Lungen sog. Die Stirn in Falten gelegt gingen mir Hannas Worte durch den Kopf:

Du bist ein Arschloch, das Tucholsky zitieren kann ...

Ich hatte nicht so richtig Ahnung, wer Tucholsky eigentlich war. Den Spruch übers Herrschen hatte ich einmal im Zusammenhang mit den Nazis und Hitler gelesen. Später dann gehört, dass sein Urheber eigentlich gar kein Nazi war, was ich schade fand. Aber dass mir der Name des Sprücheklopfers nicht selbst eingefallen war, hieß wirklich nicht, dass ich doof bin. Doof war ich wegen etwas ganz anderem. Mit der flachen Hand schlug ich mir gegen die Stirn. Die ganze Zeit hatte ich unbewusst über die Stelle an Hannas Arm nachgrübelt. Mit einem Blick auf die Zigarette fiel es mir ein. Also packte ich den Vogel am Flügel, zog ihn in die Höhe und drückte meine brennende Kippe gegen seinen Brustkorb, bis die Glut abfiel und funkentränend zu Boden glitt. Das Tier schrie heftig auf und flatterte noch stärker. Den Rest der fransigen Zigarette stopfte ich ihm in den Schnabel – so fest, dass er weit geöffnet blieb. Sein Herz schien kurz vorm Platzen. Gelangweilt warf ich das sterbende Ding in die Büsche, lehnte mich zurück und wartete – auf den Regen, der nicht kam.

Nach dem Telefonat mit Lisa gehe ich nach draußen, um mich um den Pool zu kümmern. Wirklich Lust habe ich nicht, aber ich will auch nicht, dass er vor sich hin rottet. Gerade mache ich mich an der Plane zu schaffen, als Simon aus der Terrassentür gegenüber tritt.

«Hey, Pumpkin», winkend laufe ich zum Zaun. «Am Wochenende gehn wir auf 'ne Party.»

Ich sehe gleich, wie er das Gesicht verzieht, als hätte er Zahnweh, als er auf mich zustakst.

«Was'n los mit deinem Bein?»

Simon stützt sich auf den Zaun und schiebt seine etwas verrutschte Sonnenbrille hoch.

«Nichts, wieso? Was denn bitte jetzt wieder für eine Party?»

Ich kläre ihn auf. Vor allem über meinen Plan mit Lisa. Immerhin brauche ich ihn für die Fotos.

«Kommt dieser Junkie etwa auch?», fragt er verunsichert und lässt den Blick durch unseren Garten schweifen.

«Weiß nicht. Glaub nicht. Und wenn, mach dir keine Sorgen. Mit dem hab ich eh noch ein Wörtchen zu reden», tue ich mich großspurig hervor und hoffe, dass Simon mir auf die «Franky ist schuld, sonst keiner»-Schiene folgt.

«Na okay. Ich muss ja nicht so ewig lange bleiben ...», stimmt er missmutig zu.

«Du läufst rum, als hätte man dich in ein Korsett gesteckt. Warst du bei diesem Metzger?»

Nickend hebe ich mein Shirt und zeige ihm den Verband, der schon ein wenig verrutscht ist.

«Bleib auch bis nächste Woche zu Hause.»

«Aber wir schreiben morgen Englisch.»

Ich nicke wieder und rümpfe die Nase.

«Sag mal, Pumpkin: *Es gibt die, die herrschen und die, die beherrscht werden*. Wer hat das gesagt?»

Das weiß er auch nicht, wetten?!

«Irgendein Literat war das ... Kaspar Hauser?»
HA! FALSCH!
«Hm. Nee, es war Tucholsky», sage ich neunmalklug. Zumindest funktioniert mein Gedächtnis bestens.
«Kann sein.»

Wie immer ausdruckslos. Er nimmt die Sonnenbrille ab und reibt sich die Augen. Sie sind rot und klein. Müde. Dann stößt er sich ein wenig vom Zaun ab und macht eine wegwerfende Geste.

«Die beste Form der Beherrschung ist noch immer die Selbstbeherrschung.»

There's too many men
Too many people
Making too many problems
(Genesis – Land of confusion)

Ich bin Ästhet, und Menschen sind nun eigentlich grundsätzlich nicht gerade ästhetisch und bei den meisten kommt eher Ekel auf als Faszination. Meine Vorstellung von Schönem ist aber etwas roher als die der meisten anderen, somit geht das in Ordnung. Wenn man mal ehrlich ist, gibt es wirklich wenig am Menschen, das wirklich hübsch ist. Denn selbst die geilsten Weiber gehen aufs Klo. Menschen kratzen sich an allen möglichen Stellen, kotzen und kacken, popeln in der Nase, wenn keiner hinguckt, lügen und beklauen sich und kleben ihren Ohrenschmalz unter Tische. Manche haben tierisch Freude dran, in das Essen oder die Getränke von Sitznachbarn im Café zu spucken oder ihre gekauten Kaugummis an fremde Taschen zu kleben. So gut wie alles davon hat jeder schon mindestens einmal gemacht. Diese Leute vor allem, die, während sie im Bus sitzen, wo wirklich jeder sie sehen kann, in den Ohren rumpopeln und dann genüsslich dieses gelb-braune Ekelzeug unter den Fingernägeln hervorkratzen, es sich genau ansehen und dann in den Stoff ihrer Hose schmieren.

Zum Schluss, im Krankenhaus, ist aus meiner Mom jeden Tag ein ganzer Schwall Körperschleim herausgeflossen. Ich saß oft neben ihrem Bett und habe mir angesehen, wie sie alles Mögliche absonderte. Rotz aus der Nase, der nach und nach über der Oberlippe verkrustete und manchmal in grünlichen Plättchen wie Schuppen herunterbrach. Spucke, die in den Mundwinkeln weiße Fäden zog, wenn sie mit offenem Mund nach Luft japste. Tränen, die über milchigen Schleim getragen wurden, der ihr in den Augenwinkeln hing. Blut, das sich in feinen Sprenkeln auf der Bettdecke und meinen Händen verteilte, wenn sie husten musste. Urin, wenn der Katheter mal wieder nicht richtig saß. Bald kam das Blut aus allen Körperöffnungen, da hing sie schon an der Beatmungsmaschine, und das schmierige Rot sammelte sich in der Plastikmaske, bis eine Schwester kam, um sie zu reinigen. Ein bisschen was von jeder einzelnen dieser Ausscheidungen bewahre ich noch auf, auf kleinen Wattebäuschen und in Tupperdöschen versteckt. Alle beschriftet. Die Dosen stehen in einem Schuhkarton. In dem Karton liegt außerdem noch ein Pillenröhrchen ihrer Glücklichmacher, ein Büschel ihrer Haare und ein paar andere Dinge, die ihr mal gehört haben. Ich verstecke ihn unten im Kleiderschrank, denn ich weiß nicht, ob Dad sich vielleicht daran vergreifen würde, um mich zu ärgern. Er weiß nichts von meinem Momkabinett. Besser so.

So langsam muss ich mir überlegen, wo ich in Zukunft meinen Stoff herkriege. Franky will ich nicht fragen, und Gregori oder seine Freundin anzuhauen wäre dasselbe. Aber Lisa besorgt nur Gras – ich will was Stärkeres haben. Mein erster Gedanke nach dem Aufwachen, gleich nach FUCK, ist KOKS! Es ist verdammt früh und mir tun meine Knochen noch schlimmer weh als gestern. Das Chaos in meinem Zimmer, das mich sonst nie wirklich stört, bricht über meinen Sehnerv herein und bewirkt einen so massiven Schub Reizüberflutung wie eine fette LSD-Keule.

Patrick ist so ein kluges Kind. Er hat nur große Schwierigkeiten, sich zu konzentrieren, hatte meine Vorschullehrerin immer gesagt. Dann habe ich ihr eines Tages eine tote Ratte in die Aktentasche gesteckt und ihr ganz konzentriert mit Buntstiften aufgezeichnet, was sie mich mal kann. Es gab in dem Bild viele Elemente in Rot. Mom wurde in die Vorschule beordert und musste mein Verhalten erklären. Ich glaube, sie behauptete ein Familienmitglied wäre gerade erst verstorben. Das stimmte nicht, schien die Lehrerin aber ein wenig zu beruhigen. Vielleicht hatte Frau Mischineck recht wegen meiner Konzentration. Gerade jetzt kann ich mich nicht einmal auf meinen eigenen Körpermittelpunkt zwecks Gleichgewichtsfindung zentrieren und schwanke selbst im Liegen irgendwie herum. Die Verbände sind komplett verrutscht und verknuddelt, schneiden mir in die Haut und darunter juckt es wie bescheuert. Also ziehe ich sie gequält ab und werfe sie ins Restchaos, wo sie homogen mit einem Stapel ungewaschener Klamotten verschmelzen. Mutig hieve ich mich dann doch aus dem Bett und wanke leicht taumelnd zur Tür und ins Bad. Dort recke ich meinen Kopf aus dem geöffneten Fenster und atme ein paar Mal tief durch. KOKS!, wird mir die Aufforderung hart gegen die Stirn gespült. Ich überlege, Mathi anzurufen, überlege es mir dann aber auch wieder anders. Irgendwas werde ich, verdammt noch mal, wohl in unserem Medizinschrank zusammenkratzen können, das mir über die Kopfschmerzen hinweghilft. Also nach unten in Dads

Bad. Ich finde ein paar Beruhigungsmittel, Schmerztabletten, irgendwas gegen Grippe und Beta-Blocker. Von allem eine Pille mit viel Wasser. Mal sehen, ob's hilft. Ich höre meinen Vater in der Küche. Weiß der Geier, warum der Alte so früh auf ist. Senile Bettflucht vielleicht.

«Pat? Was schleichst du denn hier so rum?», in seiner Stimme liegt kein Spott und keine Ironie oder dieses genervte Brummen. Er klingt einfach nur ruhig und sogar fast friedlich. Er hat den Kopf aus der Küchentür in den Flur gesteckt und lächelt mir zu. Irgendetwas stimmt ihn gut gelaunt, und auch wenn ich noch immer genervt bin, lächle ich zurück.

«Morgen», ich lasse die Pillenrolle der Beta-Blocker schnell hinter meinem Rücken verschwinden. Er sieht mich fragend an, während er auf meine Antwort wartet. Ertappt fühle ich mich nicht. Eher etwas hilflos. Wenn Dad gute Laune hat, ist er super zu ertragen. Doch momentan traue ich dem Frieden noch nicht. Wenn es ein Trick ist, bin ich am Arsch.

«Ähm, ich hab nur nach Aspirin gesucht.»

«Hat der Arzt dir nichts gegeben?», fragt er verwundert. Fast meine ich sogar, Besorgnis zu hören. Irgendwas ist doch im Busch.

«Ähm, doch. Aber nur ein Rezept. Das muss ich bei der Apotheke einlösen. Hab ich gestern nicht mehr geschafft. Mach ich später.»

Dad nickt und verschwindet wieder in der Küche, von wo aus ich Töpfe klappern höre.

«Geh und zieh dich an. In zehn Minuten gibt es Frühstück», ruft er mir zu und dreht dann das Radio auf. Ein alter Song. Dire Straits. Das Lied heißt *Lions*, glaube ich, und mich begleiten melodische Gitarrenriffs und die sonoren Lyrics nach oben. Auf meine Wolke. *Irgendwie ist alles geil.* Mein Gesicht fühlt sich leicht an und die Schmerzen rücken immer weiter in den Hintergrund. Mein Herz tanzt Tango, während mein Kopf immer leichter wird. Die Stufen der Treppe sind weich. Wie mit Schaumstoff gepolstert. Ich hüpfe federnd rauf, genieße den Kreisel im Hirn. Meine Hände fassen ans Geländer, doch es scheint ebenso formlos wie weich und flüssig zu werden und bietet keinen Halt. Aber das macht nichts. Wenn ich falle, lande ich ganz sicher in einer Hüpfburg, wie sie auf den Jahrmärkten für Kinder angeboten wird. Auf Luft und Gummi und unversehrt zwischen spielenden Kindern. Kinder, die sich warm und zappelig über mir tummeln. Die schwitzen und kreischen. Und bluten, wenn ich sie zerreiße. Sie in kleine Stücke reiße. Mich in ihrem Blut auf der Gummioberfläche herumwälze und Teile von ihnen fest an mich drücke. Kurz kribbeln meine Fingerspitzen und ich wanke hin und her. *Lass dich fallen!*, denke ich noch. Einfach loslassen und abwärts schweben. Doch dann atmet mein Gehirn einen tiefen Zug Realität ein, als das Telefon klingelt.

Dad geht ran, es ist wohl auch für ihn. Doch das Geräusch schallt so durchdringend in meine Eingeweide, dass mir übel wird. Im Bad kotze ich eine Sintflut Galle und Pillenreste. Schlagartig lässt die Leichtigkeit nach, aber das Herzklopfen bleibt. Meine Speiseröhre brennt. Meine Zunge ist taub und dann muss ich flennen. Dad spricht am Telefon mit Carlos. Das höre ich am Klang seiner Stimme – locker und laut genug, dass die halbe Welt teilhaben könnte. *Alles ist absolut ätzend!!!*

Ein paar Minuten lang sitze ich, die Knie an die Brust gezogen, in der Ecke auf den Fliesen und versuche, die Tränen wegzublinzeln und das Herzrasen wegzufluchen. Mit dem Fingernagel pule ich dabei hektisch, fast hypnotisch, die Kruste von einer Wunde am Schenkel. Blut rinnt warm herunter, nur eine feine Spur, doch es wirkt ein wenig beruhigend. Mein Herz tanzt weiter, aber es wird langsamer und bemüht sich um Kuschelrock. Nach einer Weile legt Dad auf, und ich höre ihn auf der Treppe. Es klopft an der Tür des Badezimmers.

«Pat? Patty, alles in Ordnung?», brummt er zu mir herein, dann öffnet er die Tür und sieht auf mich runter.

«Oh», ist alles, was er herausbringt. Sofort erschrecke ich so sehr, dass mein Herz sich im Takt überschlägt. Ich sitze auf dem Scheißboden und heule. Verdammt. Genau das ist so ungefähr das Letzte, was er sehen sollte. Sehen durfte. Schwach und klein zu seinen Füßen. Weinend zu seinen Füßen. Wie in der Dusche. Die Gedanken jagen nur noch mehr Tränen über mein Gesicht und ein trockenes Schluchzen zwängt sich aus meinem Mund. FUCK!

Ich rechne augenblicklich mit allem. Prügel, Hohn und Spott. Das bisschen Respekt, das mein Vater vor mir hat – ich lebe ja noch –, müsste just in diesem Augenblick im Affenzahn den Bach runtersegeln. Doch er tut nichts. Steht einfach da und schaut auf mich runter. Eine Mischung aus Hilflosigkeit, Faszination und Misstrauen in seinen Zügen. Er studiert mich.

«Ist ...», beginnt er einen Satz, bricht ab und kommt einen Schritt näher. Bloß nicht zucken. Jetzt nicht auch noch zusammenzucken. Mit dem Handrücken versuche ich, die Tränen abzuwischen, doch immer neue kommen nach. Tropfen von meinem Kinn herunter.

«Ist es wegen diesem Mädchen?», bringt Dad den Satz zu Ende, und ich verschlucke mich fast an dem Kloß, der sich in meiner Kehle immer breiter macht. Unbeholfen zieht mein Vater etwas Klopapier von der Rolle und reicht es mir. Ich versuche, es zu greifen, ohne zu zittern, doch es gelingt mir nicht.

«Die Schule hat angerufen. Gestern Nachmittag schon. Die sagen, du hast Ärger mit irgendso einem Mädchen.»

Ich nicke, weil mir gerade nichts Besseres einfällt. Doch der elendigen Trauer folgt Wut. Die haben also hier angerufen. Wegen einer Sache, die gar nicht in der Schule gelaufen ist. Diese Wichser!

«Pat, wir hatten das Thema schon so oft. Ich kann das nicht ignorieren, wenn die hier anrufen. Ich dachte, du hättest verstanden, wie das läuft mit den Weibern. Du kannst nicht rumlaufen, noch grün hinter den Ohren, und meinen, dir gehört die Welt. So geht das nicht, verstehst du? Wenn die Nein sagen, meinen die meistens auch Nein. Früher war das mal anders. Aber heute ... Du musst das lassen, Junge.»

Dad spricht leise und fast, als wolle er mich beruhigen. Ich bin überrascht. Da schwingt kein Zorn bei ihm mit. Nicht einmal Schadenfreude. Ich schniefe und ziehe die Nase hoch, schlucke den Rotzklumpen runter.

«Ich hab der nichts ... getan. Nicht wie du's meinst. Das war was ganz anderes», verteidige ich mich mit schnippischer, brüchiger Stimme.

«So?»

«Ja! Lisa ist ... Ach, vergiss es. Das war gar nichts! Sie hat Mist erzählt. Ich hab nichts gemacht. Außerdem ist das eh schon geklärt, ehrlich», lenke ich ab und rapple mich auf.

«Ich hab nur ... 'nen ziemlich beschissenen Tagesanfang ...», versuche ich die Situation zu retten, wende mich ab und trete ans Waschbecken. Im Spiegel sehe ich Dads Unschlüssigkeit aus seinen Augen quillen. Ein Teil von ihm will mich bestrafen. Das kann ich förmlich riechen. Doch er tut es nicht. Dreht sich nur um und lässt mich machen.

«Nächste Woche meldest du dich beim Hausmeister. Strafarbeit ... Und jetzt beeil dich ein wenig, das Essen wartet.»

Er verlässt das Bad, wendet sich im Türrahmen aber noch mal zu mir um.

«Ach ja, Patrick. Wer ...»

«... sich nimmt, was er will, bekommt, was er verdient! Ja ja, ich weiß», unterbreche ich ihn genervt.

Jetzt schleicht sich doch ein spöttischer Zug in seine Mundwinkel, doch es wirkt nicht aggressiv.

«Na, dann hoffe ich mal, dass du dir immer gut überlegst, was du eigentlich willst.»

Meine Augen sind immer noch rot und ich bin ziemlich blass, aber das Frühstück hilft meinem Körper, sich etwas aufzuraffen. Es gibt Rührei und Speck, was richtig lecker ist, so wie Dad es macht.

«Was machst du am Mittwoch?»

Er fragt so beiläufig, dass ich gleich schnalle, dass er mich am Mittwoch nirgendwohin gehen lassen würde, selbst wenn ich schon etwas vorgehabt hätte. Dennoch versetzt es mir einen Stich, dass er ausgerechnet nach diesem Tag fragt.

«Ähm ... Nichts?!», antworte ich und beobachte ihn genau. Mir ist klar, dass er es vergessen hat. Ich vergesse es aber niemals. Nie. Moms Todestag ist am Mittwoch.

«Ich dachte, wir gehen zusammen irgendwohin. Was essen oder zum Bowlen, oder so?», schlägt er vor und innerlich stürzt meine Kinnlade auf den großen Zeh.

«Dad, Bowling ist was für Spastis! Aber essen ... Klingt okay.»

Er wirkt erleichtert.

«Fein. Dann das!»

Wir frühstücken zu Ende, ohne uns anzugiften.

Ich fühle mich gut.

Eigentlich habe ich nicht die geringste Lust, zur Apotheke zu latschen, doch das Medikament würde vielleicht tatsächlich erst mal über den Drogenengpass hinweghelfen, und ein bisschen frische Luft ist sicher nicht das Schlimmste. Also ziehe ich mir einen Pulli über, schlüpfe in meine Boots, ohne sie zu schnüren, und mache mich auf den Weg. Die Schule liegt nur einen Block entfernt. Ein paar Minuten stehe ich unschlüssig rum, überlege, ob ich Simon abholen soll, doch dann entscheide ich mich dagegen.

Apotheken mochte ich schon immer. Schon als Kind gefiel mir die Atmosphäre dort besser als so mancher Spielzeugladen. Ich meine damit nicht diese Drogeriegroßmärkte, wo man mittlerweile ja auch alles bekommt, sondern die kleinen Läden, in denen die Medizin noch angemischt und in Plastikröhrchen verteilt wird. Schon von der gegenüberliegenden Straßenseite aus sehe ich, dass etwas nicht stimmt. Ein Mann im weißen Kittel, der Apotheker, steht vor der Tür und rauft sich die Haare, während er aufgeregt in sein Handy plappert. Hin und wieder deutet er auf die offenstehende Tür, als würde sein Gesprächspartner ihn sehen. Langsam nähere ich mich dem Geschehen.

«Wenn ich es dir doch sage, Bernd. Aufgebrochen ... Ja, direkt die Vordertür ... Was weiß ich denn, irgendwann in der

Nacht nehme ich an ... Ja ja, die Polizei ist informiert ... Klar waren das Junkies ...»

Was dann kommt, höre ich nicht mehr. Ohne aufzusehen bin ich an dem Mann vorbei und biege in die nächste Seitenstraße ein. Reicht ja auch. Jemand ist eingebrochen. *Dass mir das nicht zuerst eingefallen ist!* Warum hat so eine Apotheke denn auch keine Alarmanlage? Selber Schuld. In einem Backshop kaufe ich einen Kaffee zum Mitnehmen und gehe erst nach einer halben Stunde wieder zurück. Unterwegs sehe ich Franky und seine Meute. Wohl auf dem Weg in den Park. Eigentlich bin ich mir ziemlich sicher, dass die kleinen Penner dahinterstecken. Gönnen will ich es ihnen aber nicht so recht. *Sollen doch dran verrecken!*, denke ich noch, dann sehe ich schon die Bullen am Eingang der Apotheke. Na super. Die machen den Laden zu, um Spuren zu sichern. Dann muss ich wohl doch in einen dieser beschissenen Medikamenten-Großmärkte.

Aus den Lautsprechern meines Computers scheppert brachialer Gitarrensound. Irgendeine Compilation von Nu-Metal-Bands gegen Indizierung. Blah blah. Ein Typ aus den Staaten, mit dem ich schon eine ganze Weile chatte, schickt mir alle Nase lang Musik, die ich meistens scheiße finde. Trotzdem teste ich sie an, und er schickt sie mir, auch wenn ich sie kacke finde. Damit überbrücken wir eine ganze Weile, dass wir uns eigentlich ziemlich wenig zu sagen haben. Nebenher klicke ich mich durch ein paar Videos von der Party im Stray, die einige Freaks mit dem Handy aufgenommen und dann ins Internet gepustet haben. Ich bin auf einem zu sehen, aber nicht auf der Tanzfläche. Der Typ und ich tauschen noch ein paar Flüche aus, wie scheiße und sinnlos alles ist, dann schalte ich den Client ab und wechsle die Mucke auf Manson. Das *Eat me – Drink me*-Album ist das beste. Auch wenn es etwas softer ist. Ich steh drauf. Die Medis helfen kaum. Außerdem ist mir arschkalt, obwohl ich die Heizung aufgedreht und sogar das Fenster verhangen habe. Aus einem Wäschehaufen ziehe ich einen dicken Pullover. Aber meine Füße sind schwere, nervig prickelnde Eisklumpen. Die Kälte kommt von innen, das weiß ich ja. Aber wärmer wird mir durch dieses Wissen auch nicht.

Bei Simon geht niemand ans Telefon, was ich merkwürdig finde, da er um diese Uhrzeit normalerweise irgendwelchen Scheiß für seinen Vater im Haus machen muss. *Lasst mich nur alle sitzen, ihr Penner,* denke ich säuerlich, zu träge in der Birne, um wirklich wütend zu sein.

Ich nehme eins der benutzten Saftgläser vom Schreibtisch und sammle ordentlich Spucke, um sie reintropfen zu lassen, dann krame ich meine Kippen raus, kettenrauche drei davon und jage einen Marienkäfer mit der Glutspitze einer Zigarette über meinen Oberschenkel, ehe ich ihn zwischen Daumen und Zeigefinger zerquetsche. Selbst wenn ich jetzt so stumpf wäre, alleine zu kiffen, hätte ich keine Bong, und eine zu basteln ist so ziemlich das asigste überhaupt. Irgendwann kloppe ich mich also vor die Glotze, schlachte ein paar Polygongegner eines Playstationgames mit 'ner Kettensäge und beschimpfe ihre Steuermänner über Headset auf Portugiesisch. *Babaca.* Ihr alle!

Mitten in der Nacht klingelt mein Handy. *Wer* – verfluchte Oberscheiße – *wagt es?*

Ich grapsche nach dem Ding, das wegen des Vibrationsalarms auf meinem Nachttisch hin und her tanzt, und bekomme es nach dem dritten Versuch auch zu fassen. Auf dem Display leuchtet der Name Gregori auf.

«Wenn das nicht absolut wichtig ist, reiße ich dir den Arsch auf!», begrüße ich ihn verschlafen. Darauf folgt sekundenlang nur Schnaufen und irgendein Grunzlaut.

«HALLO? Willst du mich verarschen, Gregori? Ich weiß, dass du das bist!»

Der Blick auf den Wecker verrät mir, dass es halb drei ist.

«Franky ...», Gregoris Stimme bricht und generell klingt er ziemlich breit. Im Hintergrund höre ich irgendetwas, was nach Lautsprecherdurchsage klingt. Gregori räuspert sich.

«Ja? Nee! Hier ist Patrick, du Idiot!», herrsche ich ihn an und lasse mich, das Handy zwischen Kinn und Ohr festgeklemmt, wieder ins Kissen fallen.

«JA. Ja. Ich weiß ... Also Patrick, es tut mir ja leid und so ... Wie soll ich das sagen ...», wieder ein schweres, seufzendes Atmen.

«Gregori. Komm auf den Punkt!»

«Franky ist ... Er ist tot.»

Es folgt Schweigen.

«Ja, und?»

Vom Schlaf noch immer vernebelt dringt die Nachricht zwar zu mir durch, setzt sich aber nicht fest. Ich hatte ja eh damit gerechnet. Der Typ war auf Heroin, eines Tages musste es so weit sein. Und trotzdem regt sich irgendwo zwischen meinen Nieren etwas. Es zwickt.

«Na ja, Mann. Ihr wart ja so was wie Brüder oder so. Er hat doch immer gesagt, du bist wie sein kleiner Bruder und ... Na, da dachte ich, du willst das wissen.»

Ich setze mich wieder auf und starre an die Wand.

«Ja ja, klar. Sorry, Gregori, ich bin noch nicht ganz wach. Was is'n passiert?»

Die Neugierde siegt.

«Also, wir waren im Park und Franky sagte ... Na ja, er hatte so neues Zeug. Das haut dich um, hat er gesagt ...»

Ich höre, wie Gregori Rotz hochzieht und mit den Tränen kämpft.

«Na ja, dann sind wir halt zu ihm, und er hat sich was reingezogen, und ich hab mal probiert und hab gleich so gemerkt, da stimmt was nicht mit dem Stoff. Aber Franky hat sich die volle Ladung verpasst und ... Na ja, dann hat er nur noch gezuckt und gesabbert, und so. Ich hab ja versucht, ihm zu helfen, aber da war nix zu machen ... Na ja.»

Ich schlucke trocken, greife nach der Wasserflasche und nehme einen tiefen Zug. Muss husten.

«Und dann? Wann war das?»

Er scheint angestrengt zu überlegen. So ein Trottel. Man merkt sich doch, wann der beste Kumpel den Löffel abgibt.

«Na, ich denk mal, so um sieben?»

«UND DANN RUFST DU MICH JETZT AN?!», brülle ich ungehalten, erschrecke mich und lausche in den Flur. Dad hat es wohl nicht gemerkt.

«Hätte das dann nicht noch bis morgen Zeit gehabt, Mann?»

«Na ja, ich bin jetzt am Bahnhof, abdampfen, du weißt schon ... Aber bevor ich das Handy wegwerf, na, da dachte ich, ich ruf dich noch an ...»

Ich schüttele den Kopf und lehne ihn hinten gegen das Kopfteil meines Bettes.

«Jetzt sag mir bitte nicht, dass du die Düse machen willst. Warum? Das ist doch Schwachsinn ...»

Gregori keucht. Aufgrund des Halls nehme ich an, dass er tatsächlich schnell durch eine Bahnhofshalle geht.

«Na sicher! Ich hab voll Panik geschoben. Hab mir noch 'n bisschen was von Frankys Scheiß genommen ... Na ja, so als Andenken ... und bin abgehaun. Mann, Patrick. Ich bin dicht bis untern Rand. Meinst du, ich hätte die Bullen rufen können?»

Hart lasse ich meinen Schädel gegen das Kopfteil knallen. Stelle mir vor, es wäre seiner. Dieser absolute Megatrottel.

«Spinnst du? Mann Gregori, schon mal was von anonymen Anrufen gehört?»

«Na ja, ich dachte mir, nachher merken die was oder so ... Ich dachte, vielleicht machst du das ja. Ich meine, so als Frankys kleiner Bruder?!»

Die letzten Worte säuselt er fast schon lieblich. Daher weht also der Wind. PENNER!

«Gregori, du bist einer der dümmsten Wichser aller Zeiten! Bye!»

Ich lege auf und bleibe ein paar Minuten reglos sitzen. Klar, ich könnte das Ganze einfach ignorieren. Weiterschlafen und warten, bis jemand den Verwesungsgestank aus Frankys Wohnung melden würde. Doch die Vorstellung, seine Leiche zu sehen, ist unheimlich cool.

Hastig suche ich mir Klamotten vom Boden zusammen, möglichst schwarz, und ziehe sie über meinen Schlafanzug.

«Er hat den Schlüssel hier irgendwo ...», presse ich angestrengt hervor, während ich ausgestreckt mit der Hand auf dem schmalen Vorsprung über der Wohnungstür herumtaste.

«Ich verstehe immer noch nicht so ganz, warum wir überhaupt hier sind.»

Aufmerksam sieht Simon sich im Treppenhaus um. Seine kleinen Hände stecken in den Taschen seiner Jacke. Der Flur ist leer und wird nur von einer surrenden Deckenlampe erleuchtet, die dem Klang nach bald den Geist aufgibt. Ein hallendes *Klack* lässt mich zusammenfahren. Der Schlüssel fällt zu Boden. Mit der Hand habe ich ihn wohl heruntergewischt. Neongrüner Plastikkopf und matter Metallbart. Das ist er.

«Na, wir sehen uns an, ob Gregori mich nur verarschen wollte oder der kleine Penner wirklich hops ist.»

Ich bücke mich und halte ihm dann triumphierend den Schlüssel unter die Nase.

«Ha! Wusst ich's doch!»

Skeptisch blickt er zu mir auf.

«Es ist ziemlich dumm, einen Schlüssel dort aufzubewahren. Vor allem für jemanden wie den.»

Ich lache.

«Ja. Aber wir wissen auch, dass Franky nicht gerade die hellste Leuchte ist ... oder war.»

Wegen der Sache neulich, denke ich, dass es Simon auch irgendwie zusteht, die Leiche zu sehen. Außerdem hatte ich keine Lust, alleine hinzufahren. Also schmiss ich mal wieder ein paar Kiesel gegen sein Zimmerfenster und beorderte ihn zu mir herunter.

Im Treppenhaus stinkt es wie in einer alten Besenkammer. Kellermuff und Knoblauchgestank verbinden sich mit Schimmel und tragen eine modrige Duftnote in unsere

Nasen. Mein bester Freund rümpft seine Nase und wischt sich mit einer Hand ein paar Mal durchs Gesicht.

«Wieso hast du nicht einfach einen Krankenwagen gerufen? Oder gleich einen Leichenwagen. Wieso holst du mich deswegen aus dem Haus? Ich bin nicht gerade erpicht darauf, den Typen zu sehen.»

Der Schlüssel passt. Schnell drehe ich ihn herum und schlüpfe in die Wohnung. Sofort schlägt mir Heizungswärme und der Geruch von Katzenpisse entgegen. Simon drückt sich hinter mir durch den Türspalt. Im Flur begrüßt mich eine der Katzen. Franky lässt alles, was vier Beine und einen Puschelschwanz hat, bei sich wohnen und nach meiner letzten Zählung sind es momentan drei Katzen, alles Streuner, und ein Frettchen. Das Vieh strolcht mir um die Beine und legt sich unaufgefordert auf den Rücken. Genervt schiebe ich es mit der Schuhspitze von mir weg. Es faucht und springt auf, verschwindet dann in der Küche. Durch die geöffnete Tür sehe ich zwei Katzen auf der Spüle hocken, die sich über das Geschirr hermachen, auf dem Essensreste vergammeln. Die Möbel sind abgewetzt und schmutzig, überall steht Zeug rum. Im Flur stolpern wir über drei Kartons voll mit Kassetten. Soweit ich weiß, hat Frankys Anlage nicht einmal ein Kassettendeck.

«Hübsche Bude. Zusammengeharzt?», gibt Simon sarkastisch zum Besten und schleicht, ähnlich wie die Katzen, um die Kartons herum. «Jetzt seh aber zu. Ich will nach Hause.»

Etwas ratlos bleibe ich stehen.

«Franky?!», rufe ich in die Wohnung. Wenn er hier und noch am Leben wäre, hätte er uns allerdings längst hören müssen. Ich wiederhole mein Rufen und gehe auf die Tür zum Wohnzimmer zu. Sie ist angelehnt. Als ich sie öffne, sehe ich sofort Frankys verdrehte Leiche. Halb auf der Couch, halb auf dem Boden. Im Raum herrscht noch mehr Chaos als in der Küche und das braun-weiße Frettchen sitzt neugierig geckernd auf Frankys Brust. Noch unschlüssig, ob es sich hier um eine gute Mahlzeit oder den schlafenden Futtertrog auf zwei Beinen handelt. Die Kotze, die einen hellen Fleck auf dem ranzigen Sofaüberwurf hinterlassen hat, wurde vermutlich bereits von einem der Viecher weitestgehend aufgenascht. Ich sehe Franky ins Gesicht und bin sofort geflasht. Das Frettchen wuselt einmal um sich selbst und huscht dann davon in eine dunkle Ecke.

Er ist tot. Klar, das wusste ich spätestens, als ich seinen versteiften und verdrehten Körper gesehen hatte, als wir ins Wohnzimmer kamen. Aber ich meine, er ist WIRKLICH tot. Absolut leblos. Absolut leer. Sein Gesicht ist aufgeschwemmt und Kotzebröckchen sind an seinem Kinn getrocknet. Auch ein bisschen Blut aus seiner Nase. Irgendein Tier hat ihm einen dicken Kratzer durchs Gesicht gezogen, doch aus dem kommt kein Blut. Die Ränder sind auch nicht rot geschwollen und wulstig. Eher blau und eingefallen. Post mortem zugefügt, wie sie in den Serien immer so schön sagen. Post mortem. Franky liegt eingepisst, vollgeschissen und vollgekotzt da und ist absolut *post mortem*. Das Gummi und die Spritze liegen fast unterm Sofa. Gregori hatte sich weder die Mühe gemacht, das Zeug wegzuschaffen, noch Franky wieder aufs Sofa zu setzen. Nicht einmal Erste Hilfe hatte er versucht zu leisten, so wie es aussieht.

Ein paar der Schubladen an seinem Schreibtisch stehen offen und ganz offensichtlich fehlt Kleinkram. Wie zum Beispiel das Kleingeldglas, das sonst immer auf der Fensterbank stand. Simon drückt sich im Zimmer herum und interessiert sich viel mehr für die Einrichtung als für die Leiche.

«Schau mal, ob du hier noch irgendwo was an Stoff findest, das Gregori nicht in die Finger bekommen hat», weise ich ihn an, bin aber gedanklich völlig gefangen von der Leiche. Seine Antwort höre ich nicht mehr. Mein Blick frisst sich in die toten, milchigen Augen vor mir und meine Hände zittern, als ich sie langsam ausstrecke, um es zu berühren. *Es*. Das Ding. Das, was mal Franky war.

Meine Fingerspitzen fahren sacht über seinen Hals. Die Haut fühlt sich kalt und auch viel härter an. WOW. Etwas mutiger greife ich ihm erst ans Ohr, ziehe ein bisschen daran, dann in die Haare. Bewege den Kopf. *POST MORTEM*. In meinem Hirn geraten die Worte durcheinander, setzen sich neu zusammen und verlieren ihren Sinn. Sie wirbeln nur wild herum und krachen dann dumpf gegen meine Stirninnenwand. Immer kräftiger ziehe ich an der Haarsträhne, die ich fest mit der Faust umschlossen halte. Mein Atem geht immer schneller. Heißer. Keuchen. Mein Gesicht glüht. Mein Körper glüht. *Warum habe **ich** es nicht getan?*, schießt es mir in den Kopf. *Warum habe ich ihn nicht getötet? Warum war ich nicht hier? Wieso durfte ich nicht dabei sein? Wieso ist er schon tot?*

WIESO KANN ICH IHN NICHT STERBEN SEHEN?

«PATRICK!»

Simons Stimme ist laut, fest und mahnend.

«Patrick Fechner, reiß dich zusammen! Was soll das?»

Ich komme zu mir und lasse den Kopf sofort los. Ich hatte ihn so fest geschüttelt, dass der tote Körper noch weiter von der Couch gerutscht ist. Jetzt, da der Halt meiner Hand fehlt, plumpst er dumpf auf den Boden. Die letzten Laute eines Knurrens versiegen in meiner Kehle.

Simon steht hinter mir und hält mich am Oberarm fest, während ich mich wieder aufrichte.

In mir pulsiert es noch immer. Heiße und kalte Wogen überschwemmen meine Lungen und lassen mich fast hyperventilieren. Als zerspränge ich jeden Moment in tausend Teile. Langsam hebe ich die Hand, die eben noch Frankys Leiche gehalten hat, an die Lippen. Berühre sie leicht, stecke dann Zeige- und Mittelfinger in den Mund und lecke sie ab. Auch mein Schwanz pulsiert. Hart und fest gegen den Jeansstoff.

Blitzschnell drehe ich mich um, reiße meine Faust nach oben und schlage sie Simon so fest gegen die Brust, dass er nach hinten taumelt. Dann falle ich über ihn her wie ein Raubtier. Knurrend und gierig und voller Hunger. Mein Gewicht presst die Luft aus seinen Lungen. Er stößt sie aus, mir ins Gesicht, als würde mich das aufhalten. Doch NICHTS kann mich aufhalten. Weil ich stärker bin als er. Weil ich GOTT bin. Weil ich auch ohne Koks GOTT bin. Weil ich den Tod geatmet habe. Weil ich ihn geschmeckt habe. Ich will es sehen. Will beim Sterben dabei sein. Will Angst und Panik schmecken. Also presse ich meinen Unterarm fest auf Simons Hals. Er windet sich unter mir, schlägt und tritt. Ich will mehr. Ich drücke immer fester zu. Doch dann ist er ruhig. Ich weiß, dass er noch nicht tot oder bewusstlos ist. Aber er rührt sich nicht mehr. Die Sonnenbrille ist ihm heruntergerutscht und irgendwo zwischen Nase und Mund eingeklemmt. Aus stahlgrauen, gefühllosen Augen starrt er mich an – und in mich hinein. Das große Starren geht los. Unser Spiel. Da ist keine Angst mehr. Da ist nichts. DAS *Nichts*. Ultimative Finsternis.

«Mann … bist … du … stark … Patrick», er spuckt es mir entgegen. Um Luft ringend, mit knallroten Wangen. Selbst jetzt noch voller Sarkasmus. Verachtend. Unter meinen Fingern spüre ich seinen Kehlkopf, der auf und ab gleiten will, und seine Stimme ist nur noch ein rauer, dünner Faden zwischen seinen Lippen und meinen Ohren.

«Tu's … doch … du … Bastard …»

Ich lasse los.

Ich ficke Simon neben Frankys Leiche. Der beste Fick seit Langem.

Dann gehen wir nach Hause. Auf dem Weg, von einer Telefonzelle aus, wähle ich die 112 und melde einen toten Junkie. Natürlich anonym.

Erst als wir bereits in unsere Straße einbiegen, entdecke ich das Frettchen, das sich in Simons Ärmel windet.

«Du hast das Mistvieh mitgenommen?»

Er sieht mich nicht an.

«Ja, und?»

Freundschaftlich wuschele ich ihm durchs Haar.

«Ich hab dich lieb, Pumpkin! Aber du spinnst!»

No one knows what it's like
To feel these feelings
Like I do
And I blame you!
No one bites back as hard
On their anger
None of my pain and woe
Can show through

(The Who – Behind blue eyes)

Samstagmorgen. Noch ein paar Stunden, bis es losgeht. Grummeliges Graulicht sickert durch das Küchenfenster. Das Wetter ist diesig und bedrückend. Meine Laune aber ist so gut, ich könnte leuchtend unter der Decke schweben und bunte Energiekreise über die Tapete ziehen.

Dad ist im Bad, ich sitze am Küchentisch vor einer Tasse Kaffee und warte auf ihn.

Im Nachbargarten sehe ich Simon mit einer Heckenschere herumwerkeln.

Das Radio säuselt leise vor sich hin, und der Backofen erklärt durch ein angenehm melodisches Piepen, dass die Brötchen fertig aufgebacken sind. Wochenende rockt!

Die Badezimmertür schwingt auf und ein Schwall Wasserdampf kriecht Dad voran über den Flur. Der herbe Moschusduft seines Duschgels fügt sich nahtlos in die Frühstücksgerüche ein und mir wird warm im Bauch.

Schnell springe ich auf, fummle die heißen, goldbraunen Brötchen aus dem Ofen und werfe sie in einen Brotkorb.

«Ich fahr heut mit Carlos in die Stadt. Ein bisschen was besorgen. Du kommst mit!», brummelt Dad aus dem Flur zu mir herüber. Fast hätte es eine Frage sein können. Darum wäge ich kurz ab und entscheide mich dafür. Auch wenn ich eh weiß, dass ein Nein nicht infrage gekommen wäre.

«Heute Abend ist 'ne Party unten am Kanal. Da will ich hin», erwidere ich, nur um ihn darauf aufmerksam zu machen, dass ich rechtzeitig zurück sein muss. Das müde «Von mir aus» aus dem Flur lässt mich grinsen. Ein Gutes hat es ja, dass Dad fast immer viel zu sehr mit sich beschäftigt ist. Es ist ihm im Grunde meistens ziemlich egal, was ich tue. Solange ich zuerst tue, was ER von mir will. In diesem Fall ist's ein guter Deal. Im Nachbargarten steht Simons Alter in der Terrassentür und umklammert mit dürren Fingern eine altmodische, graue Teetasse mit Minihenkel. Die Augen zu Schlitzen verkniffen wirkt er wie ein verkümmerter Adler – oder so, wie ich mir die geldgeilen Juden aus den frühen Dreißigern vorstelle. Seine Weste sitzt locker über dem Hemd und der Rest seiner hageren Gestalt wirft einen knorrigen Schatten über den ordentlich gestutzten Rasen. Mein Vater kommt in die Küche, seinen massigen Körper in einen Bademantel gehüllt. Sein nasses Haar klebt schwarz glänzend auf der Haut und dem Bademantelstoff, und ein bisschen erinnert er mich an einen ruhmreichen Heerführer aus einem Mittelalterfilm. Die Geiernase Veit kann da definitiv nicht mithalten. Die breite Stirn in Falten gelegt setzt Dad sich hin und schaut ebenfalls aus dem Fenster.

«Dein kleiner Spastifreund war lange nicht zum Essen hier», murmelt er, während er sich eine Zigarette ansteckt und Ausschau nach der Kaffeetasse hält, die ich ihm schnell rüberschiebe.

«Jetzt sieh dir an, wie das Wiesel an der Tür lauert. Hat nichts Besseres zu tun, als seinen Spasti um diese Uhrzeit die Hecke schneiden zu lassen, was? Ihm dabei auf den kleinen Spastiarsch starren wie so 'n Knastvorsteher, was?»

Dads Stimme ist immer noch ruhig. Ein kleines bisschen klebriger Altzorn rinnt aber sein Kinn herab, immer wenn er über Simons Vater redet. Darum nicke ich brav und spare mir jeden Kommentar.

«Na los, Patty. Geh und frag den Veit-Spasti, ob er mit uns frühstücken will.»

Ich horche auf.

«Hm? Warum denn?», frage ich und ärgere mich über Simon. Ich will mit meinem Dad frühstücken. Alleine!

Es kommt selten genug vor, dass er ohne Murren und Meckern aufsteht und dann noch lange genug zu Hause bleibt, um mit mir zu essen. Dad hasst den Morgen wie die Pest. Es ist früh und man hat die ganze Arbeit noch vor sich.

«Nee, lass mal. Der will bestimmt gar nicht», versuche ich es und lenke dann vom Thema ab: «Was musst du denn in der Stadt besorgen?»

Dad winkt ab.

«Geh schon. Los», treibt er mich an, also hieve ich mich langsam vom Stuhl hoch und gehe zur Hintertür. Von draußen kommt mir feuchte Morgennebelluft entgegen und ich rotze einen dicken Flatschen auf die Türschwelle, ehe ich in den Garten stapfe. Simons Altem würde es nicht gefallen, wenn ich Simon von der Arbeit abhielte, was ja wieder einen kleinen Reiz in die Sache brächte – Nein sagen würde er nämlich auch nicht. Das wäre ja unhöflich. Verstehe einer diese Leute. Wenn ich etwas nicht will, dann tue ich es nicht. Aber der alte Veit beißt sich eher die Zunge ab und verschluckt sie roh, ehe er eine Einladung ausschlägt, weil er den Gastgeber nicht mag. Gleiches gilt natürlich auch für seinen Sohn. Ich höre Wortfetzen einer leisen Unterhaltung, doch ich verstehe leider nichts.

«Hey, Simon!», rufe ich möglichst enthusiastisch, und dann gelangweilt und nach einer längeren Unhöflichkeitspause: «Tag, Herr Veit.»

Beide sehen zu mir her, als hätte ich sie gerade beim Pissen erwischt. Anders als sein Vater, der sich um ein «Guten Morgen» bemüht, macht Simon keinen Hehl daraus, dass ich störe.

«Was willst du?»

Gespielt fröhlich richte ich meinen Blick auf den Alten und lächle schief.

«Mein Dad fragt, ob Simon nicht Lust hat, mit uns zu frühstücken. Geht das?», frage ich süffisant, klebrig, zuckrig und ÜBERhöflich und verschränke die Hände hinter dem Rücken ineinander. Bevor ich ein scharfes «Bitte sehr?» hinterherschiebe. Es ausdehne wie einen Erdbeerkaugummi. Der Geier sieht ein wenig aus, als bekäme er von meinem Kaugummi Zahnweh, schaut dann zu Simon hinüber und räuspert sich.

«Möchtest du bei den Fechners frühstücken, Junge?», fragt er, als wäre Simon irgendwie zu doof, schon verstanden zu haben, worum es geht. Im Subtext schwingt ein *Na geh schon und sieh zu, dass du dich beeilst* mit und Simon nickt, ehe er die Heckenschere hinlegt und sich die Hände an einem Tuch abwischt, das in seiner Hosentasche steckte.

«Na komm schon, Pumpkin. Kaffee ist noch warm ...», rufe ich ihm zu, drehe mich um und gehe wieder ins Haus.

Der Tod des Junkies, der mal irgendwie mein Freund oder Bruder oder Dealer oder alles auf einmal – oder vielleicht auch nichts davon – war, wurde von der Zeit verschluckt und nie wieder ausgespuckt. Irgendwo gibt es sicher jemanden, der hin und wieder weint. Um Franky vielleicht ein paar Tränen verschwendet. Vielleicht tue ich das auch irgendwann. Aber die Welt ist für die Lebenden gedacht. Tote tun nichts. Das ist ein Problem. Denn wer sich nicht bewegt, über den gibt es nichts zu sagen.

«Hast du das von dem toten Herrn Dingens gehört?», ist nicht sehr lange interessant. Keiner redet nach zwei Wochen noch über den Verwesungsgrad der Leiche. Nicht, wenn es in der Glotze schon ein paar neue, brutalere News zu sehen gibt. Bei mir ist Franky in dem Moment ein Ding von gestern, als ich mit Dad und Carlos die Einkaufspassage verlasse. Angepisst, mit Kisten beladen und mit schmerzenden Kniekehlen. Mein einziger Gedanke, der noch eine minimale Verbindung zu dem toten Wichser haben könnte, ist die immer nervöser pochende Frage nach neuem Stoff.

«Beweg deinen Arsch mal ein bisschen schneller, Patty!», grummelt mein Vater vom Ausgang her. Dann lässt er die schwere Glastür zufallen, die mir fast den Schädel einschlägt und die Kartons von den Armen fegt. Es scheppert und klirrt gewaltig, als die Kisten auf dem Boden aufschlagen und ein paar Gläser zerspringen. Ich jaule auf.

«Verdammte Megascheiße!»

Dad reißt die Tür wieder auf und stürmt auf mich zu.

«Scheiße! Wie kann man nur so *blöd* sein!?»

Dann detoniert seine Handfläche knallend auf meinem Hinterkopf und noch einmal in meinem Gesicht. Mein Kopf schnellt vor und zurück, und ich beiße mir schneidend auf die Zunge, aus der sofort Blut über die Unterlippe quillt. Ein paar Leute glotzen dümmlich in unsere Richtung. Eine Frau schnauft meinem Dad eine Beleidigung zu, verschwindet dann aber wieder im Massengrau. Wie mutig. Das Gesicht senkend schüttle ich mir die Haare vors Gesicht, um das fließende Blut und die aufgepeitschte Träne zu verstecken. Dann beuge ich mich langsam vor und versuche, den Karton vom Boden zu pulen. Ein Streit in der Passage wäre jetzt wirklich schlecht. Dad hasst Widerworte. Vor allem in der Öffentlichkeit. Aber ich entschuldige mich nicht. Carlos flirtet auf dem Parkplatz mit einer Blonden, der die Geilheit buchstäblich aus der Arschritze rinnt. Ich sehe ihn an durch die Glastür, die vom Wind ein klein wenig hin und her geschwungen wird, und genieße den lauen Luftzug auf der brennenden Wange. Dad steht vor mir und starrt mich an. Grübelt über etwas nach, dreht sich dann weg und geht hinaus zum Wagen.

In diesem Moment keimt das erste Mal echter Hass in mir auf. Wie blubbernder heißer Teer schlagen kleine, runde Blasen in meiner Speiseröhre aufeinander und drohen ineinander zu zerplatzen. Doch ich schlucke sie rülpsend runter, hebe den Karton hoch und klappe ihn auf. Ein paar kaputte Gläser wackeln herum. Eine Scherbe nehme ich heraus, umfasse sie fest mit der Hand und drücke zu.

Neben mir taucht eine zaghafte Brünette auf. Vielleicht fünfundzwanzig, mit roten Wangen und rosa Lippen.

«Hey Kleiner», flötet sie zu mir runter und hält mir eine Hand entgegen, an der weiß geränderte Fingernägel glänzen. *What the Fuck? Kleiner? Fick dich, du blöde Schlampe!*, schreien meine Gedanken. Eine gelbweiße Strieme bildet sich in meiner Handinnenfläche und die Haut spannt sich. Doch sie platzt nicht auf. Die Schlampe schaut sich, vermutlich ängstlich, um.

«Geht es dir gut? Brauchst du Hilfe?»

Ihre Sonnenbankstirn liegt in kräuseligen Sorgenfalten. Am liebsten würde ich ihr die Scherbe dazwischenrammen, tief in ihr Matschhirn. Doch ich schüttle nur den Kopf und versuche ein Lächeln. Weiber stehen auf so was.

«Alles klar. Danke», sage ich höflich, doch an ihrem Blick erkenne ich irgendeinen Fehler meinerseits. Das Blut in meinem Mund schmeckt metallisch und warm. Ich lasse das, wahrscheinlich groteske, Lächeln wieder verschwinden und nicke noch einmal.

«Wirklich, alles bestens. Ich hab nur was echt Teures kaputtgemacht.»

Die Frau beugt sich herab, um mir etwas ins Ohr zu flüstern. Dummerweise erschrecke ich mich wie irre und mache einen durch Adrenalin bedingten Satz zurück. Blöde Scheiße. Mistreflexe.

Draußen hat Dad sich noch einmal umgewandt und betrachtet verdattert die Situation. Überlegt wohl, ob er sich noch einmal zu mir in Bewegung setzen soll. Gehässig zeige ich der dummen Kuh, die jetzt versucht, nach meinem Arm zu greifen, kurz die Scherbe, indem ich meine Handfläche öffne und dann schnell wieder schließe. Sie gibt einen Laut von sich, der ein bisschen nach verdutzter Katze klingt.

«Verpiss dich, Schlampe. Sonst schieb ich dir das Ding so tief in den Arsch, dass es dir aus den Ohren rauskommt, klar!?», zischel ich wütend und mit ein bisschen Speichel. Die Rougewangen werden bleich und dann trappeln Stilettoabsätze davon – mit pikierten Rufen nach dem Sicherheitsdienst. Schnell raffe ich alles zusammen und laufe zum Wagen.

Die Scherbe stecke ich in die Hosentasche, so dass ihre Spitze mich bei jeder Bewegung im Oberschenkel pikst. Nur ein bisschen. Gerade so, dass ich sie nicht vergesse.

Dads Frage nach der Frau beantworte ich mit einem müden Achselzucken. Dann dreht Carlos das Radio auf und wir lauschen einem doofen, uralten Hippiesong.

All the leaves are brown, and the sky is grey ... California dreaming ...

Regen prasselt gemächlich an die Windschutzscheibe. Dicke, glänzende Tropfen, in denen sich gelber Sonnennebel spiegelt. Mit geschlossenen Augen döse ich ein bisschen in mich hinein ... und verschwinde.

My finger is on the button
Push the button!
Time has come to galvanize!
(Chemical Brothers – Galvanize)

Der Kanal schwappt herum und öffnet hin und wieder winzige Ölvaginen, um die prallen Regentropfenschwänze aufzunehmen. Die Oberfläche zuckt ekstatisch-orgasmisch wie die Haut einer fetten, aber straffen Nutte. Leichter Wind kriecht Hanna unter die Haare, die sie offen über die Schulter trägt. Dicke, feuchte Strähnen schnalzen um sie herum. Der Himmel ist blutorange. Ich schaue hinauf, in die matten Farbwolken, und lasse den Regen über das Gesicht gleiten. Hanna sieht ganz gut aus – für ihre Verhältnisse. Kein Pussygehabe, aber immerhin hat sie ihre Streberkluft gegen eine enge Jeans und ein Shirt getauscht, das sie wahrscheinlich aus Lisas Schrank gegrapscht hat. Auf Simons Sonnenbrille setzen sich die Tropfen fest und leuchten dunkelbraun und rot. Ansonsten leuchtet nichts an ihm. Höchstens noch seine papierweiße Gesichtshaut, die so bleich strahlt, dass es zu Pestzeiten nicht hipper hätte sein können. Ich atme die Frische der Luft und würde beiden gerne eine reinhauen. Nebeneinander schweigen wir auf die Senke zu, in der die Hütten liegen und von wo aus der Partysound zu uns heraufschwebt. Musik und Gejohle und der alkgeschwängerte Klang klirrender Gläser und knarzender Plastikbecher. Ich nehme einen großen Schluck Wodka aus der Flasche, die ich Dad aus den Rippen geleiert habe, und reiche sie an Hanna weiter.

«Es wäre cool, wenn du mal ein paar Minuten nicht aussehen würdest, als hätte ich dich mit 'ner Peitsche hergetrieben, Süße.»

Sie grinst angespannt und greift nach der Flasche. Nimmt einen gewaltigen Schluck und hustet dann feucht.

«Bäh ...»

Sie schüttelt sich wie eine nasse Katze und reicht dann Simon die Flasche. Mit spitzen Fingern nimmt er sie entgegen und reicht sie ohne zu trinken wieder an mich zurück.

«Am liebsten würd ich abhauen, Patrick. Das ist einfach keine gute Idee. Ich gehöre da nicht hin. Hast du doch selber gesagt ...»

Ihre Stimme ist unsicher und leise. Genervt, ÜBERAUS genervt durchbohre ich den Weg vor mir mit Blicken, zerre an meiner Trickkiste, um sie aus den Tiefen meines Gehirns zu holen, was Staub aufwirft und einen kurzen Gedankenschluckauf verursacht. Mir Bilder emporjagt. Von Wodka-Energy und Franky und seinem Hammerkoks. Ich vermisse das Koks. Die Pillen, von denen ich mir eine Handvoll eingesteckt und ein paar schon eingeworfen habe, sind nichts als Dämmwatte im Vergleich. Hölzern lege ich meinen Arm um Hanna. Eigentlich eine meiner leichtesten Übungen. Großspurig Freundlichkeit und Zutrauen heucheln – und Interesse. Die Trickkiste öffnet ihren sperrigen Deckel nur schwerfällig.

«Süße, was soll ich gesagt haben, hm?»

Sie verspannt in den Schultern und zieht den Kopf ein.

«Ach, komm schon. Du hast mir gesagt, ich bin nicht cool. Okay, ich *bin* nicht cool. Ich sollte gehen ...», aber sie wendet sich nicht ab. Versucht noch nicht, den Weg zurückzugehen. Aha. Das ist eine klassische «Sag mir, dass du mich magst»-Situation. Frauen tun so was dauernd. Ihr widerspenstiges Gehabe bei Lisa zuhause hat sich in pure Unsicherheit verwandelt. Typisch. Weiber sind mit dem Mund immer schnell dabei ... Ich grinse und wünsche mir sofort einen Blowjob.

«Ich hätte dich doch nicht gefragt, wenn ich dich für so uncool halten würde. Jetzt entspann dich und genieß die Show. Ich wette, ein paar von den anderen sind schon super breit.»

«*Doch, hättest du!*», antworten Simon und Hanna wie aus einem Mund. Ein Freakchor. Na, klasse. Mir ist nicht entgangen, dass Hanna Simon hin und wieder Blicke zuwirft, die über reine Neugierde hinausgehen. Anscheinend ist Freak zwei scharf auf Freak eins. Da ich weiß, dass Freak eins MEIN Freak ist und sich nicht für Weiber wie die interessiert, stört es mich nur ein bisschen. Eigentlich sollte sie MICH so ansehen. Aber noch ist nichts verloren. Ich knuffe Simon kräftig in die Seite und etwas sanfter dann Hanna.

«Ihr seid fies und gemein. Ich will einfach einen schönen Abend mit euch haben. Party machen. Was ist daran auszusetzen?» Übertrieben beleidigt gehe ich voran und stapfe in ein paar Pfützen. Irgendjemand hat eine Plane über die freie Fläche zwischen den Hütten gespannt, und wir sehen direkt auf vom Wind aufgepeitschtes blaues Plastik, unter dem bereits gesoffen und gegrillt wird. Der Rauch schlängelt sich duftend und dicht in die Höhe.

«Jetzt krieg dich mal wieder ein. Alles ist cool, okay?!»

Hanna seufzt und schließt zu mir auf, hakt sich bei mir unter und greift nach der Flasche.

«Aber für ein Arschloch», sie setzt die Flasche an und trinkt mit verknittertem Gesicht, «*Brrrrr* ... Also, für ein Arschloch halte ich dich immer noch, Patrick.»

Sie lacht und ich auch, nur zur Sicherheit.

«Na dann ist ja gut», sage ich leise und lächle sie an. Vielleicht ist dieses Entchen ja ein Kampfentchen. Aber ich kriege sie. Ganz sicher.

Kurz bevor wir die drei Stufen zur Senke hinuntersteigen können und mich der Bass schon lockend zu sich zerrt, indem er in meinem Bauch leise Vibrationsfangwellen fabriziert, schlägt Hanna sich in die Büsche.

«Wartet hier. Nicht weglaufen. Ich muss nur echt mal dringend pinkeln», grinst sie entschuldigend und achtet gewissenhaft darauf, dass wir ihr nicht folgen. Weibern beim Pissen zugucken ist wirklich nichts, was mich scharfmacht, also lasse ich mich in den feuchten Schmutz fallen. Aus dem Schneidersitz heraus beobachte ich, wie Simon an seiner Kamera herumfummelt und ein paar Testbilder knipst. Blöder Spasti.

«Komm her!», rufe ich ihm zu. Er kommt angestakst. Blitzschnell greife ich nach seinem Knie, umfasse es und ziehe daran, so dass er vor mir auf dem Hosenboden landet.

«Verdammt, Pat ... Oh Mann, das gibt echt ätzende Flecken!»

Er ist sauer, aber nicht sehr. Kameradschaftlich reiche ich ihm, noch immer sein Bein umfassend, die Wodkaflasche.

«Ich will nicht.»

Irgendwas bewegt sich in seinem Ärmel.

«Hast du das Mistvieh etwa hierher mitgenommen? Dieses Wieselding?»

Ich bemerke einen Anflug von Röte auf seinen Wangen. Überraschung, es ist ihm peinlich.

«Es ist ein Frettchen. Und ja, ich hab es mitgenommen. Na und!?»

Ich lache spitz und hoch, dann rutsche ich näher zu ihm und packe seinen Nacken.

Mit den Zähnen löse ich den Schraubverschluss der Flasche, spucke ihn ins Grillen zirpende Gras und nehme einen letzten Schluck. Dann lege ich die Öffnung an Simons Lippen. Er versucht, den Kopf abzuwenden, und tritt mit den Füßen nach mir, wobei ich gehässig feststelle, dass der Schmuddelboden braune Schlieren auf seinen sauberen Schuhen hinterlässt.

«Trink!», befehle ich ihm, drücke den Flaschenrand noch fester an seine schmalen Lippen, so dass ich schon die Zähne unter der dünnen Haut spüren kann, die fest aufeinandergepresst werden. Schweiß steht auf seiner Stirn, angestrengt windet er sich in meinem Griff, aber ich bin stärker. Schlage den Flaschenhals leicht gegen die hautbedeckte Zahnreihe. Und noch mal. Und noch mal. Bis er nachgibt, den Mund öffnet und ich den Wodka in seinen Schlund laufen lassen kann, wo er sich mit ein wenig Blut vermengt. Mit dem Handballen schlage ich ihm unters Kinn und reiße an seinem Nacken, damit er schluckt. Er tut es, hustet und keucht, und ich wiederhole die Prozedur. Still. Er *muss* trinken. Ganz einfach. Weil ich es auch tue. Weil ich es will.

Die Flasche ist leer, und Simon springt auf die Beine, sofort, als ich ihn loslasse. Taumelt ein bisschen unbeholfen herum und fischt nach einem Taschentuch, um sich Blut, Speichel und Wodka vom Kinn zu wischen. Böse Blicke zerstechen mich. Doch dann hören wir Hanna durchs Gras schlurfen und sofort ist die Wut aus seinem Blick verschwunden. Hat sich in ihm verkrochen und ist der Ausdruckslosigkeit gewichen, die sich über ihn legt wie ein feinmaschiges, perfekt gewebtes Netz.

«Hey, was ist mit euch denn passiert?»

Sie schaut verwirrt von mir zu Simon und beißt sich auf die Lippe.

«Du bist ja total schmutzig.»

Hanna geht zu ihm und will ihm über den Ärmel streichen, doch Simon macht gekonnt einen Schritt zurück und beginnt sich abzuklopfen.

«Nichts. Wir haben nur ... gerangelt», nuschelt er, und ich kann mich vor Lachen kaum halten.

«Wir haben was? *Gerangelt?* Was ist das für ein Wort!? ALTER!?»

Freak eins und zwei starren mich an und scheinen nicht zu kapieren, warum ich lache. Also schlucke ich zweimal, um mich zu beruhigen.

Ich sehe Robert sofort, als wir unten an der Plane ankommen. Gemeinsam mit ein paar seiner Kumpels steht er am Grill, lässig ein Bier in der einen, ein Schnapsglas in der anderen Hand balancierend. Innerlich trete ich gegen die trockenen Balken der Veranda der Hütte, treibe Holzsplitter unter jeden einzelnen Fingernagel seiner behaarten Hand, verkohle ihm die Härchen am Arm und ziehe ihm jeden Quadratzentimeter seiner verschissenen Braunbrandhaut vom Körper. Tunke sein dämliches Buddy-Holly-Grinsen tief in die Ölmuschis des Kanals, bis sie ihn ganz in sich aufsaugen, ihn zerreißen und ihn in ihren nassen, schmatzenden Gedärmen zu Brei zerpumpen. *Argh*. Doch irgendetwas fehlt. Die Wut steigt bis zum Magen hoch und versucht, durch die Speiseröhre zu kriechen. Doch nicht so flüssig wie sonst. Sie ist zäh und schmeckt – nur für einen Augenblick lang – unendlich schal und fischig. So wie angetrocknete, alte Wichse riecht. Ich schaudere.

«Hey Maaaaaaann», eine Hand fällt schwer auf meine Schulter und jemand zieht mich an sich.

Thomas Irgendwer. Großer Kerl, Strebersau, aber auf Partys gern gesehen. Sein Dad arbeitet für eine Brauerei. Noch Fragen? Weil Streber sich untereinander instinktiv erschnüffeln, wirft er Hanna und Simon keine abschätzigen Blicke zu, wie es einige der anderen tun, sondern verbeugt sich theatralisch höflich vor ihr, gibt Simon die Hand und legt einen seiner langen Arme um meine Schultern. Irgendwie leuchtet mir das zwar nicht ein, aber ich spiele mit, bis mir einfällt, warum er so tut, als wären wir dicke Kumpel.

«Alles klar bei dir? Wie läuft's so?», frage ich, aber mein Blick fliegt unruhig über die Köpfe der anderen. Bestandsaufnahme:

Robert und seine Schleimerschwuchteln am Grill, grölend und sich gegenseitig verbal die Eier leckend. **Stopp.** Eine Gruppe Tussis, die sich mit Weinbrand aus braunen Flaschen volllaufen lassen, eine kotzt bereits, die anderen sind nah dran. **Stopp.** Ein Kerl, Basti, den ich aus dem Stray kenne, mit ein paar Spacken an der Soundanlage, die Weiber begaffend und wahrscheinlich Wetten abschließend, wer heute die meisten Schnepfen flachlegt. **Stopp.** Namenlose Statisten, die herumwackeln, Bier kippen und sich gegenseitig irgendwelchen Schwachsinn zurufen. **Stopp.** Der Eingang zu einer der Hütten ist mit Gardinenstoff verhangen, ich sehe Rauch, der sich darunter hervorarbeitet. Rieche den süßlichen Duft bis hier. *Also Kiffer hinter Vorhang Numero Uno. Merken.* **Stopp.** Die anderen beiden Hütten wurden wahrscheinlich – wie immer bei solchen Partys – mit Isomatten ausgelegt, auf denen später kräftig gefummelt wird. Frankys Leute sehe ich nicht. Okay. **STOPP!**

«Und naja, ich meine, er war süchtig, aber es ist schon schade. Immer scheiße, wenn einer so abtritt. Tut mir echt leid, Mann. Ihr wart doch Freunde, oder?»

Thomas faselt rum. Ich steige wieder ins Gespräch ein und nicke und versuche, unbekümmert, aber gedankenschwer dreinzuschauen. Dann sehe ich Mathi, reiße mich von Thomas los, ohne zu antworten, und drängle mich durch eine Horde Weiber, die kreischend über irgendetwas lacht. Wie geisteskranke Hühner. *Boagg boagg boagg booooaaaaaagg.* Igitt!

Am hinteren Ende der Plane, zwischen zwei der Hütten, hockt ein ganzer Haufen älterer Typen. Mathi sitzt auf dem Geländer der brüchigen Holzveranda und schiebt den Jungs Alkohol zu. Und neben ihm sehe ich etwas glänzen. Eine in Alufolie eingewickelte Kartonplatte. GLÜCKSELIGKEIT. Ich hätte nie gedacht, dass ich dieses Wort jemals verwenden würde. In Alu gewickelter Karton bedeutet Koks. Koks-to-Go sozusagen. Tragbar und überall anwendbar. Wer meint, Kokser treiben sich hauptsächlich in schäbigen Hinterzimmern oder Kneipenklos rum, hat keine Ahnung. Koksen kann man bequem überall. Man schüttet das Pulver auf die Folie, schiebt es mit irgendwelchen Plastik- oder Pappkärtchen zu einer Line zusammen, nimmt einen Strohhalm oder rollt Papier oder

Plastikstreifen oder, wenn man welches hat, Geld – auch wenn das eher ein Gangsterfilmklischee ist, seien wir doch mal ehrlich – zusammen, und ab geht's. Wohlig warm wird's mir im Bauch. Pure, explodierende Vorfreude.

«Mathi!», rufe ich fröhlich und winke blöd und viel zu aufgeregt herum. Kurz befürchte ich, dass er mich wegschickt, doch seine Augen sagen mir, noch bevor er den Mund aufmacht, dass er sich aufrichtig freut, mich zu sehen.

«Hey Pat, komm doch her!»

Zehn Minuten später liege ich hinter ihm auf der Veranda, lausche dem Knarren der Holzplanken, dem Wind, der über die Wasseroberfläche peitscht, dem Regen, der immer weiter abebbt, und muss weinen. Glückliche Tränen. Mathi unterhält sich mit einem der Typen.

Georg ist sechsundzwanzig, arbeitet im Sägewerk, ist von den Weibern angekotzt und breit wie eine ganze Armee Russen nach Sonnenuntergang. Mathi flirtet mit ihm, was das Zeug hält. Mathis Masche ist seine Ehrlichkeit. Und dass er in jedem etwas Gutes sieht. Er tut nicht nur so, als ob er sich für den ultimativen Langweiler Georg interessiert – es interessiert ihn *wirklich*, was der Volltrottel so von sich lallt. Immer wieder legt er die Stirn besorgt in Falten, wenn Georg etwas Besorgniserregendes sagt. Dann streicht er ihm tröstend über die Wange, wenn er etwas Trauriges herausschwallt. Er merkt sich sogar die Namen der Weiber, über die der Besoffene jammert – länger als zwei Minuten. Und trotzdem schafft er es, mir ganz sacht und unbemerkt von allen anderen, hin und wieder die Fingerspitzen an den Haaransatz zu legen. Nichts weiter. Nur eine winzig kleine, hauchzarte Berührung, ohne sich überhaupt umzudrehen und mich anzusehen. Einfach nur, damit ich weiß, dass er da ist. Damit ich weiß, dass ICH da bin. Gerade jetzt liebe ich ihn. Weil er ein Mönch ist. Weil er mir Koks gegeben hat. Ich bin GOTT. Und gerade jetzt ist er definitiv mein allerliebster Lieblingsapostel.

Weitere zehn Minuten später verschwinden Mathi und der «Ich bin echt nicht schwul!»-Langweiler Georg hinter der Hütte. Ich lege mich auf den Bauch, der sich nur ganz kurz schmerzend bemerkbar macht, greife nach dem Papp-und-Alu-Tablett und wickle die Folie ab. Unter mir spüre ich, wie das Holz zu arbeiten beginnt. Ganz still und heimlich dehnt und hebt und senkt es sich und stört sich nicht an mir. Nutzt meine Wärme aus und meinen Schweiß. Ich frage mich, ob diese alte Hütte eine Muschi hat.

Die Kumpels von Georg sitzen immer noch im Kreis. Zwei von ihnen schnarchen sich gegenseitig voll, einer kotzt. Dabei hat die Party noch nicht einmal richtig angefangen. Noch immer schimmert der Himmel leicht rötlich, auch wenn sich darunter schon ein tiefes Dunkel abzeichnet. Aus der Alufolie knete ich eine dünne Wurst, dann verbinde ich die Enden in einem Quetschknoten miteinander, so dass ich einen Aluring in der Hand halte. *Corona.* Das Wort flammt über meine Hirnwindung und fühlt sich gut an. Es stoppt am Haaransatz, in den ich greife. Dort, wo mir ein paar Strähnen in die Stirn fallen, weil das Haarband verrutscht ist, reiße ich dreimal kräftig. Ratschend geben die Haare nach, und ich halte ein feines Büschel in der Hand. Die Stelle am Kopf pocht wohlig. Vorsichtig wickle ich ein Haar um die Alukrone. In feinen Spiralen schimmert es ganz dunkel auf der Folie. *Corona*, wirbelt es in mir. Also lege ich die Krone auf den nackten Karton, so dass Mathi sie finden kann, wenn der Langweiler ihn zu Ende gevögelt und hoffentlich gut dafür bezahlt hatte.

Dem Nuttenkönig ritze ich mit dem Fingernagel in die Pappe – und ein etwas missglücktes Herz. Dann hieve ich mich hoch, hüpfe über das niedrige Verandageländer und trabe schnaufend zum Partymittelpunkt zurück. Durch die Luft und mir direkt in den Körper smootht Depeche Modes *Personal Jesus* aus Bastis Anlage über den Kanal hinweg. So laut, dass es sicher noch im nächsten Ort zu hören ist. *Fickt euch doch.* Noch einmal Tränen. Dann nur noch gute Laune. Absolut ungefiltert. *Reach out and touch faith!* Es wird Zeit für die Showtime!

Simon liegt auf dem Bauch auf einer Holzbank und richtet die Kamera auf irgendetwas am Ufer. Das komische Frettchen wuselt über seinen Rücken und geckert vor sich hin. Ich bin angefressen. Warum muss er so sein? Verdammter Dreck. Ein paar Minuten stehe ich unmotiviert vor ihm rum, dann gucke ich mich nach *Bobby* und auch nach Hanna um.

«Patrick?»

Simons Augen hängen noch immer am Minimonitor seiner Digitalkamera, doch er hat mich sehr wohl bemerkt.

«Ja?»

Gedankenverloren kneife ich die Augen zusammen. Buntes Flimmerlicht streut sich über den Fußboden. Tanzt wirr herum.

«Findest du dich eigentlich gut? *Fühlst* du dich gut?»

Simons Stimme hoppelt durch die Lichtapokalypse. *Fühlen* klingt starr und unbeugsam wie festes, kaltes Kerzenwachs. Ich peile nicht, was er will.

«Klar. Ich steh auf mich. Fühl mich ganz großartig, Pumpkin.»

Dann sehe ich Hanna bei ein paar besoffenen Tussis. Ihr

Lächeln wirkt gezwungen und immer wieder streicht sie sich nervös durchs Haar. Doch in der hellen Buntexplosion sieht sie gar nicht mal so ungeil aus. Ich gehe zu ihr, hake mich bei ihr unter und zerre sie von den Weibern weg. Sie wehrt sich nicht.

«Na, dann wolln wir uns mal was zu trinken besorgen!»

Im Bier, das ich ihr ein paar Minuten später grinsend in die Hand drücke, löst sich gemächlich, wie auch im zweiten Glas, eine kleine, hellgelbe E in der Kohlensäure. *Mathi!* **Dafür lasse ich mir ja sogar FAST einen blasen!**

«Hey *Bobby*! Alter!»

Mann, muss ich mich zwingen, den Kumpelton rauszuwringen, doch ich glaube, es gelingt mir ganz gut. Robert und seine Truppe neuer Homies wenden den Blick von einer Ollen, die aufreizend tanzt, und starren mich und meine Begleiterin fragend an.

«Was willst *du* denn von mir, Fechner?»

Ich strecke ihm meinen Arm entgegen und zwinge mich, ihm das Bier nicht in die dämliche Fresse zu kippen.

«Mann, vergiss doch die Sache. War 'ne Scheißaktion, ist mir klar. Hab's aber auch mit Lisa geklärt. Ich denk mal, wir können das bei 'nem Bier wieder gradebiegen!?»

Mommyblick und ich habe ihn in der Tasche. *Yeah.*

«Dein kleiner Freund hat sie echt nicht mehr alle. Die Messernummer war echt absolut krank!», jammert eine der Kumpelpfeifen dazwischen. Ich nicke und mache eine wegwerfende Handbewegung. Robert stiert den Becher in meiner Hand an, als bräuchte sein Dreckshirn noch eine Weile, um umzusetzen, was es ihm sagen will.

«Ist für dich», sage ich und wackle ein wenig im Handgelenk, so dass der Becher ein bisschen überschwappt und Ecstasybier über meinen Daumen suppt. Er greift zu, und ich lecke die kalte, kribblige Flüssigkeit von meiner Haut.

«Lisa kommt nachher auch noch?»

Er nickt und nippt und nickt und nippt und eine halbe Stunde später sitzen wir zu fünft in einer der Hütten. Draußen weht monoton der Nieselregen gegen die morschen Pfosten.

Mo, ein Kumpel von Robert, ist tatsächlich ein echt witziger Vogel – muss ich ja zugeben. Er sieht auch aus wie einer. Sein Kopf wippt beim Sprechen vor und zurück und seine Nase ist spitz wie ein Schnabel. Nach einer Weile lache ich mich über jedes Wort, das er von sich krächzt, schlapp und kriege kaum mit, wie Hanna und *Bobby* sich über den zweiten Becher Bier hermachen. Beide schwitzen und kichern, und ich weiß nicht, was mir besser gefällt. Mein Plan funktioniert. Und Hanna lacht, was mich irgendwie – ganz tief drinnen im Bauch – ein bisschen glücklich macht. Weil es recht eng ist in der Hütte und der Regen draußen eine Kuppel bildet, sitzen wir gedrungen da, Hannas Schultern berühren meine und Roberts und ihre Beine liegen ausgestreckt übereinander. Ihre Hosenbeine sind hochgerutscht, und ich sehe, dass sie eine Gänsehaut hat. Mo erzählt noch einen Witz, nimmt dann einen fetten Zug aus einer Barcadiflasche, einen vom Joint, den ich ihm rüberreiche, und kippt schließlich hinten über. Alle lachen. Ich tätschel seine Wange ein paar Mal, was ihn zum Grunzen bringt. Dann nehme ich mir den Joint und lache auch. Wirklich ein witziger Vogel.

Simon schüttelt den Kopf und lehnt sich an die Holzplanken der Hüttenwand.

Spießer. Spasti. Egal.

«Hey Hanna-Banana, wenn dir kalt ist, wärmt *Bobby* dich sicher gerne auf», sage ich süffisant und drücke sie ein bisschen an ihn ran. Sie ist wacklig, weich und kippt in seine Arme. Kichernd und mit einem verdutzten «Huch» versucht sie, ihr Gleichgewicht zu finden, und ihre Hand landet direkt auf Roberts Bauch – kurz über seiner «empfindlichen Stelle».

Er stößt die Luft aus, was wie ein Stöhnen klingt – und wird sogar etwas rot. Oh Mann, was für eine Lusche.

Trotzdem brauche ich keine zwanzig Minuten, bis sie übereinanderliegend knutschen.

Im Lauf der nächsten Stunden lässt sich Hanna die Jungfräulichkeit von Robert wegvögeln, nimmt meinen Schwanz in den Mund, bis sie fast kotzen muss, und hätte sogar einen wildfremden Typen in ihren Puppenarsch gelassen, wenn ich sie nicht gezwungen hätte, mir lieber noch mal einen zu blasen. Völlig ausgeflippt und hemmungslos und unendlich erbärmlich. Ein bisschen tut es mir leid, auch wenn ich nicht mal genau kapiere, wieso. Immerhin war das der Plan. Als Lisa die Tür zur Hütte öffnet, ist es schon fast wieder Morgen und ihr Gesicht ist blass und ihre Lippen schmaler als sonst. Für eine unendlich lange Zeit starrt sie auf die jüngere, durchgeknallte Version von sich selbst. Dem engelhaft-blonden Negativ, das sich gerade allerdings äußerst positiv an *Bobbys* Schwanz austobt. Dann dreht sie sich einfach um und geht. Mit hoch erhobenem Kopf in den Regen, der wahrscheinlich genauso heftig mit ihren Tränen vögelt. Simon bewegt sich ruhig von einer Ecke der Hütte zur anderen und macht Fotos. Nicht mal ein Hauch von Erregung liegt in seinen

Zügen. Nicht einmal, als Hannas Titten auf und ab hüpfen, weil sie Robert so heftig reitet, dass er fast schreit.

Hannas Arme hängen über unseren Schultern, sie taumelt herum und jammert. Sie will nicht nach Hause. Simon und ich haben sie angezogen und der Regen und die Dämmerung zerren an ihrem müden Gesicht. Ihr blutiges Höschen habe ich Robert, der sabbernd in der Hütte schläft, in die Hosentasche geschoben. Simon schweigt. Ich sehe immer wieder zum Himmel hinauf, der wolkenverhangen und drohend immer tiefer hängt. Fast hätte ich ihren Arm losgelassen, als sie leise und traurig, lallend und absolut unharmonisch zu singen beginnt:

«Sweet dreams till sunbeams find you ... But in your dreams whatever they be ...»

Und ich ziehe an ihrem Arm, bis der letzte Ton in einem Quieken ausläuft. Dann trete ich ihr heftig auf den Fuß und zerre sie weiter. Simon hält kurz inne, hilft mir dann aber, sie wieder vernünftig hochzuziehen. Hanna weint jetzt. Ich bin sauer. Es ist mein Tag gewesen. Und nur ich darf mich an schnulzigen Hits von vor tausend Jahren hochziehen. Am liebsten hätte ich sie fallen gelassen und wäre ein wenig auf ihrem Kreuz herumgesprungen.

California dreaming ... **Dream a little dream** *... and the sky is grey ...*

Montag bin ich der Erste in der Schule. Herr Burow schließt mir die Tür zum Computerraum auf.

«Mach aber schnell. Und glaub nicht, dass ich dich jetzt immer raushaue, wenn du mal wieder deine Hausaufgaben vergessen hast, Junge», schnalzt er noch, dann macht er sich wieder daran, den Flur zu fegen. Heute Nachmittag muss ich im Hof Unkraut zupfen. Strafarbeit. Kann ich aber gut mit leben. Viel wichtiger ist die CD in meiner Jackentasche. Simon hat die Bilder mit Photoshop auf Hochglanz gebracht. Gestern saßen wir den ganzen Tag an meinem PC und haben daran rumgefummelt. Jetzt sind sie perfekt, und ich hätte Simon am liebsten geheiratet. Absoluter Profi.

Ratternd fährt der Computer hoch, und ich schiebe die CD ins Laufwerk. Ein paar Klicks später flirren die Aufnahmen durchs Schulnetzwerk. Jeder Lehrer, jeder Schüler und jedes Elternteil mit Schul-Mail-ID bekommt eine Nachricht mit dem formschönen Titel: A NEW STAR IS BORN!

Der zwar absolut stumpf ist, aber definitiv Aufmerksamkeit erregt. Es wird nicht mal bis zum ersten Klingeln dauern, bis irgendwer das Ding in hundertfacher Ausführung ausdruckt und in der ganzen Schule Roberts Schwanz in Hannas Möse zu sehen sein wird. Der älteste Trick überhaupt. Ich unterschreibe die Mail natürlich («Mo») – und verschicke sie von einem neuen Account. (Mo-the-bird@IGS-W.de)

«Gute Arbeit, Kumpel», schreibe ich drunter und: «Vergiss das alte Chick. Diese hier ist HOT.»

Und: SEND!

Franky ist tot! Während ich durch die Korridore streife und all die Bilder betrachte, die sich seit der Mittagspause an den Spinden und Türen, den Wänden der Klos und auf jedem Handy in einem Umkreis von Kilometern vermehrt haben wie Fruchtfliegen, vermisse ich ihn das erste Mal. Was komisch ist, da es mir eigentlich mega-gut geht und er ja gar nicht hier zur Schule ging. Aber ich sehe Lisa an ihrem Schließfach, wie sie ihre Augen mit Eyeliner umrandet, dessen schwarze Farbe ihr heute mindestens ein Dutzend Mal über die Wangen geronnen ist – und es trifft mich wie ein fieser Kieferschwinger.

FRANKY IST TOT!

«Hey Lis! Dumm gelaufen mit dem Wichser, was?!», rufe ich amüsiert durch den Flur und setze ein Zahnpastagrinsen auf.

Sie ignoriert mich und schlägt die Spindtür zu. Eines der Bilder – Hannas Titten, fest umklammert von *Bobbys* Händen, und seine Lippen, die ihren Bauch sabbernd bearbeiten – flattert ihr vor die Füße. Sie würgt Gift und Galle, das sehe ich, doch sie wischt das Blatt mit dem Fuß zur Seite.

«LIS!», rufe ich lauter und laufe auf sie zu. Schadenfroh. Ich bin GOTT. Ja!

«Fick dich, Patrick. Ich weiß genau Bescheid, Wichser! Geh mir bloß aus den Augen.»

Sie dreht sich um, und ich lache sie aus. Laut und böse. Quer durch den Schulflur. Sie tut so, als würde es sie nicht stören. Doch sie wackelt ein bisschen auf ihren High Heels.

Die ist fertig!

UND

ICH

BIN

GOTT!

Du solltest besser keinen neben mir haben!

XIII

Now I'm finding my friends
Hanging from trees, made a bed of barbed wire fence
I'm on the loose with my neck in the noose but hey ...
I enjoy the intense
(CKY – Escape from hellview)

Ich finde Mädchen, die sich über Schmierblutungen unterhalten, attraktiv. Nicht, dass ich sie ficken würde, wenn sie welche haben, aber das Wort an sich ist hübsch, und wir wissen ja nun einmal alle, dass Mädchen aus der Fotze bluten. Lisa hatte ihre Tage, als sie starb. Herr Burow fand ihre Leiche am Mittwoch früh in der Turnhallentoilette. Aufgehängt an der Halterung für die Neonröhre.

Schon am Mittag hieß es dann, er habe eine Stunde gewartet, bis er die Bullen dazuholte. Woher man das wissen wollte, stand nicht zur Debatte. Nur, dass der kleine, perverse Hausmeister sicher ganz brutal-fiese, ultraperverse Dinge mit Lisas Leiche angestellt haben musste. Bernadette van Heelm wusste, dass Lisa über Schmierblutungen geklagt und geblutet habe *wie eine abgeschlachtete Kuh*. Deswegen drängte sich mir sofort das Bild auf, wie Herr Burow unter der Leiche liegend in die Schmierblutpfütze wichst, während weitere Bröckchen glibberiger Periodenerzeugnisse in seinen Mund klatschen, den er weit aufgerissen unter ihrer Fotze hat. Traurig zu sein fiel mir deswegen ziemlich schwer. Bernadette van Heelm sexy zu finden dagegen umso leichter.

Dass Lisa sich den gleichen Tag ausgesucht hatte, um abzutreten, wie meine Mutter Jahre zuvor, bohrte sich schmerzhaft in mein Herz, während ich angestrengt versuchte, Bernadette zum Ficken zu überreden. Ich ließ es dann bleiben und irrte über den Schulhof, um Simon zu finden.

Jetzt ist es halb drei. Simon ist unauffindbar. Mein Herz ist ein Klotz. Mein Hirn brüllt nach Drogen und meine Hände liegen ausgestreckt im Eisfach der Schulküche. Eisschmerz wandert durch die Knochen die Arme herauf über die Schultern und bis in die Schläfen. *Poch Poch Poch*. Es klopft an den Rippen und im Magen. Irgendetwas will rein oder auch raus. Ich strecke den Rücken durch und blinzle. Die Kantinenfrau ist vorne und verkauft Snacks. Wenn sie wiederkommt, fliege ich sowieso raus. Aber bis dahin drücke ich die Handflächen noch fester an das raue und stachelige Eis, so dass sie richtig daran kleben bleiben. Ich will weinen. Ich wollte schon heulen, als Frau Kreker uns heute Morgen mit faltigen Tränensackaugen die «schlechte Nachricht» brachte. Soweit ich weiß, war Lisa nie in ihrer Klasse, aber bei so was heulen Lehrer eigentlich immer. Vielleicht gibt es auch ein Protokoll, in dem steht, dass man gefälligst mit rot geweinten Augen in eine Klasse zu gehen hat, um ihr zu sagen, dass einer tot ist. Vielleicht liegen extra dafür Zwiebeln im Lehrerzimmer aus. FUCK OFF! Franky und Lisa und Mom. Vielleicht sitzen sie in der Hölle zusammen und schauen sich Bilder von mir an und lachen sich kaputt.

«Schau mal da. Das ist Patrick, wie er ganz alleine in der Schulküche steht, sich fast einpisst und gleich flennt wie ein Mädchen. Wie süß!»

Ja, das sagt Lisa, während sie es sich mit dem dicksten Vibrator aus Schuldgefühlen kräftig selbst besorgt und ihre Augen noch weiter vorquellen, als sie es durch das Erhängen eh schon tun. Und Mom würde dann nicken, sich ein paar Pillen einschmeißen, noch mal nicken und lächeln und mit Wassertriefblicken um sich schmeißen und nuscheln, dass sie mich lieb hat. Dabei würde sie schon an Dads Schwanz in ihrer Möse denken, wenn auch er endlich zur Hölle fährt, und an noch mehr Pillen und sie würde nicht mal eine Träne auf mein Bild vergießen. Weil sie es nicht ansieht. Sie sieht hindurch. Dreck. Menschen sind Dreck. Vor allem tote Schlampen.

Franky! Der würde vielleicht ein wenig schuldbewusst aus der Wäsche gucken und sich fragen, wieso ich nicht um ihn weine. Er würde das Bild ansehen und laut brüllen, dass wir doch Brüder sind und er mich megadoll geliebt hat und ich gefälligst keinen Steifen kriegen darf, wenn ich an seinen ranzigen, toten Körper auf der Couch denke. Dass ich ihn vermissen muss und ihn zurückhaben wollen sollte. Dann würde er sich noch einen Schuss setzen und noch einen und noch einen und immer weiter runterfahren. Von Höllenkreis zu Höllenkreis. Bis er ganz unten ist. Bis er wieder bei mir ist. Bis wir uns im Fegefeuerwunderland irgendwo in meiner tiefsten, verrottetsten Hirnwindung in den Armen liegen und lachen und Brüder sind und uns richtig megamäßig lieben – solange die Drogen eben wirken. JA, KLAR!

Meine Handflächen brennen noch, als ich nach der Schule am Pool sitze, meine Füße hineinhängen lasse und warte, bis sich meine Turnschuhe bis zum Rand vollgesogen haben. Schwerer und schwerer zieht das gechlorte Wasser an meinen

Hosenbeinen und ein Schuh löst sich langsam vom Fuß, ohne dass ich ihn aufhalte. Simon lehnt am Gartenzaun und starrt zu mir herüber. Ich spüre das, auch wenn ich meinem Sneaker beim Sinken zusehe.

«Patrick?!»

Oh Mann, halt die Schnauze und verpiss dich!

«Hm?»

Er macht einen Schritt auf mich zu. *GEH WEG GEHWEGEHWEG!*

«*Wie* gut findest du dich? *Wie* gut *fühlst* du dich?»

Er betont das *fühlst* und das *wie* besonders, und es klingt wie ein Sprachroboter, der dir ein Fremdwort besonders deutlich einprügeln will. *Hau doch ab!* Ich verstehe nicht, was er will.

«Ich verstehe nicht, was du willst.»

Mein Schuh ist am Boden des Pools angelangt und tanzt ein wenig hin und her. Die Schnürsenkel winden sich wie Würmer schwerfällig am Grund. Simon kommt noch einen Schritt näher her. Ich spüre seinen Blick in meinem Kreuz und straffe mich.

«Ich verstehe nicht, was du nicht verstehst.»

Ich greife nach hinten. Ein ganzer Block gefrorene Wut plumpst laut aus mir heraus – und ich packe ihn, ziehe ihn heran und schlinge meine Arme fest um seinen Oberkörper ...

GEH WEG!

... halte ihn fest an mich gedrückt. Dann lasse ich mich nach vorne fallen. Mein Herz sticht und verkrampft sich und wir landen platschend im Wasser. Ich lasse ihn erst los, als ich selbst ganz schwindelig werde. Keuchend und spuckend rudert er an den Rand, zieht sich hoch und geht weg. Einfach so. Zittrig und unbeholfen, aber ohne sich umzusehen.

«Das ist wohl unser Problem!», rufe ich ihm nach.

«Du verstehst NICHTS!»

Im Wohnzimmer stehen leere Weinflaschen. Zweimal Rotwein und ein Weißer. Dad sitzt auf der Couch, sein Gesicht ist rot und aufgequollen und sein Hemd ist fleckig vom Schweiß.

«Geh hoch! Umziehen. Essen gehen!», imperiert er, und ich könnte kotzen. Er ist besoffen.

«Sollen wir vielleicht lieber was bestellen?», frage ich vorsichtig und verfluche Carlos für den Wein, den er immer mitbringt, wenn wir ihn zum Essen einladen. Blöder Wichser.

«Wir gehen essen!»

Dad lallt nicht, sein Ton ist schroff und er ist lauter als sonst. Ich will nicht mit ihm raus.

«Aber mir ist nicht gut, Dad. Lisa ist tot und ...»

«Die kleine Schlampe aus deiner Schule?»

Er stößt auf und sabbert dabei. Oh Mann, so schlimm ist es also.

«Ja, Lisa», wiederhole ich mich nur dumm und will gegen die Wand schlagen.

«Wär eh nichts draus geworden.»

Dad hebelt sich vom Sofa und kommt auf mich zu. Ich mache einen Fehler und zucke zurück. Er stockt.

«Was'n los? Wieso bist'n du eigentlich nass?»

Er packt mich am Shirtkragen, wobei er ein paar nasse Haarsträhnen mit erwischt. Ich unterdrücke ein Quietschen.

«Ich ... war im Pool ...»

Okay, dumme Antwort, aber die Wahrheit.

«Ach ja? Mit all deinen Klamotten? Bist du irgendwie behindert im Kopf, oder so?»

Mit dem Zeigefinger stupst er mir gegen die Stirn.

JAHA. UND DAS HAB ICH VON DIR DU PENNER!!!

«Entschuldigung.»

Der erste Schlag trifft mich unvorbereitet. Einfach mit der Faust gegen die Brust. Ich keuche und falle auf den Arsch. *Was zur Hölle ..?*

«Du bist das mieseste Stück Scheiße überhaupt, PATTY!»

Dad brüllt richtig, zieht den Gürtel aus der Hose (klassisch) und will ihn auf mich runterpeitschen lassen. Im Wohnzimmer? Was ist denn bitte schiefgelaufen? Wieso hier? Warum jetzt?

Ich weiche zurück, rutsche auf dem Hosenboden auf die Treppe zu. ZISCH und KLATSCH und die Gürtelpeitsche trifft auf meinen Oberkörper. Zähne zusammenbeißen.

«Du bist dumm und peinlich, Patrick. Weißt du das? Ist dir das überhaupt klar?»

Schnell rappel ich mich auf und versuche, nicht zu schreien.

«Hast. Du. Mich. Ver. Standen?»

Ich nicke. Umschauen. Küchenfenster? Nein.

«Was ist los, Dad? Hör auf mit der Scheiße. Nicht hier. Der Keller ...»

Ich keife ihn an und spucke dabei feinen Sabberstaub. Deute wütend auf die Kellertür. Da ist der Ort *dafür*. Hier ist das Haus! Das ist FALSCH!

«Halt die Fresse, Bürschchen. Soll ich dir mal sagen, was los ist? Ja? Carlos ist PLEITE. Du bringst mich um den Verstand mit deiner ganzen verschissenen Dummheit. Ich bin arbeitslos und habe einen geistigen Krüppel zum Sohn. DAS IST LOS!»

Trotz des Herannahens des Gürtels bleibe ich einfach stehen und bin baff. *Arbeitslos.* Mein Dad ist arbeitslos? *Oh ... Wow.* KLATSCH. Das Leder wischt mir schneidend durchs Gesicht, und ich falle nach hinten, schlage mit dem Kopf auf den Boden und höre noch den dumpfen Nachhall. Dann schimmert und schummert die Welt. Ich renne und renne und renne in mein Hirnfegefeuerwunderland, in das mir nur noch ein Satz meines Vaters nachhastet:

«Ich werde von hier weggehen. Aber du kommst nicht mit!»

Wie gegen grobe, kalte Betonmauern schlage ich gegen die Düsternis. Alles andere ist draußen. Ich bin hier. Ich spüre Dinge auf mich einprasseln, ich höre eine Stimme und ... Ja, ES TUT WEH! Nichts davon ist ausgeblendet. Nur ICH bin ausgeblendet. Meine Stimme, meine Sicht. Jeder Schlag trifft mich unerwartet. Schmerzen an Stellen, von denen ich nur weiß, weil sie auch vorher schon so oft geschmerzt haben.

In meinem Kopf suche ich nach Musik, doch da sind nur widerliche Disharmonien und schrille, zu laute Gitarren. Irgendwann ist es so still, dass ich Angst bekomme. Weil es immer noch wehtut und sticht. Weil ich aber nichts mehr höre und sich nichts bewegt. Hundert Jahre lang bleibe ich einfach liegen und warte ab. Ein Geräusch in der Ferne steht in direktem Zusammenhang mit meinem Bewegungsapparat und sorgt dafür, dass ich die Augen öffnen kann. Auch eine Hand bewegt sich vorsichtig und schaufelt ein paar Dinge von meinem Kopf herunter. Scherben liegen um mich herum und von meinem Kopf und meinem Rücken purzeln Lebensmittel und ein Kerzenständer. Teile eines Stuhls, der auf mir zerbrochen sein muss. Dad macht irgendetwas in der Küche. Töpfe klappern und Wasser läuft. Ich weiß einfach nicht, was ich tun soll. Versuchen aufzustehen und mich von dem Schutt unserer Besitztümer befreien? Liegenbleiben und warten, bis Dad kommt und mich in die Dusche trägt? Wie sind die Regeln für unbegründete Im-Haus-Prügel? Ich weiß es nicht und wünsche mir so sehr, dass er kommt und mich aufsammelt. Jeden einzelnen Teil von mir in die Duschkabine hievt und es wieder ganz macht – wie sonst auch. Aber auch nach weiteren hundert Jahren kommt er nicht und aus dem Radio in der Küche schallt ein Rocksong.

Und wie ein Schluckauf drängen sich Silben durch meine Speiseröhre in den Mund, schmecken bitter und blutig und fallen mir aus den Lippen auf die Reste eines Fertiggerichtes vor mir.

«Ich. Has. Se. Dich», huste und würge ich und dann eine Million Liter Tränen und Schmerzgewimmer. *Regelbrüche, Regelbrüche – ach, so viele Regelbrüche.*

«Dad!», wimmere ich extralaut und hilflos. *Regelbruch. Also komm schon!*

«Daaaaaaad!»

Schluchzen, Weinen, Japsen, Wimmern und Schniefen. Der Song wird lauter.

The Offspring. Race against myself.

«DAAAAAAAAAAAAAAAAAAAAAADYYYYYYYYYYY!!!»

Dämmerlicht fällt mir in die Augen, als ich aufwache. Ich liege immer noch auf dem Boden, doch die meisten Trümmerteile sind weg. Nur noch ein paar Scherben, die sich in meine Seite bohren. Langsam versuche ich, mich auf die Knie hochzuziehen. Mit den Händen abstützen und langsam aufbäumen. Zweimal rutsche ich ab und falle schnaufend wieder auf den Bauch. Nach einigen Minuten sitze ich aufrecht und betrachte mich und meine kaputten Klamotten. Das Shirt ist zerrissen und an den meisten Stellen rot und grün und braun eingefärbt. Blut und Saft und irgendeine andere klebrige Pampe. Mir ist furchtbar kalt. Meine Hände zittern und sind zerschnitten. Stellenweise kleben glitzernde Glasperlensplitter in den schmalen Rissen. Ich pule sie sachte heraus und lasse sie heiser fluchend auf den Boden fallen. Dad kommt aus dem Wohnzimmer. Er wirkt etwas nüchterner und ich sehe einen Verband an seinem linken Handgelenk.

«Wir wollen essen. Ich hab was gekocht. Geh ins Bad und wasch dich, Patty.»

Sein übliches sonores Brummen.

Ich kriege keinen Bissen runter. Verdammt, ich kann ja nicht einmal richtig sitzen. Jede Bewegung lässt mir Tränen in die Augen schießen und ich kann sie nur schwierig und schielend im Inneren festhalten.

«Ich muss nach Portugal mit Carlos. Einiges regeln, und du kannst nicht mitkommen. Erstmal. Ich habe bereits mit Eduard geredet. Du bleibst solange bei den Veits.»

Dad sieht mich nicht an. Ich schlucke und huste.

«DAD! Du kannst den Wichser nicht mal leiden! Ich will nicht da hin! Ich will das alles nicht! FUCK!»

Ein drohender Blick wegen des Fluchens.

«Ich frag dich aber nicht danach. Es wird einfach so gemacht, klar!?»

Mehr als «pfff» will mir nicht einfallen, also starre ich ihn einfach an und warte auf die Aktionsbereitschaft meiner Synapsen.

Dad lehnt sich zurück und schaufelt noch mehr von der Pampe in sich rein, die er gekocht hat. Irgendwas mit Reis. Dann sieht er mich doch an und grinst.

«Hast du die Schlampe aus der Schule eigentlich genauso clever in den Tod getrieben, wie du es mit deiner Mutter gemacht hast?»

TILT und ERROR!

Das mit Mom warst DU!

«Das war ich nicht!»

Dad lacht. Ich verlasse den Raum und humple die Treppe rauf bis in mein Zimmer. Vom Regal schnappe ich mir die Scherbe aus dem Supermarkt, die ich neben ein paar Schulsachen gelegt habe. Kurz denke ich daran, sie mir einfach ins Auge zu rammen. Einfach so tief wie möglich reinstoßen, bis der Augapfel und dann das Gehirn platzt. *PFT* und *PENG*. Doch dann stecke ich sie ein, schmeiße ein paar Klamotten in einen Rucksack und mein restliches Geld. Außerdem klemme ich mir die Kartons mit Moms Sachen unter die Arme. Treppe runter, raus in den Garten. Moms Kram werfe ich in den Pool. Dann stapfe ich die Straße entlang. Weg von hier.

GEH WEG!

14.

That stone in your heart where the sadness grows
You know I, I'd operate with this knife
And cut a big fat giant hole to fill.
Fill with gold and light
(Johnossi – 18 Karat Gold)

Es ist zwei Uhr nachts. Der Himmel ist weder flüssig noch klar. Er ist einfach nur erschlagend dunkel und weit weg, und es ist viel zu kalt. Hannas Wohnblock ist schwach beleuchtet und ein Vogel, der nicht mein Vogel ist, quäkt leise in den Bäumen. Ich will bei Hanna klingeln, doch ich höre schon von Weitem das Schluchzen eines Mannes und sehe Hanna selbst mit einem älteren Jungen auf der Eingangstreppe sitzen. Alle sind beieinander. Im Schatten an einen Baum gelehnt betrachte ich alles und fühle mich so weit draußen wie noch nie. Der Junge hat einen Arm um sie gelegt und redet leise auf sie ein, während sie hin und wieder demütig nickt. Schluchzen dringt aus dem geöffneten Fenster im Untergeschoss, und ich erkenne Lisas Onkel an der Fensterbank lehnend. Die Glut seiner Zigarre tanzt mit den Glühwürmchen um die Wette. Heller und viel heißer.

Mit der Scherbe ritze ich ein Herz in die Baumrinde. Ganz klassisch.

Für meine Schlampenkönigin schreibe ich darunter und spucke ein paar Mal drauf. Vielleicht für Lisa. Oder Hanna. Egal.

Müdigkeit zieht an meinen Augenlidern und Schmerzen an meiner Stimmung, so dass ich selbst meinem inneren Kellergeschoss bald winken kann. Bei Simon waren alle Lampen aus, als ich am Haus vorbeigegangen bin. Aber eigentlich will ich den sowieso gerade gar nicht um mich haben.

Ziellos lande ich irgendwann in der Gegend, wo Doc Bentheim seine Praxis hat. Aber auch die ist dunkel und somit bin ich relativ erwartungsarm. Ich lasse ich mich also gleich unten auf die Treppe plumpsen und lege den Kopf gegen das Geländer. Mein Handy vibriert. Die Nummer von Dad wird auf dem Display angezeigt, also gehe ich nicht ran, sondern starre gedankenverloren auf das helle Elektrolicht, bis mir die Augen brennen. Mit dem Daumen presse ich den Auflegeknopf ein paar Mal ganz fest, dann suche ich im Telefonbuch nach einem Hinweis auf mein Nichtalleinsein. Bei Mathis Nummer bleibe ich hängen. *Rufaufbau.*

«Hi Pat!»

Aufrichtige Freude. Ein ganz kleines bisschen Wärme rutscht mir in die Füße.

«Ähm, ja. Hi Mathi. Hast du Zeit?»

Im Hintergrund höre ich jemanden eine Tür zuschlagen und das Kissenknistern von Satinbettwäsche.

«Was ist denn los? Hast du Probleme?»

Misstrauen in der Stimme. Kein Wunder, ich klinge erbärmlich.

«Hm. Ja. Na ja ... Es geht mir einfach nicht gut. Kann ich dich besuchen?»

Ein Wasserhahn wird angestellt. Einen Moment herrscht Schweigen.

«Aber wenn es nicht geht, ist es auch okay.»

Ist es nicht!

«Doch, doch. Ist in Ordnung. Weißt du, wo du klingeln musst?»

Ich nicke dümmlich, füge dann aber noch ein «Ja» hinzu und lege auf, ohne mich zu verabschieden.

Mathi öffnet die Tür und sein Blick klebt an meinem Gesicht.

«Ach du Sch...», seine Stirn wirft hübsche Sorgenfältchen, dann legt er seine weiche Hand an meine Wange. Im Zimmer ist es warm, und es riecht nach Sex und Seife. Aber alles ist vollkommen ordentlich. Das Bett ist gemacht und nirgendwo liegen ekelige, verräterische Dinge rum.

Mathi schaut mich an, als wolle er in mich hineinsehen. Seine Haut glänzt und seine Augen sind warm. Auf einem Wandregal sehe ich mein «Kunstwerk» vom Kanal und lächle, wobei meine Lippe wieder aufspringt und mir Blut über die Zähne läuft.

«Setz dich da hin.»

Mathi deutet auf die Bettkante. Ich gehorche. Jetzt gerade würde ich alles tun, nur damit er mich nicht wieder wegschickt.

«Ich mache Tee und hole einen Waschlappen. Warte hier.»

Das Zimmer ist altmodisch eingerichtet. Es gehen zwei Türen ab, eine ins Bad und eine in die winzig kleine Küche, in der er gerade verschwunden ist.

«Der Doc ist erst morgen wieder da. So lange bleib gerne hier.»

Ein würziger Geruch kriecht aus der Küche herein und das Geräusch des Wassers, das in eine Teekanne gegossen wird, beruhigt mich.

«Danke.»

Auf dem Nachtschrank liegt ein Bilderrahmen mit der Fotoseite nach unten. Langsam und vorsichtig strecke ich die Finger aus und hebe ihn ein bisschen an. Er zeigt einen kleinen Jungen auf dem Arm einer alten Frau. Der Junge ist Mathi, das erkenne ich an den blonden Locken. Die Frau wirkt freundlich und irgendwie zufrieden. Sie hat graues Haar und grüne Augen.

«Das ist meine Oma.»

Mathi steht plötzlich neben mir, so dass ich mich ertappterweise so erschrecke, dass der Rahmen klappernd zurückfällt. Mathi lacht freundlich.

«Keine Sorge, das ist okay. Ich dreh's nur um, weil es die Kunden einfach nichts angeht. Aber du kannst es dir gerne ansehen.»

Ich schüttle den Kopf und lehne mich ein bisschen zurück.

«Nette Bude.»

Er rümpft die Nase und schaut sich um.

«Gehört alles dem Doc. Ist schon okay ... Aber jetzt halt still.»

Mit einem Waschlappen tupft er mir leicht über die Lippen und die Wangen und wäscht die Blutschweißschmutzkruste herunter, wie es früher meine Mom gemacht hat.

Mein ganzes Hirnblasensystem kommt zur Ruhe.

«Hier, nimm das!», auf seiner Handfläche liegen drei kleine weiße Pillen. Ich greife danach und verbrühe mir am Tee die Zunge, mit dem ich sie runterspülen will.

«Ich will ins Bad.»

Mathi nickt und deutet auf die zweite Tür.

Das Bad ist genauso gemütlich wie der Rest des Apartments. Altbackene rosa Fliesen, ein hölzerner Schrank und ein goldumrahmter Spiegel über dem Waschbecken. Eigentlich hässlich, aber in diesem Fall das Schönste, was ich seit Langem gesehen habe. Auf Zehenspitzen gehe ich auf den Schrank zu und öffne ihn mit spitzen Fingern. Nach ein paar Sekunden finde ich eine grüne Blechdose, schüttle sie ein bisschen und öffne den Deckel. *Jackpot!* Ein paar Plastiktütchen gefüllt mit Pillen und Pülverchen fallen mir entgegen. Ich sammle sie ein, öffne eine der Pillentüten und nehme mir zwei heraus. Aus einer Pulvertüte kippe ich ein wenig auf den Klodeckel, schiebe es mit dem kleinen Finger zusammen und zieh es mir möglichst leise rein. Den Rest lege ich zurück und schiebe die Kiste wieder an ihren Platz, dann drücke ich die Klospülung, wische mit dem Ärmel über den Deckel und drehe den Wasserhahn auf. Mit einem kalten Schwall spüle ich die Pillen runter. Eine bleibt kurz bitter an der Zunge kleben. Ich würge und schlucke trocken, dann ist auch sie in mir verschwunden. Ganz tief unten. Einfach weg.

GEH WEG!

Schon kurze Zeit später ist alles leicht. Mir von Mathi die Schuhe und die Hose ausziehen zu lassen, die Jacke und das Shirt über den Kopf zerren und mich aufs Bett legen. Mathi sitzt an der Bettkante, während ich über seiner Bettdecke schwebe, die angenehm kühl und weich ist und meinen Bauch beruhigt, der zuvor wild revoltierte. Mit dem Waschlappen betastet er meine Wunden. Im schummrigen Licht des Papierlampions, der weißgolden von der Decke baumelt, scheint er zu glühen. Und in seinen Augen sehe ich Tränen.

«Was ist?», ich klinge so weit weg, dass ich mich selbst erschrecke. Als klettere meine Stimme aus einem Dachboden herunter oder hinge nur über dem Treppengeländer, um nach unten zu rufen.

Er antwortet nicht.

«Mathi? Was ist denn?»

Er wischt sich über die Augen und beugt sich herunter. Seine Haare kitzeln mich am Bauch und ich spüre seine Lippen auf einer der ziemlich blauen Stellen an der Seite. Er *küsst* meine Nierengegend. Oh mein Gott. Ein stichelndes Kribbeln fährt mir durch die Eingeweide und bis in meinen Schwanz. Mathi lächelt, als er mein Ding ansieht, doch seine Augen sind immer noch traurig.

Ich hingegen spüre, wie mir heiße Röte in die Ohren schießt.

«Tut mir leid», sage ich und will mich aufsetzen, doch er drückt mich zurück.

«Nein. Es tut *mir* leid», und ich weiß sofort, dass wir nicht über meinen harten Schwanz reden.

«Ist deine Oma tot?»

Jetzt ist es eh egal. Trauer fliegt durch den Raum wie ein Schwarm schwarzer Falter.

Er schüttelt den Kopf und lächelt noch etwas wehmütiger.

«Nein, sie ist nur so alt, dass man nicht mehr von *am Leben sein* sprechen kann.»

«Und deine Eltern?»

Sein Blick wird düster und ein schleierhafter Zorn, der so gar nicht zu ihm passen will, legt sich über seine Engelszüge.

«Die sind tot.»

Er legt sich neben mich auf die Bettdecke und seufzt.

«Wäre es nicht unheimlich irre, wenn alle Menschen Kabel hätten, die sie anderen Menschen in den Kopf stecken könnten. Eine Art Netzwerk. Überall Kabel. Jeder hat Tausende Steckeranschlüsse und kann so in die Köpfe von allen Leuten sehen und auch gesehen werden und man wäre mit seinen Gedanken nie ganz alleine?»

Die Drogen wirken und das Bild eines riesengroßen Kabelsalates quer durch die Stadt bringt mich zum Kichern. Mathi lacht leise.

«Ich glaube, das wäre keine gute Idee.»

«Wieso denn nicht? Ich fänd's klasse!»

Mit den Fingerspitzen streicht er mir über die Rippen. Ich kichere noch lauter.

«In so manchen Kopf sollte wirklich niemand reinsehen können.»

«Och, mich würde schon interessieren, ob meine Lehrerin sich wirklich von ihrer Katze lecken lässt oder ob das nur ein dummes Gerücht ist.»

Jetzt lachen wir beide.

«Irgendwas ist immer wahr an solchen Gerüchten. Im Zweifelsfall ist jeder Mensch genauso eklig, wie man es ihm nachsagt.»

Ich gluckse, weil ich mir vorstelle, wie die Katze sich in Frau Krekers Fotze übergibt. So richtig fiese Milchkatzenkotze, die wie Sperma in ihr klebt und in alle Ritzen schwappt.

«Menschen sind Dreck!»

Ich lache so kräftig, dass mir die Lunge brennt. Dann klatscht Mathis Hand in mein Gesicht, und ich heule wie ein Baby.

«Kein Mensch ist Dreck, Patrick. *Keiner.* Okay?!»

Ich heule und heule und wehre mich nicht gegen die Berührungen seiner Hände auf meiner Brust und die warmen

Lippen und die feuchtwarme Zunge, die meinen Körper runtergleitet.

Mir wird unheimlich warm und ich fliege mindestens drei Meter über dem Bett in der Luft und um mich herum ist ein warmes, weites Meer aus Satin und ich schwitze einen Ozean, der mich im Stromschnellentakt gleichzeitig mit Erregung und Tränen vollpumpt.

«Mathi, ich weiß echt nicht, ob ich das will.»

Er hört nicht auf.

«Mathi?»

«Entspann dich, Kleiner. Es ist umsonst ... Du hast gewonnen.»

Mein Kopf fällt schwer ins Kissen zurück und ich will es im Grunde sowieso und fühle mich sanft und sicher eingewässert, und als seine Lippen sich um meinen Penis schließen, atme ich aus und ein und färbe einen pulsierenden blauen Kreis in der Luft. Also schließe ich die Augen und träume mich tränend fort. Immer schneller und mit Schmerzen und mit warmen Lustwogen vorbei an Lisa und Franky ins Wunderland.

Und da ist Mom. Sie legt ihre langen, schmalen Finger auf meinen Kopf, ist unendlich groß und duftet nach Vanillepudding und Chemiereinigern. Ich schaue auf zu ihr und will sie berühren. Will ihr in die Haare fassen. Doch sie wird immer kleiner. Fällt herab. Ich stehe auf einem Sprungbrett über einem riesigen Blutschwimmbecken und kann sie nicht erreichen. Aber sie landet sicher im nassen Rot. Erleichterung pulst gierig durch meine Lendengegend. Dann Angst. Weil sie plötzlich daliegt und in ihrem Mund steckt ein Schlauch wie der Rüssel eines Elefanten und neben ihr steht dieses Monstrum und blinkt bunt und wirr. Ich will, dass es aufhört. Es soll nicht blinken.

Es soll dich nicht ausblenden, Mom.
Der Stuhl, auf dem ich sitze, fliegt durchs Zimmer – doch kein Arzt kommt, um dich zu befreien.

Also schlage ich mit den Fäusten auf dem Apparat herum, bis sie bluten, und ich greife nach dem Schlauch und reiße ihn aus deinem Mund und spucke hinein und trete auf dem Plastikstück herum. Aber du keuchst und röchelst und blutest aus dem Mund. HILFE! Ich lege mich auf deine Brust und drücke mich ganz fest dagegen. *Geh nicht weg, Mom ...*

GEH NICHT WEG!

«Patrick! *Beruhig dich!* Pscht. Hey, Pat!?»
Mathi sitzt auf mir und hält meine Arme fest. Seine Lippe ist blutig und auf seinem Arm leuchten ein paar Bissspuren rosarot und glänzend. Mein Schwanz fühlt sich an, als hätte man versucht, mich zu kastrieren, und mein ganzer Körper krampft und windet sich.

«Geh nicht weg! Gehnichtweg, gehnichtweg, gehnichtweg, gehnichtweg, gehnichtweg», höre ich mich jammern, und ich hasse Mathi so sehr, dass ich ihm eine reinhauen würde, wenn ich könnte.

Irgendwann schlafe ich ein.
Irgendwann wache ich auf. *Irgendwann ...*
Weil mein Handy klingelt. Mathi sitzt vor dem Bett und liest ein Buch. Sein Gesicht ist rot geschwollen und er wirkt müde. Der Blick auf die Uhr verrät mir, dass ich über

dreizehn Stunden geschlafen habe. Oh Mann. Ich vermisse meinen Dad und will frühstücken und müsste eigentlich sowieso in der Schule gewesen sein. Aber ich gehe ja nicht zurück. Niemals.

Oder?

«Guten Morgen.»

Mathi sieht auf und sein Haar wippt immer noch golden.

Ich sage nichts, sondern starre auf mein Handy, das unentwegt klingelt und vibriert.

«Willst du nicht rangehen?»

Ich schüttle den Kopf.

Dann setze ich mich auf und mir wird so unendlich schlecht wie schon lange nicht mehr.

Doch ich kotze nicht. Stattdessen gehe ich zum Regal. Auf wackeligen Beinen. Ich nehme die Krone und werfe sie Mathi vor die Füße. Dann ziehe ich Schleim aus der Kehle hoch und rotze grünlich und schleimig auf das Gebilde.

«Du bist kein König. Du bist nur irgendso eine Scheißnutte. Du bist *Dreck!*»

Ich trete nach ihm und treffe seinen Oberkörper. Er sagt nichts. Noch einmal hole ich aus und trete ihm ins Gesicht. Mit den Händen stützt er sich auf dem Boden ab, um nicht auf dem Rücken zu landen und sieht mich einfach nur an. Aus seinen Augen rinnen Tränen, doch er sucht unentwegt meinen Blick. Ich will ihn wieder treten und wieder. Doch stattdessen nehme ich meine Sachen behutsam vom Boden und gehe ins Bad. Von dem Koks aus der Dose stecke ich einige Tütchen ein. Danach greife ich mir mein Handy vom Nachttisch und gehe einfach raus. Mathi ist still. Alle unsere Kabel sind zerschnitten. Nur noch Funken deuten darauf hin, dass es mal eine Verbindung gab. Faserig und fein. Nur ein ganz winzig-kleiner Funkenflug.

Ich sitze in dem ranzigen Häuschen einer Bushaltestelle, als mein Handy erneut anfängt, wild zu bimmeln. Ich habe nicht die geringste Ahnung, wohin ich eigentlich gehen soll, also gehe ich halt ans Telefon. Es ist Simon, wie mir das Blinkedisplay anzeigt.

«Patrick? Endlich.»

Er klingt ehrlich erleichtert. Ich wundere mich ein wenig über diese Gefühlskundgabe.

«Pumpkin. Was gibt's denn?»

Ich räuspere mich ein paar Mal und presse das Handy fester an mein Ohr.

«Kommst du nach Hause?»

Die Frage irritiert mich. Ich halte das Handy ein bisschen von mir weg und starre es an, dann nehme ich es zurück ans Ohr.

«Wieso?»

Mein bester Freund ist aufgekratzt wie noch nie. Ich höre hektische Schritte und hastiges Atmen.

«Wow. Pumpkin, ist was passiert?»

Irgendetwas plumpst am anderen Ende auf den Boden.

«Ja. Nein. Also, kommst du bitte her? Ich versuche, dich schon seit zwei Stunden zu erreichen. Ich muss was mit dir besprechen. Dad und ich sind bei euch. Auf jeden Fall musst du nicht bei uns wohnen!»

Ich setze mich auf und blinzle ein bisschen. Von hier aus brauche ich ungefähr eine Stunde bis nach Hause. Ich bin neugierig. Irgendetwas stimmt nicht mit Simon. Noch mit dem Handy am Ohr stemme ich mich hoch und mache mich so schnell ich kann auf den Weg.

«Yo, alles klar. Beruhig dich mal. Bin so in einer Stunde da.»
«Wieso so lange? Wo hast du denn gesteckt?»

Ich schnaufe genervt und lege auf. Auf diese Debatte habe ich wirklich keinen Bock. Vor allem nicht am Telefon.

Schon von Weitem sehe ich, dass etwas nicht in Ordnung ist. Im Haus ist es stockfinster. Kein Licht fällt aus einem der Fenster auf die Straße und auch bei den Veits sind die Vorhänge zugezogen.

Skeptisch stehe ich vor dem Gartentor und schaue mich um.
«Pumpkin?», frage ich leise, erwarte aber keine Antwort.
Na, dann bin ich ja mal gespannt, was die Scheiße soll ...

15

Putting holes in happiness.
We'll paint the future black
If it needs a color.

(Marilyn Manson – Putting holes in happiness)

Ich schließe die Tür auf und betrete den Flur. Den Rucksack lasse ich auf den Boden plumpsen und lausche in die Dunkelheit. Es riecht wie immer, aber irgendetwas ist anders. Eine Art Dunst. Nur ein ganz feiner Hauch von etwas Fremdem. Die Uhr tickt leise vor sich hin und die Heizungsrohre pollern. Etwas tropft. Vielleicht der Wasserhahn im Bad. Mit der rechten Hand taste ich nach dem Lichtschalter und knipse das Kronleuchterimitat an, das leicht klirrend zu strahlen beginnt.

Im Flur ist Blut. Eine breite Spur zieht sich über den Boden bis zur Kellertreppe.

Komischerweise habe ich keine Angst. Ich bin genervt und müde und hätte diese Kleinigkeit am liebsten ignoriert. Wenn die Spur nicht in den Keller geführt hätte, wäre ich bestimmt einfach nach oben gegangen und hätte mich ins Bett gelegt. Fuck off Simon – FUCK OFF WELT! Aber so ... Ein bisschen unentschlossen stehe ich herum, dann rufe ich ein paar Mal nach Dad und Simon. Mit einer Antwort rechne ich auch jetzt nicht. Aber es kommt eine.

«Patrick. Ich bin hier unten!»

Das ist Simon! Hastig laufe ich auf die Treppe zu und sprinte hinunter. Nicht ohne eine fette Gänsehaut zu bekommen.

«Pumpkin, was machst du hier unten, verdammte Scheiße? Du hast hier nichts ...»

Mir bleiben die Worte im Hals stecken, als ich in den Raum sehe. Noch ehe das Bild so richtig in meine Synapsen gelangen kann, steht Simon vor mir. Ungerührt, aber blutbeschmiert, und drückt mir etwas – *Halt mal* – in die Hand, nach dem ich ganz reflexartig greife und es wieder hergebe, als er es mir abnimmt – *Danke, reicht schon*. Meine Knie geben nach und klappen ein. Mein Magen drückt alles nach oben, jeden Milliliter Galle, und mir läuft es sauer aus den Mundwinkeln.

«Was ist ... *das?*»

Ich höre das Frettchen geckern, irgendwo in einer Ecke. Ich höre den Heizkessel anspringen. Ich höre lautes Tropfen. Blut, das auf den Boden platscht.

Und ich sehe meinen Dad. Tot. Neben Simons Dad. Auch tot.

«Das war recht einfach. Schlafmittel in den Tee und dann ein sauberer Schnitt.»

Mit dem glänzenden Messer, das er fest im Griff hat, macht er eine schnelle Bewegung in der Nähe seiner Kehle. Seine Sonnenbrille trägt er nicht. Seine Augen liegen einfach offen. Irre.

Das Messer! ER trägt Handschuhe. *Ich habe es gerade angefasst. Oh Mann!*

Das muss ein Traum sein. Ein ganz abgefuckter Trip. Das ist nicht real!

«Weißt du, die beiden alten Herren haben sich getroffen, um über die Bezahlung zu sprechen. Für deinen Aufenthalt bei uns. Das hat sich ja aber jetzt erledigt. Die Gelegenheit habe ich genutzt.»

Ich stütze mich an der Wand ab, um aufzustehen. Den Blick kann ich aber nicht von meinem Vater wenden. Ein Grollen zieht in meiner Kehle auf, verdichtet sich in meiner Stirnnebenhöhle und dröhnt drohend und böse aus mir heraus in den Keller. Ich drehe mich um und hebe die Fäuste. WUT.

Mein Dad. Mein Mord.

NEIN!

«Willst du mich wirklich schlagen, Patrick? Ich habe ein Messer und du bist verletzt. Es ist nicht geplant, dass du hier stirbst, aber ich hätte auch kein Problem damit.»

Selbstbeherrschung, Patrick. Die beste Art der Beherrschung ...

Ich ringe darum. Seine Stimme ist wieder ruhig und sachlich. Zorn drückt mir aus jeder Pore und stürmt auf ihn zu. Aber dann fällt etwas. Irgendwo in mir fällt etwas wie eine dieser Metallkugeln, die über eine Spirale in einem Turm laufen, bis sie am Ende ganz unten rauspurzeln und langsam planlos zum Liegen kommen. Wohin rollt sie nur? Innen drin wird mein Blick weit. Ich senke die Fäuste und runzle die Stirn. Ein Blick zur Seite, dann auf Dad und wieder auf Simon.

«Du hast das geplant?»

Ungläubigkeit in meiner Stimme. Verständnislosigkeit.

«Jap. Ich habe nur gewartet, bis ein guter Zeitpunkt kommt. Ich hätte noch länger gewartet, aber du bist mir dazwischen gekommen, Patrick.»

Noch mehr Verständnislosigkeit.

«Patrick, du eskalierst. Du bist kein berechenbarer Faktor mehr. All dieser ausgeflippte Gefühlskram. Ich meine, ich bin einiges von dir gewohnt. Aber ich hätte gedacht, dass du ein kleines bisschen cooler bleibst ...»

Bitte was?!

«Bitte was?! Ich *bin* cool!»

Simon grinst und schnalzt nach dem Frettchen.

«Keiner wird dir das abkaufen, Simon. Und ich verstehe es auch nicht ...»

Ich bin müde. Ich bin verwirrt. Ich bin traurig. Ich bin so sauer. Und ich bin so *froh*.

«Vielleicht ist das unser Problem, Patrick. Du verstehst NICHTS!»

Beim letzten Wort hebt er die Stimme und stampft mit dem Fuß auf. Ich erschrecke mich und hüpfe ein bisschen zurück. Direkt in eine Blutpfütze, die aus Eduard Veits Hals geflossen ist. Wie ein Stück Kaminholz liegt sein starrer Körper am Boden. Seine knorrigen Hände ineinander gekrallt und sein Blick ist ... ganz einfach nur tot. Kein bisschen Geilheit kommt in mir auf. Mein Dad liegt zusammengesunken neben dem Werkzeugregal. Sein Kopf ist nach unten gekippt und seine Hände liegen auf dem Boden wie die eines schlafenden Riesenaffen. *Post mortem*. Ich würge erneut. Aber ich stelle mir vor, wie die Klinge durch das Fleisch an seinem wulstigen Hals geglitten sein muss.

«Wahrscheinlich wäre es der irrste Kick für dich gewesen, wenn du es selbst gemacht hättest, Patrick.»

Ich spucke aus und trete aus der Pfütze heraus – auf ihn zu.

«Und. Wie war es für dich?»

Bitterkeit tropft von der Decke. Und die Frage nach dem *Und nun?*

«Es war nötig ... Ganz okay.»

OKAY? Du Spasti hast meinen Dad gekillt und es war nur O.K.A.Y?

Meine Hand zittert. Fast spüre ich den Griff des Messers noch.

Siehst du Dad, das kommt davon! So was kommt von so was!

Ich sehe mich selbst am Rohr, wie ich mit den Füßen über den kalten und rauen Boden kratze. Mir die Zehennägel auf- und ausreiße beim Versuch die Arme zu entlasten.

Als er mich das erste Mal nach unten trug, wollte ich es um jeden Preis wieder gutmachen. Aber das hier ist nicht gut. Das hier ist nichts. Wut und Trauer und Schwindel. In meiner Kehle greift eine knöcherne Hand von innen nach meiner Zunge. Sie kommt aus der Rippengegend.

Eine Träne schleicht sich aus dem zuckenden Augenwinkel und mein Nasenflügel flattert.

«Um auf deine Sorge bezüglich meiner Glaubwürdigkeit zurückzukommen ... Bitte, Patrick! Jeder, der dich kennt, wird bestätigen, dass du ein böser, gestörter, ekliger, narzisstischer Mensch bist, der durchaus seinen Vater töten würde. Vor allem in Anbetracht der Geschehnisse in der letzten Zeit.»

Ich lache heiser auf und spucke erneut auf den Boden. Der Gallegeschmack will einfach nicht verschwinden.

«Oh Mann, ich habe gar nichts getan. Ich hätte überhaupt keinen Grund dazu. Außerdem warst DU es. Ich war ja gar nicht hier.»

Simon zückt ein Sturmfeuerzeug und lässt es ein paar Mal auf und zu schnappen. Seine Augen glühen und schimmern im Licht der immer wieder aufflackernden Flamme. Richtig irre.

«Feuer, mein Bester. Den genauen Todeszeitpunkt wird keiner mehr ermitteln können. Du hast die Tatwaffe angefasst. Du wurdest gestern von deinem Dad ziemlich übel verprügelt. Das habe ich gesehen. Mein Vater wollte dich zu sich holen. Da du ja weißt, dass er mich ... *fickt* ... bist du davon ausgegangen, dass er das Gleiche auch mit dir tun würde, also musstest du ihn natürlich gleich mit um die Ecke bringen in deinem Wahn ...»

Du cleverer kleiner Wichser!

«Hat dein Dad dich echt gefickt? Mann Pumpkin, wieso ..?»
Er unterbricht mich lachend.

«Wieso ich nichts gesagt habe? Willst du mich verarschen, Patrick? Es spielt keine Rolle, ob mein Vater mich gefickt hat. *Jemand* hat mich immer gefickt. Du hast mich gefickt.»

Ich verdrehe die Augen und lasse mich auf den Boden zurücksinken. Setze mich in den Schneidersitz und stütze das Kinn auf die Hände. An meinem Hintern klebt das Blut meines Vaters.

«Geht es darum? Warum killst du dann nicht mich? Außerdem, ich dachte, wir sind Freunde.»

Simon schnaubt verächtlich. Sein Hemd ist immer noch an einigen Stellen schneeweiß. Geziert von dunkelroten Blutblumen. Ein starker Kontrast.

«Aber auch das spielt keine Rolle. Wie sagst du immer so schön: Wer sich nimmt, was er will, bekommt, was er verdient. Sieh dich um, mein *Freund*», er breitet die Arme aus. Das Messer in seiner Hand funkelt silbern und spiegelt das blasse Leichengesicht seines Vaters, verzogen und schief.

«Und sag mir, wer von uns das hier nicht verdient.»

Touché. Ich pfeife zischend durch die Zähne.

«Bastard!»

Dads Kopf sackt noch ein Stück weiter nach unten und ein Blutspeichelfaden zieht sich von seiner Unterlippe bis auf seinen schweren Oberschenkel.

«Aber keine Sorge. Ich bringe dich nicht um. Ich brauche dich noch. Du bist ein guter Sündenbock. Du hast Lisa in den Selbstmord getrieben, du hast Hanna zerstört, du hast diesen Junkie auf dem Gewissen ...»

Ich reiße den Kopf hoch. Ein Pochen in der Stirn. Das alles hier ist PASSIERT. Es ist WIRKLICH. Ich sauge feuchte Luft ein und spüre, wie sich das Nass um meine Bronchien legt.

«Mit Frankys Tod hab ich doch gar nichts zu tun. Er hat sich selbst umgebracht. Mit Heroin.»

Simon beugt sich herunter zu mir, um mir in die Augen zu sehen.

«Stimmt. Aber jemand hat ihm was in die Drogen gemischt. Wahrscheinlich der Gleiche, der zuvor in die Apotheke eingebrochen ist. Und das Vieh hier», er deutet auf das Frettchen, das sich schmatzend an einer Blutpfütze vergnügt, «war bei deinem Freund in der Wohnung. Jetzt ist es hier. Da kommt man ins Grübeln. Und mit *man* meine ich die Polizei. Ich muss den Stein nur ins Rollen bringen, dann gibt es genug Menschen, die etwas über dich zu sagen haben, Patrick Fechner. Denk an Robert und wie du ihn mit dem Messer bedroht hast ... Keiner fragt mehr nach der Wahrheit, wenn alles gut ins Bild passt. Und du passt so herrlich genau in mein Bild, *Freund!*»

Ich lache zäh. Ich kann mich nicht rühren, aber in mir sprudelt es. Tobt und stürmt es. Mein Blick ruht auf ein paar Nägeln, die verstreut auf dem Boden liegen. Ich stelle mir vor, wie ich sie greife. Nach ihm werfe. Ihm Nagel für Nagel entgegenschleudere und sich die schmutzig-rostigen Nagelspitzen in seine Porzellanhaut graben. *Du sollst bröckeln!*

Schwerfällig räuspere ich mich und versuche, die Worte, die über meine Zunge rollen, zu schmecken.

«Aber ich war es nicht! Ich muss zugeben, dass ich irgendwie ganz gut damit klarkomme. Dad ist tot. Okay. Aber du wirst mir das nicht anhängen. Vergiss es, Pumpkin.»

Immer wieder werfe ich mit Gedankennägeln nach ihm. Es scheint, als leuchte er weiß aus der Dunkelheit. Er weicht nicht zurück.

«Wie viel hast du heute eigentlich schon eingeschmissen? Kein Mensch glaubt 'nem Junkie. DAS habe ich von dir gelernt. Ob du klarkommst, interessiert mich nicht.»

Seine Nase hat gezuckt. Ich hab's gesehen. *Du sollst bröckeln.*

«Mich fickst du nicht, Simon.»

«Hab ich längst.»

«Niemals.»

«Genau jetzt!»

Sein Gesicht kommt näher an meines heran, das Messer hält er mit beiden Händen auf dem Rücken.

«Wahrscheinlich hast du heute auch irgendetwas Dummes getan. Patrick, du bist nicht unschuldig. Das wissen wir beide ... Aber hier und heute hab ich dich gefickt.»

Er fingert nach dem Feuerzeug.

«Und jetzt solltest du zusehen, dass du wegkommst. Noch kannst du dir ein paar deiner Sachen schnappen, ehe hier alles brennt.»

Ein fast unbemerktes, nervöses Blinzeln. *Ja, verlier dein Gesicht!*

«Keiner fickt mich, Pumpkin. Keiner! Soll ich dir mal was verraten? Du hast recht. Ich bin nicht *unschuldig*. Wer bitte ist das schon? Aber hier und heute habe ich dich mal wieder ordentlich am Arsch!»

Ich stehe auf, lache laut und nervös und bin stark und großartig. Ich bin Gott und Gott sieht alles.

«Lass gut sein, Patrick. Nimm es hin. Im Grunde hab ich dir einen Gefallen getan. Deinen Vater hätte ich nicht umbringen müssen, es passte nur gut. Vielleicht habe ich es sogar dir zuliebe getan ... Und jetzt verlier nicht dein Gesicht. Nimm es einfach hin.»

Ein Gedankennagel im Brustkorb. *Du bist verwundbar.*

Ich gehe zum Werkzeugregal und beuge mich zu meinem Dad runter.

«Ich hab dich lieb», flüstere ich in die Halswunde, dann drücke ich ihn zur Seite, trete dem leblosen Körper ein paar Mal knurrend in die Magengegend, merke, wie der träge Widerstand des toten Gewichts meine Füße staucht, und frage mich ernsthaft, wie der Kleine die beiden hier heruntergeschafft hat.

«Und was willst du machen ohne mich? Wie stellst du dir das vor? Meinst du, du spazierst hier raus und alles wird ... Ja, wie denn bitte? *Gut?*»

Ich lache bitter.

«Wer soll sich denn um dich kümmern?»

Langsam drehe ich mich zu ihm um. Mein Gesicht pocht und fühlt sich heiß an. Zynisch Luft ausstoßend deute ich auf die Kellertür. Simon zieht die Schultern höher.

«Ich brauche niemanden!»

Pah!

«Ach ja? Ich hab's dir gesagt Pumpkin, ich hab dich am Arsch. Du brauchst niemanden? Gerade hast du doch selber gesagt, dass du mich brauchst. Glaubst du, ich spiel da einfach mit? Ich halte meinen Kopf für dich hin? FUCK YOU! Aber ...» Langsam gehe ich weiter auf ihn zu. *Da!* Sein Mundwinkel bebt. *Du verlierst dein Gesicht!*

Er will antworten, doch ich hebe bestimmend die Hand, um ihn zum Schweigen zu bringen.

«... vielleicht hast du recht. Vielleicht glauben sie alle, dass ich es war. Aber sie werden mir trotzdem jedes Wort abkaufen, was ich über *uns* auspacke. Die stehen auf so was, Pumpkin. Ich erzähle denen ALLES!»

«Das macht mir gar nichts!», fällt er mir ins Wort. Schnippisch, aber nicht mehr ganz so selbstsicher. In meinem Hirn knackt es. *Yeah!*

Von irgendwoher krabbelt Strom. Pure Energie in meinen Synapsen, in meinen Gliedern. In mir regt sich etwas Großes. Kurz schließe ich die Augen und koste die neu gewonnene Kraft aus. Lache. Erst leise, dann lauter. Ich drehe voll auf, gehe um ihn herum, streiche ihm mit dem Finger über den Nacken. Fühle die glatte, kalte Haut. Fühle die aufkommende Gänsehaut, wie sie über seinen Rücken bis in den Haaransatz huscht. Mit beiden Händen an seinen Schultern, das Messer nun zwischen uns auf der Höhe meines Bauches, sehe ich ihm in die Augen. Und in ihn rein. Simon macht einen Schritt zurück und meine Hände gleiten über seine Brust, bis ich ihn nicht mehr erreiche und meine Hände einfach neben meinem Körper in der Luft stehen.

«*Alles*, Pumpkin! Sie werden alle wissen, wie du dich anfühlst. Ich werde ihnen verraten, wer du bist. Ich werde ihnen sagen, wie du *innen drin* bist.»

Der Nagel trifft voll zwischen die Augen. Simon wird blass. Dann rot. Er reißt das Messer hoch, gibt einen wütenden, animalischen Laut von sich. Stürzt sich auf mich. Die Klinge bohrt sich in den Stoff meines Pullis unter meiner linken Schulter und schneidet mir brennend in die Achsel. *Fuck!*

Blut sickert heraus und rinnt mir an der Seite herunter. Bevor der Kleine erneut zustoßen kann, schlage ich ihm mit der Faust aufs Handgelenk. Seine Finger lösen sich. Noch einmal lasse ich die Faust heruntersausen, schneide mir den Daumen an der Klinge und umfasse seinen Arm mit der anderen Hand. Simons Füße schlagen abwechselnd gegen meine Schienbeine. Wir geraten ins Straucheln, während wir um das Messer ringen, und noch ehe es sich ganz aus seinem Griff löst und klirrend zu Boden fällt, fallen auch wir nach hinten. Mit dem Rücken lande ich in einer Blutpfütze. Simon stürzt auf mich und seine Hände greifen wahllos nach meinem Gesicht. Fingerspitzen bohren sich mir in die Augen und Nasenlöcher. Alles ist trübe und verschwommen. Hektisch versuche ich, ihn an der Kleidung zu fassen zu bekommen, ihn von mir zu stoßen. Es gelingt mir nicht. Schweiß tropft aus seinem Haaransatz auf mich herunter und vermengt sich mit meinem, und erst als mich irgendetwas – vermutlich sein verschissener Turnschuh, der allerdings nicht mehr sauber sein dürfte – volle Kanne zwischen den Beinen trifft, bemerke ich, dass nicht nur ich schon seit einer ganzen Weile laut schreie.

Ich schreie und Simon schreit, und wir schlagen nach einander und hören auch nicht auf, als der Arm meines toten Vaters durch einen unserer Stöße auf uns fällt, um dann neben uns liegen zu bleiben. Simon schlägt und schlägt seine schwachen Fäuste immer wieder wild auf meine Brust und in mein Gesicht und tritt nach mir, schreit heiser, spuckt und verschluckt sich, und ich schließe die Augen. Breite die Arme neben meinem Körper aus und schweige in mich. Still wie noch nie. Schreiend schweige ich mich in den Schmerz.

Dann halte ich abrupt den Atem an, richte mich schlagartig auf und stoße Simon von mir. Der Kleine landet mit dem Hintern voran. Verdattert blinzelt er sich Tränen, Schweiß und Blut aus den Wimpern, dann bemerkt er das Messer wieder, grapscht danach und springt auf. Ich ringe nach Luft, lache glucksend, immer freier. In mir schweige ich. Endlich.

Mit erhobener Klinge schwankt er auf mich zu.

«Pumpkin. Hey Moment ... Whoa ...», und dann das Wort:

«Warte!»

Ich hebe die Hände beschwichtigend vor der zerschundenen Brust.

Ein letztes, wütendes Knurren, dann schmeißt er das Messer auf den Boden und flucht.

«Aber jetzt ...», ich strecke die Hände aus. Nur schmutzige, schwitzige Handflächen.

Nur Müdigkeit und Leere. Kein Gefühl mehr. Vorsichtig komme ich auf die Füße, kämpfe mit dem Schwindel und siege.

«... lass uns das in Ordnung bringen, Pumpkin!»

Ein fragender Blick. Draußen hat sich der Nieselregen förmlich am Horizont festgesogen und sprüht düstere Bitternis gegen die tote Fassade.

«Lass uns das beschissene Haus schon endlich anzünden. Worauf wartest du noch?»

Ich schnappe mir seine Hand und ziehe ihn ein bisschen zu mir heran. Er atmet schwer. Stockt. Braucht ein paar tiefe Züge, bis er wieder sprechen kann.

«Du willst, dass *wir* das Haus anzünden? Das verstehe ich nicht.»

Ich wuschele ihm durch die Haare. Erst jetzt bemerke ich unter all den Kampfspuren die unendlich tiefen, dunklen Schatten unter seinen Augen. In mir ist alles ruhig. Das Wunderland schweigt.

Aber ich freue mich auf das Fegefeuer.

«Das ist dann wohl unser Problem. Wir verstehen nichts.»

Ich grinse, stapfe nach oben, gehe in den Geräteschuppen im Garten und hole Grillanzünder.

«Für dich Dad. Du stehst doch so auf Grillpartys.»

Als wir das Haus verlassen, steht bereits der gesamte Keller in Flammen.

Ich will mich nicht umsehen und ich tue es auch nicht. Simons Hand umklammert gehe ich über den schmalen Asphaltweg zur Straße. Unbeachtet wird das Haus hinter uns kleiner und heller ...

Blame it upon a rush of blood to the head.

Simon sieht zu mir auf. Das Frettchen hockt unter seinem Hemd und wuselt herum.

«Du bist ein dreckiger Bastard.»

In seiner Stimme höre ich nichts als ihn. Und irgendwo weit weg die ersten Feuerwehrsirenen.

«Ich hab dich lieb, Pumpkin ... Aber du spinnst.»

OUTRO

And I don't need designer crime
I've got bigger things in mind
You're gonna hail to the king tonight!
(Tenpenny Joke – Evil things)

Vielleicht werden wir schon in zehn Minuten aufgehalten und verhaftet. Vielleicht fällt uns in den nächsten zehn Minuten ein, wohin wir gehen sollen. Vielleicht wird auch einer von uns innerhalb der nächsten zehn Minuten von einem Auto überfahren und klebt platt und zermatscht auf dem Asphalt. Aber diese zehn Minuten gehören uns. Wir gehen einfach weiter, die Straße entlang.

In Richtung des Ortsausgangsschildes. Jemand, vielleicht *Bobby*, hat etwas in roten Lettern auf das Schild getaggt, das nun farbtriefend verlautbaren lässt:

Not an X-it

Mit meiner Scherbe fange ich ein paar Regentropfen auf und male kleine, gebrochene Farblichtbögen auf die Straße. Der Qualm fließt über den Himmel und hängt bereits über dem Kanal.

Im Park sehe ich Franky und winke ihm. Natürlich ist er nicht wirklich da, aber ich winke trotzdem. Und ich rufe Mathi zu, dass ich ihn liebe. Simon verdreht die Augen und Mathi wird es nie hören. Mein Nuttenkönig. Und ich weine und lache und benehme mich absolut daneben. Ich werfe eine von Dads Pillen ein, die ich mir in die Tasche gesteckt habe, bevor alles im Feuer versank. Moms Sachen im Pool bleiben. All ihr Zeug und ihr Haar und ihre Rotze und Pisse. Alles bleibt. Beweglich und löslich und verteilt über das Abwassersystem, sobald sie den Pool ablassen.

Ich küsse den Himmel. Klischee? Vielleicht! Aber ein gutes.

Simon geht neben mir her. Er sagt nichts. Irgendwann will er meine Hand loslassen, doch ich halte sie einfach weiter fest. *Zuerst müssen wir ihm eine neue Sonnenbrille kaufen!*, denke ich mir noch.

Man muss einfach immer darauf achten, dass diese verdrehten Typen nicht irgendwann völlig ausflippen! Ich passe ab sofort auf jeden Fall besser auf ihn auf.

Ich weiß zwar noch immer nicht, ob Ficken literarischen Wert hat.

Aber mich fickt der nicht!

GRAÇAS

So! Der «*dreckige*» Papierseitenrest ist vielleicht für den unbeteiligten Leser – wenn es ihn denn geben sollte – nicht mehr ganz so spannend. Der gehört nämlich den Menschen, die das Ding hier mit mir gekickt haben. Die gedrängelt und gelobt, gemeckert, miss- und verstanden haben.

Die malten und mailten, hunderttausend Liter Kaffee kochten, sich geduldeten, mich begleiteten, ertrugen, nicht erschlugen, beruhigten, inspirierten, lasen, druckten, knutschten und boxten ...

Hier weitestgehend unsortiert aufgeführt:

Mein allerliebster Lieblings-Marcus – so voller Geduld und Vertrauen; Rebecca – mia Flaminga – ohne die keine Story existieren würde; Sabine, als gute Krisenmanagerin; Jana, «Ina-und-Jana-Zweikopfmonter-Sister»; Jens, das «Krokolienchen» – mein Chauffeur, Ex-Mitwohnmensch und Noch-Kaffeepartner; Andreas «Posi» – den ich viel zu selten sehe; Markus «Abaddon» – mein lieb gewonnener Propagandaminister in Spe, dem ich für sein «*Post Mortem*»-Projekt Ruhm und Reichtum voraussage – ansonsten: «Alle ab zum Hafen und über die Kaimauer»; Annanna – für alles, Pepperman-Don und Pailletten; Johanna – für all den geilen kreativen Einsatz; Chippie – wer sonst verknallt sich in einen Patrick!?; Sternie-Anna – weil Freunde eben wie Sterne sind; meine gesamte Rest-Homebase und Familie (unter Anderem für: *Ich lese es nicht, aber dafür kaufe ich fünf*).

Und natürlich:

«El Cheffe» Paz-Kamelot, Käptn Kjubo, Kajnolliffa-Bro, Dopamin, finde, frey und der ganze wundervolle Rest des bekloppten Künstlerkabinetts vom Dichterplanet – ohne den ich längst Amok gelaufen wäre. Yo.

Ach ja: Andreas Reichardt – der Typie, ähm ... Na, der halt, der dit Dingens hier sich ans Bein gebunden hat ... Der eine da von diesem «Ubooks» ... Weißte? Ist 'n echt geiler Macker. Volle Kanne! Auch ohne Tigertanga.

... Und ein besonderer Dank an Franziska für ihre Arbeit als Lektorin.

***

Wir leben hier nach dem Fechner'schen Gesetz, das besagt, dass ein Fenster ab einem gewissen Beschmutzungsgrad nicht mehr dreckiger werden kann.

ANTI-POP

VOGELSTIMMEN
DIRK BERNEMANN

HC, 12 x 18 cm, 288 S.
erschienen Sep. 2010
ISBN: 978-3-86608-135-2
14,95 Euro [D]
15,40 Euro [A]

«Ein schöner und reifer Roman.» **the-spine.de**
«Ein erneutes Wunderwerk der Sprachmagie.» **literatopia.de**

ANTI-POP

ICH BIN SCHIZOPHREN UND ES GEHT MIR ...
DIRK BERNEMANN

TB, 12 x 18 cm, 224 S.
zweite Auflage verfügbar
ISBN: 978-3-86608-107-9
9,95 Euro [D]
10,30 Euro [A]

«Bernemann ist einer der aufstrebenden Heroen der Befindlichkeitsliteratur von exzessiver Selbstbeobachtung bei maximaler Selbstironie.» **Main-Spitze**

ANTI-POP

ICH HAB DIE UNSCHULD KOTZEN SEHEN
DIRK BERNEMANN

TB, 12 x 18 cm, 128 S.
siebte Auflage verfügbar
ISBN: 978-3-937536-59-0
9,95 Euro [D]
10,30 Euro [A]

«Faszinierend, eine interessante Gesellschaftsstudie ... Das Buch lässt niemanden unberührt. Garantiert!» **Schwäbische Zeitung**

ANTI-POP

UND WIR SCHEITERN IMMER SCHÖNER
DIRK BERNEMANN

TB, 12 x 18 cm, 128 S.
dritte Auflage verfügbar
ISBN: 978-3-86608-054-6
4,95 Euro [D]
5,10 Euro [A]

«Eine lesenswerte, literarische Analyse der Krankheit des modernen Menschen – bei der aber auch ein Funken Hoffnung durchschimmert.» **Virus**

ANTI-POP

ICH HAB DIE UNSCHULD KOTZEN SEHEN 3
DIRK BERNEMANN

TB, 12 x 18 cm, 208 S.
erschienen Feb. 2011
ISBN: 978-3-86608-134-5
9,95 Euro [D]
10,30 Euro [A]

«Lesenswerter und harter Tobak!» **Orkus**
«Ein geistiger Hochgenuss, sozialkritische Verbalakrobatik auf hohem Niveau.» **media-mania.de**

ANTI-POP

SEELENFICKER
NATASCHA

TB, 12 x 18 cm, 128 S.
vierte Auflage verfügbar
ISBN: 978-3-86608-068-
9,95 Euro [D]
10,30 Euro [A]

«Heftig, aber poetisch und toll geschrieben – ein ganz wichtiges Buch.» **Syker Zeitung**
«Das Buch ist knallhart. Und hervorragend bearbeitet.» **Punkrock**

ANTI-POP

SEXSHOP
CHRISTOPH STRASSER

TB, 12 x 18 cm, 288 S.
erschienen Okt. 2010
ISBN: 978-3-86608-138-3
9,95 Euro [D]
10,30 Euro [A]

«Von Anfang bis Ende einfach nur genial! Morbid, sarkastisch, derbe und dreckig, also kurz: wie im echten Leben!» **Orkus**

ANTI-POP

PORNOSTERN
CHRISTOPH STRASSER

TB, 12 x 18 cm, 270 S.
erschienen Feb. 2009
ISBN: 978-3-86608-104-8
9,95 Euro [D]
10,30 Euro [A]

«Mit viel Witz und literarischem Geschick [...] Absolut lesenswert!» **Wildwechsel**
«Ein echtes Trash-Juwel, die Tragikomödie 2009!» **Kinkats**

ANTI-POP

ICH TRAG EIN MASSENGRAB IM HERZEN
TOBY FUHRMANN

TB, 12 x 18 cm, 148 S.
zweite Auflage verfügbar
ISBN: 978-3-86608-128-4
9,95 Euro [D]
10,30 Euro [A]

«Voller Widersprüche, aber das macht den Roman so spannend. Voller Überraschungen, zum Nachdenken, Lachen und Wundern!» **Allgemeine Zeitung Coesfeld**

ANTI-POP

ATMEN – JEMAND MUSS ATMEN
STEFAN KALBERS

TB, 12 x 18 cm, 144 S.
erschienen Aug. 2008
ISBN: 978-3-86608-083-6
9,95 Euro [D]
10,30 Euro [A]

«Ein großer literarischer Wurf!» **Nordwest Zeitung, inside**
«Ein exzellent geschriebenes Buch!» **Gothic Magazine**

ANTI-POP

ESTABLISHMENSCH
ANDY STRAUSS

TB, 12 x 18 cm, 160 S.
zweite Auflage verfügbar
ISBN: 978-3-86608-120-8
9,95 Euro [D]
10,30 Euro [A]

«Andy Strauß beherrscht den Umgang mit Worten nicht einfach nur, sondern schafft es, daraus sprachliche Kunstwerke zu erschaffen.» **Ruhr Nachrichten**

ANTI-POP

ALBTRÄUMER
ANDY STRAUSS

TB, 12 x 18 cm, 176 S.
erschienen Nov. 2010
ISBN: 978-3-86608-137-
9,95 Euro [D]
10,30 Euro [A]

«Strauß schwingt sich Tarzan mittels wagemutigen Sprachgebrauchs von Zeile zu Zeile und bringt jede Menge schwarzen Humor unters Volk.» **nahaufnahmen.ch**

ANTI-POP	ANTI-POP	ANTI-POP	ANTI-POP	ANTI-POP
EMBER FURY CATHY BRETT	**KLEINSTADTSCHLAMPE** MIRJAM DREER	**LEBEN UND LEBEN HASSEN** DOMINIK STEINER	**FICKEN UND STERBEN** JON ØYSTEIN FLINK	**KOPFSCHUSS** OLIVER DREYER
TB, 12 x 18 cm, 272 S. erschienen Okt. 2010 ISBN: 978-3-86608-147-5 9,95 Euro [D] 10,30 Euro [A]	TB, 12 x 18 cm, 192 S. zweite Auflage verfügbar ISBN: 978-3-86608-124-8 9,95 Euro [D] 10,30 Euro [A]	TB, 12 x 18 cm, 188 S. erschienen Mrz. 2010 ISBN: 978-3-86608-131-4 9,95 Euro [D] 10,30 Euro [A]	HC, 12 x 18 cm, 144 S. erschienen Mrz. 2011 ISBN: 978-3-86608-146-8 12,95 Euro [D] 13,40 Euro [A]	TB, 12 x 18 cm, 176 S. erschienen Mrz. 2011 ISBN: 978-3-86608-143-7 9,95 Euro [D] 10,30 Euro [A]
«Ein Teenagerportrait voller Frustration, Hilflosigkeit und Wut.» **Orkus** «Cool? Nein, sehr cool!» **Gothic Magazine**	«Spritzig und frisch!» **Abendzeitung** «Eine aufrichtige Momentaufnahme des Hier und Jetzt. Ein gutes Debüt.» **lies-und-lausch.de**	«Die Worte in diesem Buch sind literarische Assassinen, die den Leser wachrütteln. Ein Buch mit Tiefgang.» **de-re.de**	«Ein irrwitziges, verrücktes und damit lesenswertes Buch.» **metalglory.de**	«Ich hab schon mehrere Bücher gelesen, die sich mit Amokläufen beschäftigen, aber keines war so real wie dieses!» auf **facebook.com**

RÜCKKEHR INS STIRNHINTERZIMMER
BORIS KOCH, CHRISTIAN VON ASTER & MAR

«Treten Sie ein, meine Damen und Herren! Treten Sie ein!»
Das StirnhirnhinterZimmer lädt ein zu einer Revue des komischen Schreckens.
Es treten auf: ein jugendlicher Tierquäler und kommunistische Plüschtiere, diverse Dämonenfürsten und größenwahnsinnige Handwerker, ein pädagogischer Leichenzähler, Elvis Presley und die Staatssicherheit der DDR. Der Reigen führt durch geteilte bayrische Dörfer und niedersächsische Metzgereien, durch abgelegene Höllenkreise und sogar bis nach Hollywood.
«Lösen Sie Ihr Ticket jetzt! Der Eintritt kostet nur die Seele! Sünder sind ermäßigt und zahlen die Hälfte!»

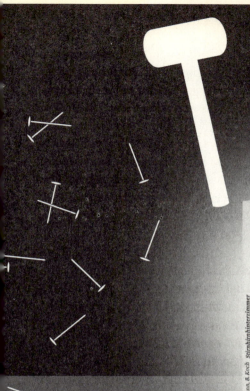

...OFFMANN

...tirnhirnhinterZimmer, das: Berli
...er Lesebühne, geboren 2005 aus einer
...ruden Idee der Autoren Hoffmann, Koch
...nd von Aster, ausgebrütet in der Z-Bar
...nd seitdem nur zugänglich am zweiten
...Donnerstag jeden Monats. Bislang ist un
...ekannt, wo es sich an den übrigen Tagen

...n Jahr aufhält. Die Öffnung des StirnhirnhinterZimmers erfolgt
...ets unter einem sinngefälligen Motto, von «Einhornherpes»
...ber «Plüschtierembargo» bis «Finanzkrisenmonopoly», was zu
...bsurder Stirnhirnakrobatik führt – ohne Netz, doch manchmal
...it doppeltem Boden. Virtuell öffnet das StirnhirnhinterZimmer
...ine Pforten unter www.stirnhirnhinterzimmer.de.

RÜCKKEHR INS STIRNHINTERHIMMER
B. KOCH, C. V. ASTER, M. HOFFMANN

Taschenbuch
12 x 18 cm, 208 Seiten
ISBN: 978-3-939239-09-3
9,95 Euro [D]
10,30 Euro [A]

WARUM, FRANKENFISCH?
2 – **NEMESIS** C. STRASSER

Warum, Frankenfish? ist wieder da! Wäre dieser Roman ein
Film, man hätte längst ein Buch daraus gemacht!
Größer als Ben Hur, futuristischer als Star Trek und witziger
als Love Story hat dieser Roman alles, was einen preisverdächtigen Streifen ausmacht: eine halbwegs schöne Frau, keinen
Sex und einen Helden, der eigentlich nur seine Ruhe und Hartz
IV haben möchte.
Doch stattdessen muss er in seinen alten Job und in die kleine
Videothek zurückkehren. Und damit fangen die Probleme an,
denn *Benny's World of Movies*, eine riesige Videotheken-Kette,
hat eine Filiale in unmittelbarer Nachbarschaft eröffnet. Und
was mit gesundem Konkurrenzdenken und Sticheleien beginnt, gerät bald völlig außer Kontrolle, denn:
Es kann nur einen geben!

FRANKENFISH 2 – NEMESIS
CHRISTOPH STRASSER

Taschenbuch
12 x 18 cm, 288 Seiten
ISBN: 978-3-939239-07-9
9,95 Euro [D]
10,30 Euro [A]